해가 지기 전에 네 마음을 열어라

말씀이 있는 톨스토이 소설

청동거울 이야기①
해가 지기 전에 네 마음을 열어라
— 말씀이 있는 톨스토이 소설
발행일/1999년 1월 20일 1판 1쇄 발행 2000년 8월 12일 1판 4쇄 발행 원작/톨스토이
편저자/최문자 펴낸이/임은주 펴낸곳/도서출판 청동거울 출판등록/1998년 5월 14일 제13-532호
주소/(135-080) 서울 강남구 역삼동 832-52 상봉빌딩 301호 전화/564-1091~2 팩스/569-9889
하이텔 I.D./청동 전자우편/cheong21@freechal.com
값 7,000원
잘못된 책은 바꾸어 드립니다. 편저자와의 협의에 의해 인지를 붙이지 않습니다.

ISBN 89-88286-04-9

청동거울 이야기①

말씀이 있는 톨스토이 소설

해가 지기 전에 네 마음을 열어라

톨스토이 원작/최문자 편저

청동거울

톨스토이 소설을 읽기 전에

인간의 몽상과 정서를 순화시킨 톨스토이

기독교인이면서 문학을 논하고 싶었던 시절이 있었다. 한쪽을 파고들면 파고들수록 끌리듯 신앙의 세계로 가고 그에 반해 반중력으로 치뻗는 듯한 또 하나의 세계, 문학의 세계가 만만치 않게 그러한 나를 떠밀고 있는 듯한 시기가 있었다.

톨스토이는 위대한 작가였다. 그는 역량 있게 이 두 세계를 당당하게 넘나들면서 문학 세계에도 신앙의 세계에도 탁월한 기여를 했다. 톨스토이는 기독교인이면서도 인간의 몽상과 정서를 그대로 구현했고, 인간적 소망을 비유와 상징으로 잡아당기면서도 기독교 세계를 벗어나지 않았다. 그 점에서 기독교인이면서 문학을 하고자 하는 나에게는 지극히 부러운 존재였다.

오늘날 젊은이들에게 있어서 문학이 과연 호기심과 필요성을 가지고 다가올 수 있는 것인가에 대하여 의문을 갖는다. 영상매체에 매달려 시간을 보내는 젊은이들에게 과연 이 책이 얼마만큼 읽혀질 것인가에 대하여 많은 생각을 했다.

그러나 무겁고 진지한 소설의 세계를 벗어나 기독교에 대한 새롭고도 실천적인 관심을 드러낸 톨스토이의 다채로운 이야기들이 그러한 기우를 말끔히 씻을 수 있으리라 생각했다. 조직적이고 기계적인 일상 안에서 지리할 만큼 긴장의 연속으로 외로워지고 불안해지는 젊은이들의 정신생활에 이 책이 중요한 부분에서 작용할 것을 믿는다. 또 톨스토이의 문학을 통해 배양되고 축적되는 감성과 교감이 젊은 독자들에게 전달되리라고 믿는다.

작품 처음과 말미에 유연성 있는 새로운 이야기나 관련된 성구를 달아 삶과 신앙과 문학에 대해 좀더 깊이 생각해 볼 수 있도록 안내하고자 했다. 아무쪼록 이 책을 오늘을 사는 젊은이들, 나아가 기독교인들이 두루 읽어서 문학이나 신앙에 대한 두터운 어떤 선입견을 벗어나 친구처럼 따스한 의미를 느꼈으면 하는 마음 간절하다.

이 책의 출간을 위해 애써 주신 〈청동거울〉의 식구들, 그리고 신학과 신기종 학생의 수고에 감사함을 표한다.

1999년 1월

편저자 최문자

해가 지기 전에 네 마음을 열어라

말씀이 있는 톨스토이 소설

차 례

톨스토이 소설을 읽기 전에

인간의 몽상과 정서를 순화시킨 톨스토이 • 5

양 초 • 9

사랑이 있는 곳에 하나님도 함께 하신다 • 35

빵조각을 보상한 작은 악마 • 61

두 형제와 황금 • 73

끌 수 없는 불 • 83

달걀만한 씨앗 • 125

어른보다 지혜로운 소녀 • 135

사람은 무엇으로 사는가 • 145

사람에겐 얼마만큼의 땅이 필요한가 • 181

두 노인의 순례 • 211

양 초

'눈에는 눈을, 이에는 이를' 이라는 말을 당신들은 들었습니다. 그러나 나는 당신들에게 말하고 싶습니다. 모든 사람들은 악인에게 대들지 말라. (마태복음 5장 38~39절)

양초

이 이야기는 아직 지주와 농노라는 신분차별이 있었을 때에 일어난 일이다. 땅을 가진 지주는 땅이 없는 농노, 즉 소작인들에게 자신의 땅을 나누어 주고 농사를 짓게 하여, 추수 때가 되면 그 중에서 일정량을 가져갔다.

이러한 지주들 가운데에는 여러 종류의 사람들이 있었다. 겸손하고 선한 사람도 있었지만, 자신도 언젠가는 죽는다는 사실을 망각한 채 하나님을 무서워하지 않으며 인정머리 없이 구는 사람, 또 개나 돼지처럼 자신의 욕심을 채우는 것밖에 모르는 사람도 있었다.

그런 사람들은 짐승이나 마찬가지였다. 조금만 자기 비위에 거슬리면 자신의 땅을 빌어 농사를 짓는 소작인들을 불러모아 매질을 하고 또 어떤 때는 애써 지은 곡식을 다 빼앗아 가기도 했다.

무엇보다도 예전에는 제일 천하고 가난했지만 이제는 많은 땅을 가지게 된 노예 출신의 지주들 가운데서 인정 없이 구는 사람이 더 많았다.

심보가 더욱 고약한 그들에게 땅을 빌려 농사를 짓는 사람들의 생활은 차마 눈뜨고는 볼 수 없을 정도로 정말 비참한 지경이었다.

그들은 옛날에 겪은 고생은 모두 잊어버린 듯 농사꾼들을 더 심하게 다루었고 잇속을 더 챙기려고만 들었다.

어느 지방에 대지주 밑에서 소작인들을 관리하는 관리인이 한 사람 있었다. 이 관리인은 원래부터 가진 땅이라곤 없이 남의 종살이로 매우 어렵게 살아온 사람이었다.

이곳의 농사꾼들은 지주에게 땅을 빌려 농사를 짓는 대신 일정량의 부역(소작인이 치러야 할 의무로써 지주의 일을 해주는 것)을 하도록 정해져 있었다. 이 지방의 넓고 기름진 땅 덕분에 지주는 물론 직접 땅을 갈고 농사를 짓는 소작인에게는 항상 부족한 것이 없었다.

물도 풍부했고 풀도 무성했다. 또 숲 속에는 나무가 많이 자랐고 들짐승도 많이 살고 있었다. 그래서 이곳의 살림살이는 언제나 넉넉한 편이었다.

그런데 이곳의 관리인은 소작인들을 마치 자기 종처럼 생각했다. 이 사람에게는 부인과 시집 간 딸이 둘 있었다. 그리고 그동안 모은 재산도 상당했다. 그래서 실없는 욕심을 부리거나 죄를 짓지 않고도 살 수 있는 형편이었음에도 불구하고 질투심이 많고 돈에 대한 욕심을 버리지 못하는 나쁜 습성은 여전했다.

그는 이곳의 관리인으로 부임해 오자마자 농사꾼들을 괴롭히기 시작했다. 기존에 할당된 부역 이상으로 소작인들을 부려먹는 것이었다. 농사일 외에도 벽돌 공장을 새로 만들어 남자, 여자를 가릴 것 없이 일을 시켰고, 다 만들어진 벽돌을 팔아서 남는 돈은 제 호주머니에 챙겨 넣었다.

날마다 자신들을 괴롭히는 관리인의 등쌀에 견딜 수 없게 된 소작인들은 그때마다 모여서 좋은 방법이 없을까 하고 의논을 했다. 그들은 의논 끝에 모스크바에 살고 있는 지주의 자택으로 사람을 보내서 사정을 한번 해보기로 결정했다. 하지만 그것도 쉬운 일은 아니었다. 우선 거기까지 가려면 많은 경비가 들었기 때문이다. 그래서 그들은 차일피일 미루고만 있었는데, 날이 갈수록 관리인의 포악한 행동이 점점 심해지자, 마침내 돈을 모아 대표 한 사람을 지주에게 보냈다.

모스크바에 도착한 대표는 곧장 지주를 찾아가 관리인의 부당한 횡포와 그로 인한 자신들의 고통을 하소연했다. 그러나 지주라는 사람은 꿀 먹은 벙어리처럼 아무 말 없이 앉아 사정 얘기를 마지못해 듣기만 할 뿐, 아무런 해결책도 마련해 주지 않았다. 오히려 하룻밤을 재워 주는 아량도 베풀지 않고 농사꾼에게 호통만 칠 뿐이었다.

"무슨 소린가? 너희들은 남의 땅을 갈아 먹고 간신히 살아가는 주제에 그따위 불평이나 늘어놓다니, 당장 돌아가지 못할까!"

결국 농사꾼은 아무런 소득도 없이 욕만 먹고 쫓겨 나온 신세가 되고 말았다. 지주는 그저 관리인의 잘못을 쉬쉬하며 눈감아 주고 있었다.

그런데 그 일이 있고 나서 한참 후에 관리인이 소작인들의 대표가 지주의 집에 다녀온 것을 알게 되었다.

"고약한 놈들. 어디 두고 보라지, 내가 가만히 두는가!"

화가 난 관리인은 그들에게 앙갚음을 하기 시작했고, 그로 인해 소작인들의 생활은 더욱 어려워져만 갔다. 게다가 함께 고생을 하는 가난한 소작인들 가운데서도 마음씨 고약한 사람들은 관리인에게 고자질을 하는가 하면, 다른 소작인들을 해치려고 거짓말을 꾸며 일러바치는 사람도 있었다. 그러니 자연 소작인들 사이에서도 서로 믿지 못하고 서로의 속내도 털어놓지 못하는 형편이 되고 말았다. 이쯤 되자 관리인은 마음놓고 더욱 소작인들을 괴롭혔다. 마치 사나운 짐승처럼 마을을 쏘다니면서 욕설을 내뱉고 닥치는 대로 먹을 것을 빼앗는가 하면 사람을 때리기까지 했다.

이제 소작인들은 관리인을 사자나 악마처럼 무서워하기 시작했다. 길을 가다가도 관리인이 나타났다고 하면, 소작인들은 남자고 여자고 할 것 없이 모두 숲 속으로 도망치거나 밭이랑 안으로 숨어 버릴 정도였다.

"늑대가 왔다!"

어떤 때에는 길에서 관리인이 다가오자, 그를 피하려고 줄행랑을 치다가 시냇물에 빠진 사람도 생겨났다.

이윽고 사람들이 자기만 나타나면 일찌감치 도망을 간다는 소문이 관리인의 귀에도 들어갔다.

"뭐라고? 나를 늑대처럼 보기 싫어한다고?"

그 일로 더욱 화가 치밀어 오른 관리인은 아무나 조금만 비위에 거슬려도 막무가내로 붙잡아 때렸고 또 억지스런 일거리를 만들어내 시키면서 괴롭혔다. 그 때문에 소작인들은 더욱더 시달려야 했다.

'아, 이를 어쩐담! 어떻게 하면 조금이라도 마음 편히 지낼 수 있을까?'

사람들은 괴로움을 당할 때마다 이렇게 생각하며 궁리를 했다. 세상에는 가끔 고약한 사람을 죽여 버리거나 몰아내는 일도 더러 있었기 때문에 그런 이야기를 입 밖에 내는 사람도 있었다.

"여보게, 저놈을 그냥 처치해 버릴 수는 없을까?"

"쉿! 그런 소리 함부로 입 밖에 내지 말게. 누가 듣기라도 하면 어쩔려고."

또 어떤 사람은,

"나 혼자서라도 그놈을 해치워야겠어. 이건 정말 못 견딜 노릇이야. 어떻게 그놈을 없애 버릴 방법이 없을까?"
하고 화를 터뜨리는 사람도 있었다.

어느 날, 숲 속 기슭에서 소작인 몇 사람이 잠시 일손을 멈추고 잡담을 주고받고 있었다. 이야기를 하다 보니 악질 관리인 얘기가 나오게 되었다. 그들 중에서 아주 대담한 소작인이 말했다.

"젠장, 그 악당놈을 언제까지 그냥 내버려 둔담. 이쯤 되면 죽는 거나 사는 거나 마찬가지야. 그런 놈은 죽여도 아무 상관없을 거야. 차라리 하나님도 기뻐하실걸."

이런 이야기를 주고받은 소작인들이 부활절을 앞둔 어느 날, 숲 속에서 은밀히 모였다. 실은 관리인이 시켜서 숲 속의 나무들을 돌보러 왔던 시간을 틈탄 것이었다. 이들은 일을 하다가 점심시간이 되자 한자리에 모였다.

그들은 점심을 먹은 다음 의논을 시작했다.

"여보게들, 이런 꼴로 우리가 언제까지 살아갈 수 있겠나? 이러다가는 그놈이 우리 모두를 산송장으로 만들고 말 거야. 밤낮없이 일만 시키니 살 수가 있나. 남자고 여자고 아이, 어른 할 것 없이 도무지 쉴 틈을 줘야지."

"사실 그래. 그놈은 노는 사람만 눈에 보이면 불러서 매를 휘두르고 사람을 못살게 구니……. 글쎄 그 세미온이란 친구는 그놈에게 매를 맞고 시름시름 앓다가 죽지 않았나."

"그뿐인가, 아니심도 하마터면 족가(足枷)를 차고 죽을 뻔했지."

모두들 그렇게 한 마디씩 불평을 늘어놓았다. 정말 관리인은 세상에서도 보기 드문 천하의 악당이었다. 다른 한 사람이 말했다.

"오늘도 그놈이 여기 나타날 거야. 와서 또 행패를 부릴 테지, 뭐. 여기서 더 참을 것도 없어. 그놈을 말에서 끌어내려 도끼로 쳐 죽여버리는 거야. 그렇게 해버리자구. 그러면 일은 끝나는 거야. 개처럼 어디다 파묻어 버리면 증거도 남지 않아. 그 뒤에는 모두가 마음을 합쳐서 비밀을 지킨다는 약속만 하면 그뿐이지."

"그래, 그거 참 좋은 생각이야. 우리가 늘상 얻어맞고 고생만 하다가 죽느니 차라리 우리 손으로 그놈에게 천벌을 내리는 것이 다른 사람을 위해서도 좋은 일이야."

"물론, 남들이 들으면 얼마나 기뻐하겠나."

그들은 이런 말들을 늘어놓으며, 그날 관리인을 죽이자는 데까지 합의를 보았다.

이들 중에서도 관리인을 가장 미워하는 사람은 와실리 미나에프라는 사람이었다. 미나에프는 그 누구보다도 관리인을 미워하고 있었다. 그는 매주마다 한 번씩은 관리인에게 매를 맞고, 또 자기 아내를 그 집의 하녀로 빼앗긴 사람이었다.

아닌게아니라 해가 저물기 전에 관리인이 말을 타고 나타났다.

'아, 저놈이 나타났다. 드디어 나타났구나.'

모두들 속으로 단단히 벼르고 있던 터여서 그가 마침내 모습을 나타내자, 사람들은 그날만큼은 반가운 생각이 들었다. 관리인은 아무것도 모르고 일을 감독하기 위해서 나타난 것이었다. 그리고 오자마자 버릇처럼 일을 트집 잡으면서 야단을 치기 시작했다.

"아니, 누가 보리수 나뭇가지를 치라고 했나? 누가 이런 가지를 잘랐지? 나와 봐! 누구야? 도대체 어떤 놈의 짓이지? 나오지 않으면 모두 두들겨 패 주겠다."

그는 별것도 아닌 일을 가지고 노발대발하며 공연히 야단법석을 떨었다. 모두들 속으로 투덜거리며 아무도 나서지 않았다.

자꾸만 집요하게 추궁하면서 캐고 들자, 결국 시이들이란 사람이 자신의 구역에서 보리수 가지를 친 사실을 알게 되었다.

"이 망할 자식, 진작 네놈이 했다고 할 것이지. 왜 여태껏 모르는 척 시치미를 떼고 있었지?"

관리인은 시이들의 면상에 피가 홍건해지도록 주먹질을 했다. 그리고 그는 가지치기를 조금밖에 못 했다고 와실리에게까지 가죽 채찍을 휘둘렀다.

결국 이날 저녁때에는 소작인들이 계획한 일은 일어나지 않았다. 관리인은 빨리 일을 하라고 표독스런 얼굴로 고래고래 소리친 다음에 집으로 돌아갔다.

관리인이 돌아간 후, 소작인들은 다시 한자리에 모여들었다. 와실리는 분노를 주체하지 못해 숨을 씩씩거리며 말했다.

"여보게! 자네들은 사람도 아냐, 차라리 참새라고 하는 편이 더 낳겠어. 서로 의기투합하자고 그렇게 큰소리를 쳐놓고는 막상 일을 해치우려고 하니까, 포르르 지붕 위로 날아가는 참새 꼴이야. 이래가지고 어떻게 매를 잡겠어? 언제까지나 매가 무섭다, 차라리 죽여 버리자, 어쩐다 말만 하다가 결국에는 도망치고 또 도망치고…… 그게 참새나 다름없는 짓이지 뭐야. 서로 뭉쳐야 한다고 몇 번이나 큰소리를 쳐놓고서도 막상 매가 나타나면 잽싸게 풀덤불로 도망쳐 버린단 말이야. 그러니 매는 언제나 참새가 눈에 띄기만 하면 참새를 와락 잡아먹지. 또 매가 사라지고 나면 참새들은 짹짹거리면서 울고 불고 또 다시 벼르고 아, 누가 또 당했구나, 와아니가 없어졌다, 그 친구 참 아까운 놈이었는데, 어쩌다 재수가 없으니까 그렇게 되었지 하고 슬퍼들 하지. 그러니 너희들은 믿을 구석이 없는 약해빠진 참새나 마찬가지란 말이야. 서로 배신하지 않기로 하고선 시이들이 두들겨 맞고 있을 때 왜들 가만히 있었지? 그때 달려들어 그놈을 해치웠어야지."

사람들은 와실리의 말에 아무런 대꾸도 하지 못했다. 틀린 말이 아니었기 때문이었다.

"그래, 어떻게 생각하나? 우리도 그런 참새 신세로 지내야 옳겠나? 한꺼번에 의기투합해 달려들어서 그놈을 없애 버리기로 단단히 약속까지 해놓고도 이 모양이니……."

와실리는 몹시 분한 모양이었다. 모두가 고개를 끄덕였다. 자기네들이 잘못했다는 생각이 들어서였다.

이날도 결국 일은 실패하고 만 것이다. 그러나 관리인을 어떻게 해야겠다는 생각을 가진 사람은 여기저기에서 많이 나타났다. 이런 일이 몇 번 더 일어나고부터는 많은 사람들이 다가오는 부활절에는 꼭 관리인을 죽이고 말겠다는 결심을 하게 되었다.

이런 와중에서도 관리인의 고약한 행패는 점점 심해지기만 했다. 부활절을 앞둔 일주일 전부터는 '고난 주간'이라고 하는데, 이것은 예수님께서 십자가에 못 박혀 돌아가시게 된 기간을 기념해서 부르는 주일이었다. 관리인은 이 고난 주간 동안 호밀밭을 다 일구어 놓으라는 명령을 내렸다. 이 고난 주간은 원래 그렇게 일을 할 수가 없는 것이었다. 여태껏 지주나 관리인들, 그리고 소작인들 모두 고난 주간만큼은 일손을 놓는 것이 관습이었다.

더 이상 참을 수 없게 된 소작인들은 와실리네 집 뒤뜰에 모여 이 일을 가지고 의논들을 시작하였다.

"아니, 도대체 이런 죽일 놈이 어디 있나. 부활절에 일을 시키다니?"

"그래, 이번에야말로 그놈을 해치워야 돼."

"원 세상에, 사람을 무시하고 때리는 일이야 혹시 용서받을 수 있을는지 모르겠네만, 하나님까지 무시하려 들다니……. 그건 천하의 악당이 하는 노릇이야."

이런 말들이 오고 가는 동안 관리인을 죽여서 없애 버리자는 의견이 자연스럽게 모아지고 있었다.

그러는 사이 피요틀 미헤에프라는 사람이 나타났다. 이 사람은 언제나 묵묵히 일만 하는 착한 소작인이었다. 별로 떠들기를 좋아하지 않는 미헤에프는 남의 일에 참견하거나 또는 불평 따위를 늘어놓는 일도 없었고, 사람들이 떠드는 곳에 끼여드는 일도 없는 조용한 사람이었다.

그러나 오늘만은 사람들이 모인 장소에 나타났다. 미헤에프는 사람들의 이야기를 조용히 듣고만 있더니 벌떡 일어나 이런 말을 했다.

"여보게들! 자네들은 어찌 그렇게 엄청난 말들만 하고 있나? 어째서 그런 끔찍한 소리들만 늘어놓는가?"

사람들은 미헤에프의 말을 듣자 그만 뜨끔했다. 혹시 그가 관리인의 하수인이 아닌가 하는 생각이 들었기 때문이었다. 미헤에프는 말을 이었다.

"사람을 죽이기는 쉬운 일이야. 하지만 그 사람을 죽인 자의 영혼은 어떻게 되겠어? 그 사람은 지금까지 우리 소작인들을 몹시 괴롭혔지. 나도 그 사람이 정말 미워. 죽이고 싶도록 밉단 말이야. 그리고 나쁜 사람은 반드시 벌을 받게 될 날이 온다구. 그러니까 우리는 참아야 해. 괴로운 일이 있더라도 사람을 죽여서는 안 된단 말이야."

그러자 그 말을 들은 와실리는 발끈 화를 내며 소리를 질렀다.

"뭐, 사람을 죽이는 것은 옳지 못하다고? 너는 또 관리인을 편드는 거냐? 누가 그걸 모르겠어? 하지만 그 상대가 누구냔 말이야. 착한 사람은 죽일 수 없지. 하지만 우리는 이미 관리인이란 놈을 사람으로 생각하지 않아. 그놈은 짐승이나 마찬가지란 말이야."

"그건 그래. 그놈을 사람이라고 생각하는 사람이 어디 있겠어?"

함께 앉아 있던 사람들도 와실리의 말에 맞장구를 쳤다. 와실리는 계속 말을 이었다.

"제일 중요한 것은 사람이야. 사람이 미친개한테 날마다 물려 죽어가고 있는데 가만히 있을 수가 있겠나? 미친개를 죽여야지. 그놈을 그냥 내버려 두는 것이 오히려 더 큰 죄란 말이야. 지금까지 관리인이란 놈은 얼마나 많은 사람을 괴롭히고 죽였느냔 말이야. 우리가 이렇게라도 하려는 것은 우리 몇몇을 위해서라기보다 수많은 소작 농사꾼들을 위해서야. 모두가 우리에게 감사할 거야. 만일 이대로 가만히 있어 봐, 단 한 사람도 살아남을 사람이 없을 테니. 피요틀, 더는 그런 실없는 소린 하지도 말게. 예수님의 부활절에 일을 하다니 그건 벌을 받을 일이야. 우선 너도 일을 할 수 없겠지."

피요틀은 아무래도 생각이 다른 모양이었다.

"아냐, 나는 일을 하라면 하겠어. 밭을 갈라고 하면 하겠어. 원래 그런 일은 자기를 위해서 하는 노릇이 아니니까. 하나님은 누구에게 죄가 있는지 훤히 알고 계시지. 우리는 하나님만 믿고 있으면 돼. 여보게들, 이건 내 말이 아니야. 악을 멸하는 데 악으로 대하라는 가르침이 있다면 나도 가만히 있지 않겠어. 하나님의 말씀이라면 나같이 힘이 없는 사람도 하겠어. 그런데 우리는 그런 가르침을 받은 적이 없어. 악을 악으로 멸한다면 오히려 내게 악이 돌아온단 말이야. 사람을 죽이는 일은 쉽지. 그러나 우리들 영혼에 죄값이 돌아온단 말이야. 사람을 죽인다는 것은 자신의 영혼을 피로 물들이는 거나 마찬가지야. 당장 우리 생각에는 그런 악한 사람을 죽이는 것이 악을 없애 버리는 것 같지만 알고 보면 더 큰 악을 저지르는 거야. 우리는 결국 더 큰 죄를 받게 되지."

한참 이 말을 듣고 있던 사람 중에서 피요틀의 말에 고개를 끄덕이는 사람이 나타났다.

"그래, 그렇지. 가만히 생각해 보니 역시 그놈은 언젠가는 벌을 받게 될 테니까 우리는 가만히 기다리는 게 나을 것 같기도 해."

의논은 틀어지고 말았다. 찬성파와 반대파가 생겼기 때문이었다. 종일 이러자 저러자는 의논이 엇갈리다가 그만 아무런 결정도 내리지 못하고 흐지부지 끝내게 되었다. 죄를 지어서는 안 된다는 피요틀의 생각이 옳다고 하는 사람들도 많았다.

"그래, 조금 더 참아 보자."

"에이, 답답한 사람들!"

와실리는 끝내 화를 터뜨리고 말았다. 그는 모두가 달려들어 관리인을 죽이는 것만이 가장 옳은 결정이라고 끝까지 우겼다.

이옥고 부활절이 다가왔다. 그 첫 주일날 마을마다 축제가 벌어지고 사람들은 일손을 놓고 쉬면서 보냈다. 그런데 해가 저물 무렵 이곳의 관리인은 서기를 통해서 전갈을 보냈다.

"미하일 세미요느비치님의 명령이오. 내일 아침부터 호밀밭을 갈 준비를 시작하라는 전갈이오."

서기는 마을 노인에게 이 말을 두루 전하라고 했다. 노인은 집집마다 다니면서 전했다.

"이 집은 강 건너로 가시오. 준비를 잘 해두어야 합니다."

"또 이 집은 길 이쪽으로……."

소작인들은 모두 이 전갈을 듣고 불평을 하며 투덜거렸다. 그러나 반기를 들거나, 일을 나가지 않겠다고 버틸 수는 없는 노릇이었다.

"이런 젠장, 모처럼 부활절 안식을 즐기고 있는데……."

"아니, 난 정말 이렇게 지독한 관리인은 처음이야."

이러면서 소작인들은 다음 날 아침 일찍 일어나 호밀밭으로 일하러 나갔다. 교회 종소리가 미사를 드릴 시간을 알렸지만 이 마을만은 아무도 교회에 갈 수 없었다.

지금 이 시간 다른 마을에서는 모두 제일 좋은 옷을 입고 교회에 나가 예수의 부활을 축하하고 있을 것이다.

"에잇, 재수 없어!"

불만은 많았지만 그렇다고 일을 그만둘 수는 없었다. 한참 있으면 관리인이 분명 또 말을 타고 감독하러 나올 것이다. 끔찍한 일이 누구에게서 일어날지 모를 일이었다. 아닌게아니라 이날도 관리인인 미하일 세미요느비치는 늦잠을 실컷 자고는 일을 감독하기 위해 마을을 한 바퀴 돌고서야 집으로 돌아왔다.

그의 부인과 시집 가서 과부가 된 딸은 좋은 옷을 입고 있었다. 그들은 지금부터 교회에 미사를 드리러 갈 참이었다. 하인이 마차를 준비했다. 미하일 세미요느비치는 그 주제에도 교회에는 곧잘 나갔다.

교회에 다녀와서 그는 차를 마시고 파이프에 불을 붙인 다음 마을 노인을 불러냈다.

"어떤가, 다들 일을 잘하고 있나?"

"예, 모두들 일터에서 일을 하고 있습니다. 미하일 세미요느비치 나리."

"빈둥빈둥 노는 놈은 없겠지?"

"예, 없을 겁니다. 마을 집들은 텅텅 비어 있으니까요."

"집이 비었어? 집만 비워서 되나? 어느 구석에 숨어서 놀고 있는지도 모르지."

"그럴 리가 있겠습니까요. 제 눈으로 똑똑히 보고 왔는뎁쇼."

"그래도 지금쯤은 밭두렁에 드러누워 자고 있을지도 모르지. 가서 살펴보고 와. 그리고 점심때가 지나서 내가 직접 나가 일을 얼마나 해놓았는지 확인한다고 전해. 적어도 그때까지는 쟁기 둘에 1데샤티나(1헥타르) 정도는 땅을 갈아 놓아야지. 또 말끔히 말이야. 그렇게 돼 있지 않으면 아무리 부활절이라 해도 용서하지 않을 테니까."

관리인은 정말 피도 눈물도 없는 사람이었다. 자신은 좋은 마차를 타고 교회에 다녀오면서도 농사꾼들에게는 소보다도 더 많은 일을 시켰다.

"예, 알았습니다요."

말이 촌장이지 노인 역시 이 관리인의 종이나 다름없었다. 절을 하고 돌아서는데 미하일 세미요느비치가 다시 그를 불렀다.

"무슨 말씀이신지요?"

관리인은 잠시 생각에 잠기더니 이런 말을 했다.

"요새 그 녀석들이 내 욕을 많이 하지?"

"네?"

"나를 나쁘다고 욕들을 한다지?"

"어떻게 욕을 하겠습니까요."

"다 알고 있어. 그놈들은 모이기만 하면 내 욕을 하며 수군거린다는 소문을 다 듣고 있단 말이야."

"아니올시다. 누가 감히 관리인님을 욕하겠습니까요."

"그놈들이 내 욕을 하거든 그것도 분명히 알려줘야 해."

"네!"

"난 어떤 놈이 일을 하기 싫어하는지, 또 어떤 놈이 내 욕이나 해대며 밭두렁에 벌렁 드러누워 있는지 잘 알고 있어. 그놈들은 먹고 마시고 노는 것은 좋아하지만 수확 때를 놓치지 않아야 되겠다는 걱정은 안 한단 말이야. 영감! 그놈들이 어떤 불평을 하는지 내게 다 일러줘야 해. 누가 무슨 소리를 하는지 다 알려달란 말이야. 나는 어떤 놈이 내 욕을 하고 불평을 늘어놓는지 알아내야 되겠단 말이야."

"네, 네. 그렇게 하겠습니다요."

"숨기면 안 돼."

촌장은 말을 타고 마을로 돌아가 일을 하고 있는 소작인들을 살펴보기 위해 돌아다녔다.

관리인의 부인은 건넌방에서 이 말을 귀담아 듣고 있었다. 이 부인은 관리인처럼 마음이 악하지 않았다. 노인이 떠나자, 남편 가까이 가서 점잖게 말했다.

"여보, 그렇게까지 야단하시지 마세요. 시골 사람들이지만 다 속들이 있답니다."

"무슨 소리요? 당신은 아무것도 모르면서 참견하지 말아요."

관리인은 쏘아붙였다. 그러나 부인은 어진 마음을 가지고 있었다. 이 부인은 기회가 있을 때마다 소작인들 편을 들어서 남편에게 말을 했고, 또 어떤 때는 다투기까지 했다.

부인은 남편에게 부탁을 했다.

"여보, 오늘은 예수님의 특별한 날입니다. 그러니까 주님을 위해서라도 죄를 지어서는 안 되지요. 오늘만은 농사꾼들을 푹 쉬게 해주세요."

그러나 관리인 미하일 세미요느비치는 얼굴을 다른 곳으로 돌리고는 부인의 말을 무시했다. 그러다 대뜸 부인을 향해 화를 냈다.

"한동안 매질을 안 했더니 당신도 주제넘은 소릴 하는 거야? 당신이 이러쿵저러쿵할 일이 아니야."

그리고는 부인을 무서운 눈으로 노려보았다. 그러나 부인은 그렇다고 입을 다물지는 않았다.

"여보, 난 어젯밤 당신 꿈을 꾸었는데 아주 불길했어요. 그러니까 제 소원이라도 들어주는 셈 치고 그 사람들을 쉬게 해주세요."

부인은 안타까운 듯이 사정을 했다. 그러나 관리인은 막무가내였다.

"글쎄, 내가 하는 말이 바로 그거야. 매를 맞지 않아 공연히 살만 쪘다니까. 이제 내가 무섭지도 않나? 당신도 입조심하는 것이 좋을 거야."

미하일 세미요느비치는 화를 내면서 불붙은 담배 파이프 끝으로 부인의 입 언저리를 툭툭 치고 점심식사 준비를 시켰다.

미하일 세미요느비치는 자기밖에 모르는 사람이다. 자기 배만 채우면 그만이었다. 점심식사도 자기 앞에 맛있는 고기와 야채, 과일을 즐비하게 늘어놓고는 배가 터지게 먹어댔다.

이날도 돼지 한 마리를 통째로 구워 먹고는 버찌술을 한 잔 마시고 하녀를 불러 노래를 부르게 하고 자신은 기타를 치며 반주를 했다.

"자, 열심히 불러!"

술에 취한 관리인은 신바람이 나서 기타를 쳤다. 나중에는 자기도 목청껏 노래를 부르고 야단을 떨었다. 그러는 사이 촌장 영감이 들어왔다.

"어때, 잘들 하고 있나? 그 미친놈들은 놀고 있겠지?"

"아, 아닙니다요. 벌써 반 이상을 갈아 놓았는뎁쇼"

"일을 아무렇게나 하고 있진 않겠지?"

"예, 놀고 있는 사람은 하나도 없습죠. 모두들 관리인 나리가 무서워서 감히 그러지 못하지요."

"흙은 딱딱하지 않나? 흙덩이를 잘 부수고 있더냔 말이야."

"네, 네, 아주 부드럽게 짓눌러 깨고 있습니다요, 마치 겨자씨처럼 가늘고 곱게……."

"흐음, 그만하면……."

관리인은 그 말을 듣고 가만히 있었다.

"그리고 또 한 가지 있었지. 그놈들 내 욕은 하지 않던가? 욕을 하고 있었지?"

세미요느비치는 촌장 영감에게 바른 대로 대라고 눈을 부라렸다.

"숨김없이 말을 해야 해. 그놈들이 주고받은 이야기를 죄다 하란 말이야. 있는 그대로…… 사실 그대로 얘기를 하면 내, 상을 주지. 그렇지 않으면 몽둥이다."

그리고는 노래를 부르던 하녀에게 말했다.

"이봐, 카츄시카, 이 영감이 사실을 털어놓을 기운을 내도록 휘트카술 한 잔 내와."

하녀는 부엌으로 가서 술을 따라 노인에게 갖다 주었다. 촌장은 관리인에게 절을 하고 술을 마셨다.

"맛이 어떤가?"

"예, 참 좋습니다요."

"그러니까 바른 대로 말을 하란 말이야. 누가 내 욕을 하지?"

촌장은 술이 좀 오르자, 이렇게 생각했다.

'에이, 그까짓 것. 어차피 사는 게 매한가진데⋯⋯ 모두가 이 사람을 칭찬 안 한다고 해도 내 탓도 아니오, 기왕 술도 얻어먹었으니까 바른 대로 말해 버리자.'

촌장은 말을 하기 시작했다.

"사람들이 투덜투덜 불평이 많은뎁쇼."

"뭐라고? 도대체 뭐라고들 하나?"

"늘 똑같은 소리지요. 관리인은 신앙심이 없다구요."

관리인은 허어 하고 웃었다.

"누가 그런 소리를 하던가?"

"모두가 그러지요. 저 사람은 악마가 시키는 대로 한다구요."

그래도 관리인은 계속 웃기만 했다.

"그것 참 멋들어진 얘기로구나. 그럼 내가 악마의 부하인가? 누가 그런 말을 하지? 이름을 대주지 않겠어? 와실리라는 놈은 뭐라고 해?"

관리인이 슬슬 구슬리자, 영감은 바른 대로 털어놓기 시작했다.

"예, 와실리는 누구보다도 지독히 욕을 하고 있습니다요."

"호오, 그것 참 뱃심 있는 사람이로군. 도대체 뭐라고 하던가?"

"그건 입에 담기도 어려운 말인데요. 관리인 나리가 제 명에 죽지 못하고 아주 꼴사납게 죽을 거라고 하더군요."
관리인은 그래도 껄껄 웃을 뿐이었다.
"허, 거참 대단하군. 그런데 그 사람은 어째서 나를 죽일 생각을 하지 않을까? 멍청하게 가만히 있을 필요가 없지. 와실리는 참 용기가 있는 사람이야. 흐음, 와실리라는 친구, 그놈은 곧 내가 먼저 손을 써야 하겠군. 또 치시카도 아마 와실리하고 비슷한 소리를 늘어놓고 있었겠지?"
촌장은 미주알 고주알 온갖 말을 다 늘어놓았다.
"뭐라고들 하던가, 도대체?"
"차마 입에 담을 수도 없는 말들입니다요. 관리인 나리."
촌장은 말하기가 퍽 거북한 모양이었다.
"말해 보라니까, 뭘 그렇게 꾸물대고 있어. 아무런 상관없다니까. 내가 이렇게 기분이 좋아 웃고 있는데……."
그러자 영감은 끔찍한 소리까지 다 털어놓았다.
"예, 그놈의 배가 터져 창자가 튀어나왔으면 좋겠다고 그랬습죠."
미하일 세미요느비치는 매우 기분이 좋은 듯이 한바탕 웃어댔다.
"하하하, 누구 창자가 튀어나온단 말이냐? 내 창자? 그 미친놈들의 창자? 도대체 누가 그런 소리를 했지?"
"……"
노인은 말하기가 난처한 모양이었다.
"치시카란 녀석인가?"
"누구라고 꼬집어 말할 수가 없지요. 모두가 그러니까요."
"흠, 피요틀 미헤에프는 어떠냐? 그놈도 욕을 하겠지?"
"아니요, 피요틀만은 절대로 남의 욕을 하지 않습니다."
"그럼 뭐라고 했지?"
"소작인 중에서 욕을 하지 않는 사람은 그 사람뿐입니다요. 그 사람은 좀 다른 사람이지요. 관리인 나리, 나는 그 사람에게 질렸습니다."

"아니, 무슨 일이 있었나?"

"나도 그랬지만 다른 사람들도 모두 기겁을 할 만큼 놀랐습니다요."

"도대체 뭔데?"

"정말 이상한 일이 있었지요. 내가 일하는 것을 보러 갔는데, 그때 피요틀은 투루카 골짜기의 긴 밭을 갈고 있었지요. 내가 가까이 다가가는 도중에 노랫소리가 들려 왔어요. 그런데 이상하게도 피요틀이 쥐고 있는 쟁기자루 있는 곳에서 뭔가 번쩍이고 있었습니다요."

히죽히죽 웃고 있던 관리인도 그만 웃음을 거두고 노인의 입을 지켜 보며 말했다.

"그래서, 그게 뭔데……."

"그런데 그것이 촛불처럼 빛을 내고 있지 않겠어요? 가까이 가서 자세히 쳐다보니 5카페이카짜리 초가 세워져 있었어요. 바람에 날리면서도 흔들리지 않고 타고 있었어요. 피요틀은 새옷을 입고 일을 하고 있었지요. 부활절 노래를 부르면서 일을 하는데…… 촛불은 그 옆에서 옷을 털어도 꺼지지 않고, 쟁기가 심하게 움직여도 끄떡 없었습니다요."

"허, 그것 참 이상한 노릇이로군."

"예, 참 신기한 일도 다 있습니다요."

"그런데 피요틀은 내 말을 하지 않았어?"

"예, 아무 말도 하지 않았습죠. 나를 보자 부활절 인사만 하고 또 노래를 부르기 시작했습니다요."

"너, 그놈하고 말을 주고받았지?"

"말은 하지 않았지요. 곧 그쪽으로 다른 농사꾼들이 다가왔으니까요. 그들은 착한 피요틀도 부활절에 일을 했으니까 이젠 천당에는 못

간다고 놀려대더군요."

"그러니까 피요틀이 뭐라고 했지?"

"예, 아무 대꾸도 하지 않고 다만 땅에는 평화, 사람들에게는 은혜라고만 할 뿐, 계속 말을 몰면서도 고운 목소리로 노래를 부르더군요. 초는 여전히 꺼지지 않고 타고 있었구요."

이 말을 듣자, 관리인은 그만 기타를 옆에 내려놓고 고개를 떨구며 생각에 잠겼다.

"아니, 관리인 나리 왜 그러십니까?"

그러나 미하일 세미요느비치는 말없이 가만히 앉아 있을 뿐이었다. 한참 후, 부스스 일어난 관리인은 촌장과 하녀에게 말했다.

"이제 그만 물러가시오."

그런 뒤에도 미하일 세미요느비치는 고개를 떨군 채 말없이 창 밖을 내다보고 있었다. 그리고는 조금 있다가 맥이 빠진 듯이 커튼을 젖히고는 침대 위에 드러눕고 말았다. 그리고는 끙끙 앓으며 한숨을 내쉬기도 했다.

부인이 관리인의 이상한 모습을 보고 가까이 와서 물었다.

"아니, 여보. 당신 왜 그래요? 어디 아프신가요?"

관리인은 고개를 저었다.

"그럼, 왜 그래요?"

관리인은 대답도 하지 않고 끙끙거리기만 하다가 겨우 이렇게 한마디 했다.

"아니야, 그놈은 내게 이겼어. 이젠 내가 당할 차례가 되었구나."

부인은 그를 타이르기 시작했다.

"여보, 이제부터는 그 사람들을 좀 편히 쉬게 해주세요. 무슨 일이든지 당신은 마음대로 해왔지요. 무엇 때문에 그런 좋은 생각을 하면서 말을 못 하시나요?"

부인은 관리인이 착한 마음이 생겨 자기 잘못을 깨닫고 있다는 것을 눈치챘다.

"아냐, 나는 피요틀에게 졌어. 그자가 나를 이겼단 말이야."

부인은 부드러운 표정으로 남편에게 말했다.

"내가 졌다느니, 그놈이 이겼다느니 그런 소리만 하고 누워 있지 말고 지금 당장 일어나서 그 사람들에게 휴가를 주세요. 그렇게 하면 모두들 얼마나 기뻐하겠어요. 당장 다녀오세요. 곧 말을 준비할 테니까."

얼마 후, 말이 집 앞으로 끌려나왔다. 부인은 계속 관리인에게 마을로 나가서 소작인들에게 즐거운 휴가를 주라고 일렀다. 미하일 세미요느비치는 말을 타고 마을로 달려갔다. 마을 입구 앞까지 가자 어떤 여자가 문을 열어 주었다. 마을에는 사람이 별로 없고, 모두들 여기저기 밭에 흩어져서 일을 하고 있었다. 관리인이 나타나자, 밭두렁에서 쉬고 있던 소작인들은 놀란 토끼처럼 후닥닥 일어나 일을 하기 시작했다.

이들은 관리인을 악마처럼 무서워하고 있었다. 관리인은 마을 안으로 들어갔다. 사람들은 모두 숨어 버렸다. 아이들까지도 미하일 세미요느비치를 보자 금방 어디론지 자취를 감추고 말았다.

나무 뒤에도 숨고, 뒤뜰로 도망치기도 하고, 울타리 사이에도 비집고 들어갔다.

관리인은 마을을 빠져나가 반대편 문 쪽으로 갔다. 문은 닫혀 있었다. 그는 말 위에 올라앉아 있기 때문에 문을 열 수가 없어 소리를 질렀다.

"문 좀 열어다오. 빨리!"

그러나 아무도 문을 열어 주는 사람이 없었다. 할 수 없이 말에서 내려 직접 문을 열었다.

그리고는 다시 말에 올라타려는 순간, 갑자기 돼지 한 마리에 놀란 말이 펄쩍 뛰더니 마구 달리기 시작했다. 미하일 세미요느비치는 그만 말에서 떨어져 울타리 위로 떨어지고 말았다.

마을 입구의 울타리는 굵은 나무 끝을 뾰족하게 다듬어 날을 세워 방벽을 쳐놓은 것이었다. 미하일 세미요느비치는 바로 그 울타리 위로 떨어졌다. 날카로운 나무는 그의 배를 깊숙이 찔렀다. 그리고 그의 몸은 배를 찔린 채 무게를 이기지 못하고 울타리 밑으로 굴러 떨어졌다.

이윽고 날이 저물어 소작인들이 일터에서 돌아오기 시작했다. 문밖까지 오자 말들이 들어가려고 하지를 않았다.

"아니, 어찌된 일이야?"

소작인들은 울타리 안팎을 살펴보았다.

"아!"

이들은 그 자리에 못 박힌 것처럼 뻣뻣이 굳어 버리고 말았다. 그곳에서 발견한 것은, 비참하게 배가 찢어져 죽은 미하일 세미요느비치의 시체였다. 관리인은 눈을 부릅뜨고 팔을 벌린 채 뻗어 있었다.

"아니, 이게 웬 일이람! 이런 무서운 일이 또 어디 있단 말인가?"

사람들이 그곳에 모여들어 기도를 올렸다. 그리고 모두 창자가 터져 나오고 또 사방에 퍼진 미하일 세미요느비치의 피를 보고 동정의 눈물을 흘렸다. 그리고 모두가 더 이상 그곳을 지키지 못하고 도망치듯이 뒷길로 말을 몰아 가버렸다.

그러나 그 중에 오직 한 사람 피요틀 미헤에프만은 말에서 내려 관리인의 시체 가까이 다가갔다. 그리고 관리인이 틀림없이 죽었는가 살펴보았다.

미하일 세미요느비치의 시체는 벌써 싸늘했다. 피요틀은 그의 눈을 감겨 주고, 딸을 시켜 관을 만들게 하여 그의 시체를 그의 집까지 싣고 갔다. 뒤늦게 이 소식을 들은 지주는 자신의 생각이 옳지 않았다는 것을 깨달았다. 그는 소작인들을 자유스럽게 해주었다.

소작인들도 이때, 하나님의 힘은 악한 마음에 머물지 않고 착한 마음 속에 깃든다는 것을 새삼스럽게 깨달았다.

■톨스토이와 함께하는 성경 이야기

사랑의 사영리

사람이 사랑한다는 것처럼 어려운 일은 없습니다. 늘 좋다가도 한 번 실수가 한이 되는 경우가 있고 최선을 다했는데도 받는 쪽에서는 불만스러워하는 경우도 있습니다.

사랑은 주는 것(Give)이라고 말합니다. 이 말에 의하면 받기만 하는 것은(Take) 사랑일 수가 없다는 말이 됩니다. 그러므로 사랑한다는 것은 선을 행하는 일입니다.

이웃들에게 기쁨을 주고 위로를 주고 평안을 주는 일은 모든 사랑에서 참으로 값진 사랑입니다.

국가 지도자가 백성을 유쾌하고 평안하게 정치한다면 백성을 사랑하는 것입니다. 그러나 국가 지도자가 아무리 백성을 사랑한다 해도 전쟁의 위협이나 물가 불안 등으로 인해 백성들이 근심하고 공포를 느낀다면 그건 결코 사랑이 아닙니다.

이 세상에는 사랑의 사영리가 있습니다.

① 받고, 그리고 또 받기만 하는 사람(Take and Take)

② 받은 후에 주는 사람(Take and Give)

③ 주고 난 후 받는 사람(Give and Take)

④ 주고, 그리고 또 주는 사람(Give and Give)

지금 나는 어디에 해당되는 사람일까요? 예수님은 자기의 모든 것을, 그리고 생명까지도 주신 분이셨기에 그는 사랑의 화신입니다. 석가도 마호메트도 공자도 자신이 터득한 진리는 주었어도 자신의 생명을 내놓지는 못했습니다. 그래서 사랑을 아신 예수께서는 "주라. 그리하면 너희에게 줄 것이니, 곧 후히 되어 누르고 흔들어 넘치도록 하여 너희에게 안겨 주리라"(누가복음 6장 37절)라고 하신 것입니다.

■다시 읽는 하나님 말씀

그러나 너희 듣는 자에게 내가 이르노니 너희 원수를 사랑하며 너희를 미워하는 자를 선대(善待)하며/너희를 저주하는 자를 위하여 축복하며 너희를 모욕하는 자를 위하여 기도하라/네 이 뺨을 치는 자에게 저 뺨도 돌려 대며 네 겉옷을 빼앗는 자에게 속옷도 금하지 말라

(누가복음 6장 27~29절)

네가 만일 네 원수의 길 잃은 소나 나귀를 만나거든 반드시 그 사람에게로 돌릴지며/네가 만일 너를 미워하는 자의 나귀가 짐을 싣고 엎드러짐을 보거든 삼가 버려두지 말고 그를 도와 그 짐을 부리울지니라 (출애굽기 23장 4~5절)

네 원수가 배고파하거든 식물을 먹이고 목말라하거든 물을 마시우라/그리하는 것은 핀 숯으로 그의 머리에 놓는 것과 일반이요 여호와께서는 네게 상을 주시리라 (잠언 25장 21~22절)

사랑이 있는 곳에
하나님도 함께 하신다

사랑이 있는 곳에 하나님도 함께 하신다

어느 한 도시에 마르틴 아우데비치라는 구둣방 주인이 있었다. 그는 창문이 하나밖에 없는 어느 지하실의 조그마한 방에서 살고 있었다. 그 창문은 길가로 나 있어서 창 밖으로 지나가는 사람들의 구두가 보였다. 구두를 보고 있으면 마르틴 아우데비치는 그 구두의 임자가 누구인지를 잘 알 수가 있었다.

그 구두들은 모두 그의 구둣방에서 고치거나 새로 만든 것들이었다. 아우데비치는 여기서 오래 살고 있었기 때문에 아는 사람들이 많았다. 그래서 이 근처에서 한두 번이나 그 이상 그의 손질을 거치지 않은 구두는 정말 한 켤레도 없었다. 바닥을 대준 것도 있고, 기워준 것도 있었다. 그래서 그는 늘 자기 손으로 창을 대고 기워준 것이나 새로 창을 박아준 구두들을 언제든지 내다볼 수 있었다.

마르틴은 꽤 높은 신용을 얻고 있었다. 그는 언제나 확실하고 야무지게 일을 처리하였다. 그리고 그는 좋은 재료를 썼고 돈을 많이 남기지도 않고 약속도 잘 지켰다.

그래서 일거리는 얼마든지 있었다. 그는 손님이 요구하는 날짜를 지킬 수 있는 일만 맡았고, 만약 요구한 날짜까지 만들 수 없는 일은 주문을 받지 않았다. 어물어물 아무렇게나 일을 맡지 않고 언제든지 확실한 신용으로 일을 맡았던 것이다. 그래서 사람들은 모두 마르틴에게만 구두를 맡겼다.

마르틴은 젊을 때부터 착한 사람으로 이름이 나 있었으나 나이가 들면서 영혼에 대해서 더욱 깊이 생각하고 기도를 드려 하나님과 가깝게 지내려고 애를 썼다.

그의 아내는, 그가 전에 어느 구둣방의 직공으로 있을 때 세살박이 아이를 남기고 세상을 떠났다. 그 이전에도 아이들을 여럿 낳기는 했었는데, 이들 부부에게는 자식복이 없었는지 낳는 대로 모두 잃고 이 세살박이 아이만 남았던 것이다. 마르틴은 그의 아들을 어느 시골에 살고 있는 고모에게 맡겨 기를까도 생각했다. 그러나 한편으로 어린 아들을 떼어놓을 생각을 하자 아이가 몹시 측은해졌다.

어머니를 잃은 데다 아버지마저 떨어져 살아야 할 아들이 가엾게 여겨져서 마르틴은 결국 아이를 보낼 수가 없었다. 세상에는 고아가 많았는데, 그들은 하나같이 부모를 잃자마자 야위어 갔고 웃음을 잃은 채 슬픔에 잠겼다. 마르틴은 결국 아들 카피트시카를 고생이 되더라도 자기가 맡아 키우기로 했다.

마음을 정한 마르틴은 주인집에서 나와 조그마한 방을 얻어 혼자 구둣방을 차리고 카피트시카를 키우면서 살아갔다. 사람들은 혼자 사는 마르틴을 동정해 주었다. 그래서 그에게 일거리를 부탁했고, 또 카피트시카의 입을 것과 먹을 것을 가져다 주는 친절한 사람들도 있었다.

"카피트시카가 심심할 텐데 내가 조금 놀아 줄까?"

이러면서 한참 동안 어린 카피트시카와 함께 길 앞에서 놀아 주고 가는 아주머니도 있었다.

마르틴은 쓸쓸한 살림살이였지만 부지런히 일했다. 그러나 착한 마르틴에게 하나님은 카피트시카마저도 끝까지 기르게 하지 않았다.

카피트시카는 무럭무럭 자라나 잔심부름도 하고 또 말동무도 되어 주었다. 이윽고 성숙한 소년이 되어 구두를 만드는 일까지 거들어 줄 만큼 자라났다. 마르틴은 날마다 일하는 것이 즐거웠다.

그런데 어느 날, 카피트시카는 머리가 아프다고 하더니 그만 자리에 눕고 말았다. 그후, 일주일 동안 무서운 열에 시달렸다. 정신을 잃을 정도의 고열로 헛소리까지 했다.

마르틴은 안절부절 어찌할 줄을 모르고 카피트시카의 병간호를 했다. 그러나 끝내 카피트시카의 병세는 낫지 않고 며칠 후 어이없이 죽어 버리고 말았다.

마르틴은 이제 더 이상 살아갈 기운이 나지 않았다. 앞으로 살아갈 용기도 없었고 아무런 미련도 없었다. 지은 죄도 없는데 연달아 자식과 아내를 빼앗아 가고, 간신히 키운 카피트시카마저 데리고 가는 하나님을 원망하기도 했다.

세상의 온갖 일들이 귀찮아졌다. 때때로 그는 하나님에게 이런 기도를 했다.

"하나님, 저는 무엇을 소망으로 삼고 살아가야 합니까? 저는 아무런 희망이 없습니다. 그러니 저도 차라리 이 세상으로부터 데려가 주십시오."

그러나 아무런 대답도 없는 하나님. 마르틴은 늙어 가는 자신을 부르시는 대신 한창 자라 어른이 되어 가는 카피트시카를 데리고 간 하나님을 원망했다.

날마다 열심히 다니던 교회에도 가기 싫어졌다. 그리고 마르틴은 일손을 멈추고 멍청하게 앉아 있는 일이 많아졌다.

어느 날, 마르틴을 찾아온 사람이 있었다.

"오, 이게 누구십니까?"

"마르틴, 잘 있었나? 하나님의 은총이 댁에 가득하기를 비네."

그를 찾아온 사람은 고향 사람으로, 팔 년 동안이나 이곳저곳을 순례하는 노인이었다. 노인은 트로이츠아를 떠나오는 길에 마르틴의 집에 들른 것이다.

고향 어른을 만나게 된 마르틴은, 여러 가지 이야기를 주고받은 끝에 자기의 불행한 사정을 털어놓고 말했다.

"나는 이제 앞으로 더 이상 살고 싶은 마음이 없습니다. 많은 자식을 잇달아 이유 없이 잃고 아내도 잃고……. 그래서 나를 불러달라고 하나님께 빌고 있지요. 정말 나는 아무 소용이 없는 사람이 되고 말았습니다."

고개를 끄덕이며 그의 말을 조용히 듣고 있던 노인은 그가 말을 끝내자, 이렇게 말했다.

"여보게, 마르틴. 자네는 참 무서운 소리를 하는군. 우리 사람들은 하나님이 하시는 일에 대해서 이러쿵저러쿵 불평을 해서는 안 되네. 세상일은 우리 생각대로 되는 것이 아니지 않은가. 모두가 하나님 뜻대로 되는 것이지. 자네 아들이 죽고 자네만 살아남은 것도 역시 하나님의 뜻일 게야. 이렇게 말하면 좀 섭섭하겠지만 그것이 하나님이 생각하시기엔 더 나은 것이기 때문에 그렇게 하신 거란 말이지. 공연히 하나님의 뜻을 잘못 알고 자포자기해서는 안 되네. 자기 좋은 대로만 이루어지기를 바라니까 불평이 생기는 법이지."

마르틴은 시무룩한 표정으로, 이런 말을 하는 노인의 얼굴을 쳐다보고 물었다.

"그럼 자기 즐거움을 모두 버리고 살라는 말씀인가요? 자기 기쁨을 다 버리고도 살아갈 수가 있을까요? 당장 내가 구두를 짓는 것도 대단한 즐거움이 되는데."

노인이 말했다.

"마르틴, 그건 자네가 잘못 생각하고 있는 거야. 사람은 하나님을 위해서 살아야 하는 것이지. 그것은 인간의 생명은 하나님이 주셨기 때문이야. 자네의 목숨도 마찬가지지. 그 생명을 주신 하나님을 위해서만 살아가노라면, 자신의 부질없는 슬픔도 사라지고, 눈물 흘릴 일도 없어지고 마음도 평온해질 거야."

마르틴은 잠시 생각에 잠겨 있더니 노인에게 물었다.

"그럼 하나님을 위해 살려면 어떻게 하면 된다는 말씀입니까?"

그는 문득 자신이 지금까지 살아온 방식이 잘못된 것이 아닐까 하는 생각이 머리를 스쳐 갔다. 노인은 성인과도 같은 인자한 얼굴에 부드러운 미소를 띠고 마르틴에게 말했다.

"어떻게 하면 하나님을 위해서 사는 길인지 예수님이 잘 가르쳐 주셨지. 마르틴, 자네 글을 읽을 수 있는가?"

"예, 조금 배워서 읽을 수가 있습니다."

"그럼 됐어. 복음서를 사서 읽어요. 신약 성경 맨 처음 부분이야. 그 복음서에는 하나님을 위해 살 수 있는 방법이 자세히 적혀 있지. 그리고 하나님을 가까이 만나 뵐 수가 있어."

늙은 순례자의 말이 마르틴의 가슴 깊이 새겨졌다. 마르틴은 당장 책방을 찾아가서, 큰 글자로 인쇄된 신약 성경 한 권을 사들고 돌아와 읽기 시작했다. 맨 앞장을 펼쳤다. 그리고 첫 줄부터 한줄 한줄 읽어 내려갔다.

처음에는 축제일이나 주일날에만 읽으려고 생각했는데, 한줄 한줄 읽어 내려가는 동안 어쩐지 마음이 편해지는 것 같아 자기도 모르게 매일같이 성경책을 손에서 내려놓지 않고 읽었다. 읽어 가는 동안, 어떤 때는 그 내용의 참뜻을 생각하지 않고 줄거리만 따라가기도 하고, 또 어떤 때는 램프의 기름이 다 타 버린 것도 알아채지 못할 만큼 재미를 느끼며 읽어 갔다.

마르틴은 읽으면 읽을수록 재미를 느꼈다. 그리고 하나님의 깊은 뜻을 점점 알 수 있을 것 같았다. 하나님이 그에게 무엇을 바라고 있는지, 하나님을 위해서 살아가는 길이란 어떤 것인지, 그 도리를 차츰 깨닫게 되었다.

이렇게 날마다 성경을 읽고 하나하나 그 뜻을 깨달아 가는 동안 마르틴의 마음은 점점 평화스러워졌다. 죽은 아내와 아들을 생각하고 슬픔에만 잠겨 있던 그는, 어느새 그 모든 것들을 잊고 하나님 앞에 기도를 드릴 수 있는 마르틴이 되어 있었다. 그는 시간이 있을 때마다 기도를 드렸다.

"주님, 모든 영광을 당신께 돌리나이다. 모든 것이 당신의 뜻대로 되게 하옵소서."

이제 마르틴의 생활은 평화스러워졌고 기쁨에 차 있었다.

아침 일찍 일어나 일을 시작하여 정해진 시간 안에 끝마치고 나면, 그는 테이블 위에 펼쳐진 성경책을 읽기 시작했다. 해가 지고 날이 어두워지면, 그는 램프를 켜 놓고 계속 읽어 내려갔다.

읽으면 읽을수록 성경 속의 말씀은 감명 깊었고, 그것을 느낄수록 그의 마음은 밝고 명랑해졌다.

어느 날 밤, 그날도 마르틴은 다른 날과 마찬가지로 밤늦게까지 성경을 읽고 있었다. 그가 지금 읽고 있는 것은 '누가'에 의해 씌어진 복음서였다. 제6장에 다음과 같은 말이 있었다.

한쪽 뺨을 치는 사람이 있거든 속옷을 빼앗아도 막지 마시오. 달라는 사람이 있거든 주고, 빼앗는 사람에게는 되돌려 달라고 하지 마시오. 여러분이 남들에게서 바라는 그대로 여러분도 남들에게 해주시오. (누가복음 6장 29~31절)

그렇게 자꾸 읽어 내려가자 예수님은 또 이렇게 말씀하셨다.

여러분은 내가 말하는 것을 실행하지 않으면서 왜 나를 주님! 주님! 하고 부릅니까? 내게 와서 내 말을 듣고 실행하는 사람이 어떤 사람인지 가르쳐 주겠습니다. 그 사람은 땅을 깊이 판 다음, 반석 위에 기초를 놓고 집을 짓는 사람과 같습니다. 홍수가 나서 물결이 집으로 아무리 들이닥치더라도 그 집은 튼튼하게 지은 집이기 때문에 조금도 흔들리지 않습니다. 그러나 내 말을 듣고도 실행하지 않는 사람은 기초 없이 맨땅에 집을 지은 사람과 같습니다. 이런 집은 물결이 밀어닥치면 즉시 무너져서 크게 파괴될 것입니다.

(누가복음 6장 46~49절)

마르틴은 이러한 말씀을 읽고 마음의 즐거움을 느꼈다. 그는 안경을 벗어 테이블 위에 놓고 팔짱을 낀 채 잠시 생각에 잠겼다. 그리고 자기 자신의 생활을 반성해 보았다.

'내가 세운 집은 과연 바위 위에 세워진 집일까? 아니면 모래 위에 세워진 집일까? 만약에 바위 위에 세워진 집이라면 다행이지만 어쩌면 모래 위에 세워진 집일지도 몰라. 혼자 있을 때는 이처럼 마음이 편하고 무엇이든 하나님의 뜻에 맡길 수 있지만, 밖으로 나가 사람들을 대하면 다시 죄를 짓지나 않을까? 이제부터는 나도 열심히 이 성경 말씀대로 살아가기로 하자. 그것이 가장 최선의 길이다. 주님, 저를 도와주십시오!'

그는 잠자리에 들었으나, 아직도 성경책을 손에서 놓을 수가 없었다. 그는 계속해서 다시 7장을 읽기 시작했다. 거기에는 백부장의 이야기와 과부의 아들 이야기와 예수님이 세례 요한의 제자들에게 대답한 말씀이 있었다. 그리고 또 부자인 한 바리새파 사람이 예수님을 자기 집으로 초대한 이야기도 있었다. 예수님이 그 바리새파 사람의 집에 들어가 음식을 잡수시게 되었을 때, 그 동네에 사는 행실이 나쁜 여자 하나가 예수님의 발 앞에 엎드려 눈물로 예수님 발을 적시고 거기에 향유를 바르자, 예수님은 그 여자의 죄를 용서해 주셨다는 이야기이다. 그때 예수님은 다음과 같이 말씀하셨다.

이 여자를 보시오, 내가 당신 집에 들어왔을 때, 당신은 내게 발 씻을 물도 주지 않았지만 이 여자는 눈물로 내 발을 적시고 머리카락으로 내 발을 닦아 주었습니다. 당신은 내 얼굴에도 입맞추지 않았지만, 이 여자는 내가 들어올 때부터 줄곧 내 발에 입맞추었습니다. 당신은 내 머리에 기름을 발라 주지 않았지만 이 여자는 내 발에 향유를 발라 주었습니다. (누가복음 7장 44~46절)

마르틴은 여기까지 읽자, 또 눈을 감고 가만히 생각했다.

'발을 씻을 물도 주지 않고, 입을 맞추지도 않고, 머리에 기름을 발라 주지도 않았다는 예수님의 말씀. 아! 이 말씀은 나같이 어리석은 사람을 두고 하신 말씀이로구나.'

마르틴은 다시 깊은 생각에 잠겼다.

'나는 그 바리새파 사람과 하나도 다를 것이 없잖은가. 그동안 나는 오직 나 자신을 위해서만 먹고 마시고 또 따뜻하게 잠을 잤지, 다른 사람의 일에 대해서는 걱정해 볼 생각도 하지 않았어. 만일 예수님이 이곳에 오셨다면, 나도 그 바리새파 사람처럼 그렇게 대했을 것이 분명해.'

마르틴은 곰곰이 이런 생각을 하다가 어느새 잠이 들어 버렸다. 갑자기 귓가에 이상한 소리가 들려 왔다. 깜박 잠이 들었던 마르틴은 그 소리에 놀라 자리에서 일어났다.

"누구요?"

뒤를 돌아보고 문 쪽을 살폈으나 거기에는 아무도 없었다. 한참 동안 귀를 기울이고 있었으나 역시 들어온 사람은 아무도 없었다. 마르틴은 다시 자리에 누워 잠이 들었다. 그러자 또 말소리가 들려 왔다.

"마르틴! 마르틴! 내일 아침 거리를 내다보고 있어요. 내가 그리로 갈 테니."

정말 이상한 일이었다. 마르틴은 지금 막 들었던 목소리가 꿈이었는지, 생시였는지 분간할 수가 없었다.

다음 날 아침, 마르틴은 다른 날보다도 더 일찍 일어나 하나님 앞에 기도를 드린 후 아침을 먹고, 여느 날처럼 창가에 가 앉았다. 어젯밤 일이 마음에 걸려서 자꾸만 창 밖으로 시선이 갔다.

마르틴의 마음 속에는 지금 두 가지 생각이 오락가락했다.

'왜 전에도 그런 일이 가끔 있었지! 꿈인지 생신지 모를 그런 일들이 말야…….'

그렇게 생각하면서도 마르틴은 자꾸만 창 밖으로 눈길을 보내고 있었다. 그러다가 조금이라도 낯선 사람이 지나가면 유리창에 바짝 이마를 갖다 대고 자세히 살펴보았다. 구두를 보고, 얼굴을 쳐다보고, 또 그 사람의 걸음걸이를 살펴보았다. 많은 사람들이 오가고 있었다. 어떤 사람은 펠트 구두를 신고 있었고, 어떤 사람은 새 가죽 구두를 신고 있었다. 장화와 단화를 신은 수많은 사람들이 그의 창 밖을 계속 지나갔다.

그때 낡은 펠트 구두를 신은 니콜라이 1세 시절의 노병이 눈삽을 들고 창 앞에 나타났다. 마르틴은 그 낡은 펠트 구두를 보고 그 사람이 누구인지를 곧 알 수가 있었다. 그는 이웃집 사람의 동정을 받아 그 집에서 일하고 있는 스테파노비치라는 노인이었다. 이 노인이 하는 일은 문지기를 도와주는 일이었다.

스테파노비치는 눈을 치우기 시작했다. 마르틴은 스테파노비치를 잠시 눈여겨보고 나서 일을 시작했다. 그리고 자기 자신에 대해서 생각했다.

'음, 나도 꽤 나이를 먹은 모양이지? 벌써 노망을 부리니 말이야. 옆집 스테파노비치를 보고 예수님이 오셨나 하고 생각하다니…… 나도 이젠 정신이 오락가락하는군. 어서 일이나 하자.'

마르틴은 들고 있던 가죽에 바늘을 꿰맸다. 그러나 열 바늘도 꿰매기 전에 눈길은 다시 창 밖으로 갔다. 스테파노비치는 눈을 치우는 일이 힘에 겨운지 눈삽을 창가에 기대 놓고 발개진 얼굴로 하늘을 바라보고 있었다.

마르틴은 노인이 가엾게 여겨졌다. 불러서 따끈한 차라도 한잔 대접하고 싶은 생각이 들었다.

마르틴은 찻잔을 테이블 위에 갖다 놓고, 손가락으로 창문을 똑똑 두드렸다. 이 소리를 들은 스테파노비치는 등을 돌리더니, 뚜벅뚜벅 걸어 창 앞으로 왔다.

마르틴은 창문을 열고 말했다.

"이리 들어오셔서 몸을 좀 녹이시지요. 바깥바람이 꽤 차가운 것 같습니다."

그러자 스테파노비치는 고맙다는 듯 빙긋 웃었다.

"아, 정말 고맙습니다. 늙은 탓인지 이제는 춥다기보다 뼛속이 아픈 것 같아요."

스테파노비치는 낡은 펠트 구두에 묻은 눈을 털고, 마르틴의 구둣방 안으로 들어왔다.

마르틴은 두 개의 찻잔에 따끈한 차를 따라서 스테파노비치에게 한 잔을 권하고, 자기도 한 잔 훌훌 불어 가면서 마셨다.

스테파노비치는 차 한 잔을 다 마시고 나서 빈 잔에 각설탕을 몇 개 집어넣었다. 아마 한 잔 더 마시고 싶은 모양이었다.

"한 잔 더 드시겠습니까? 자아, 잔을 이리 주세요."

스테파노비치는 얼른 잔을 내밀었다. 마르틴은 그 잔에 차를 한 잔 더 따라 주었다.

그렇게 차를 마시고 있는 동안에도 마르틴은 계속 창 밖에 시선을 두었다. 그 모양을 본 노인은 마르틴에게 물었다.

"지금 누구를 기다리고 계십니까?"

그 물음에 놀란 마르틴은 좀 어색한 듯 빙긋 웃으며 대답했다.

"네 기다리고 있긴 합니다만 그게 좀 막연한 것이라서요. 나는 어제 복음서를 읽고 있었죠. 여러 곳을 돌아다니시며 하나님의 말씀을 전하시는 예수님의 모습을 기록해 놓은 책 말입니다. 영감님께서도 알고 계시지요?"

그러자 노인은 계속 차를 마시면서 말했다.

"그런 이야기를 듣기는 했지만 한 번도 읽어 보지는 못했소. 그래서 확실히는 모르지요."

그 말을 듣자, 마르틴은 자기가 스테파노비치보다는 조금 낫다는 생각이 들어서 자신감을 가지고 어젯밤에 경험한 일을 이야기해 주었다.

그 이야기를 다 해주고 나서 마르틴은 이렇게 덧붙였다.

"이런 말을 하면 영감님께서는 어떻게 생각하실지 모르지만, 나는 자신을 나무라면서도 '혹시 주님이 오신다는 말씀이 아닐까?' 하는 생각이 들어서 주님을 기다리고 있는 것이랍니다."

이 말을 듣자, 스테파노비치는 고개를 설레설레 젓고는 아무 말도 하지 않고 다 마신 찻잔을 옆으로 밀어 놓았다. 마르틴은 차를 한 잔 더 권하며 말했다.

"예수님께서는 여러 곳을 돌아다니실 때 어떤 사람이나 차별하지 않으시고, 가난한 사람이든 돈이 있는 사람이든 모두를 평등하게 대해 주셨다고 합니다. 오히려 부자보다도 가난한 사람들을 더 친절히 대해 주시고 또 가난한 사람들을 찾아다니시며 사랑을 베푸셨어요. 예수님은 제자들을 우리처럼 아무것도 모르고 가난한 사람들 중에서 뽑으셨대요. 또 이런 말씀도 하셨지요. '누구든지 자기를 높이는 사람은 낮아지고 자기를 낮추는 사람은 높아질 것입니다(누가복음 제14장 11절)'라고요."

스테파노비치는 차를 더 마실 것도 잊고 그의 이야기를 듣고 있었다. 그 나이를 먹도록 많은 것을 경험하며 살아온 노인의 두 뺨에 눈물이 주르르 흘렀다.

"한 잔 더 드시지요."

마르틴은 노인의 찻잔에 차를 따르려고 했다. 그러나 노인은 찻잔을 밀어내고 자리에서 일어나 가슴에 성호를 긋고 말했다.

"마르틴, 감사합니다. 당신 덕분으로 이렇게 몸도 따뜻해지고 마음도 편안해졌어요."

그 말을 듣자, 마르틴의 마음은 감격에 벅차올랐다. 그리고 노인의 평온한 얼굴을 보고서, 그의 마음도 가벼워졌다.

"영감님, 또 오십시오. 나는 영감님 같은 분들을 좋아하니까요."

마르틴은 그렇게 말하며 빙그레 웃었다.

스테파노비치는 문을 열고 다시 추운 거리로 나갔다. 마르틴은 찻잔들을 치우고, 다시 창가에 앉아서 일을 시작했다. 그러나 오늘은 좀처럼 일이 손에 잡히질 않았다. 또 창가로 눈길이 갔다. 마치 예수님께 약속을 받기라도 한 것처럼 예수님을 기다리는 것이었다.

그런데 바로 그때, 창 밖으로 두 사람이 지나가고 있었다.

한 사람은 번쩍번쩍 빛나는 고급 구두를 신고 있었고, 또 한 사람은 마르틴이 고쳐 준 헌 구두를 신고 있었다. 그 번쩍번쩍 빛나는 고급 구두를 신은 사람은 바로 옆집 상점 주인이었고, 헌 구두를 신은 사람은 이 동네 빵집 주인이었다.

두 사람이 다 지나가고 나자, 이번에는 다 찌그러진 여자 구두가 나타났다. 여자는 창 앞에 멈추어 섰다. 마르틴은 그 여자를 살펴보았다. 이제껏 한 번도 본 일이 없는 낯선 얼굴이었다. 그 여자는 거지나 다름없는 차림새에 갓난아기를 가슴에 품고 있었다. 여자는 등으로 바람을 막고 돌아선 채로 어린아이에게 바람을 막아 주고 있었다. 포대기도 없고 아기를 싸안을 만한 것이라곤 아무것도 없었다. 그리고 그 여자는 여름에 입는 얇은 옷을 입고 있었다. 창문 틈으로 어린아이의 울음소리와 아이를 달래고 있는 여자의 말소리가 들려 왔다. 마르틴은 가만히 앉아서 그 소리를 듣고만 있을 수가 없었다. 마르틴은 문을 열고 그 여자를 불렀다.

"이봐요, 부인!"

그러자, 그 여자는 뒤를 돌아보았다. 마르틴은 성급히 말했다.

"추운데 어째서 거기 서 계시오? 어린아이까지 데리고. 어서 이 따뜻한 곳으로 들어오시오."

그 여자는 깜짝 놀란 듯, 안경을 코끝에 걸친 마르틴을 한동안 쳐다보다가는 아무 말 없이 마르틴을 따라 안으로 들어왔다.

마르틴은 여자를 침대 옆에 있는 페치카 옆으로 데리고 가서 말했다.

"부인, 여기 앉으시오. 이 페치카 옆이 따뜻해요. 여기 앉아서 아기에게 젖을 먹여요."

그러나 그 여자는 묵묵히 서 있기만 할 뿐 아무 대답이 없었다.

"아기가 혹시 어디 아프지는 않소? 자꾸 보채는 걸 보니."

그래도 여자는 대답이 없다가 한참 후에야 입을 열었다.

"젖이 나오지 않아요. 오늘 아침부터 줄곧 굶었거든요."

마르틴은 빵과 우유를 내놓고 찻잔에 뜨거운 차를 따랐다. 그리고 빵을 잘라 불에 굽고는 여자에게 말했다.

"부인, 여기 앉아서 이 빵을 좀 드시구료. 아기는 내가 보아드리겠소. 나는 아기를 기른 적이 있기 때문에 안아줄 줄 안다오."

여자는 아기를 마르틴에게 안겨 주고 가슴에 성호를 그으며 테이블 앞에 다가앉아서, 정신없이 빵을 먹고 우유를 마셨다.

마르틴은 그동안 침대 옆에 앉아 어린아이를 가슴에 안고, 온갖 가성을 동원한 목소리로 아이를 어르고 달래 보려고 했다. 그러나 아이는 울음을 그치지 않았다. 그러자 마르틴은 얼굴을 찡그려 무서운 표정을 지어 보이기도 하고, 손가락을 펴서 아기 얼굴 앞에 가까이 대고 이리저리 돌려보기도 했다.

울어대던 어린아이는 마르틴의 손가락 끝을 보자, 갑자기 울음을 그치더니 방긋 웃었다.

마르틴도 기분이 좋아져서 덩달아 같이 웃었다. 그러는 사이 식사를 끝마친 여자는 침대 곁으로 다가와서 채 묻기도 전에 자신의 이야기를 꺼내는 것이었다.

"제 남편은 군인이랍니다. 그런데 여덟 달 전 멀리 떠난 이후로 아직까지 소식이 없어요. 저는 남의 집 하녀 노릇을 하다가 저 아이를 낳았습니다. 주인은 아기를 낳은 여자는 필요없으니 나가라고 했습니다. 그래서 할 수 없이 석 달 동안 일거리도 없이 이렇게 헤매고 있는 중이에요.

옷가지마저 모두 다 먹을 것으로 바꿔 버렸고 이젠 아무것도 남지 않았어요. 유모로 들어가려고도 해보았지만, 그동안 먹지 못해 살이 빠지고 젖도 나오지 않아서 써 주려는 사람도 없어요. 굶주리다 못해 이제는 저 아이에게 줄 젖조차도 나오지 않게 되었습니다."

마르틴은 그 이야기를 다 듣고 나서 말했다.

"그럼 따뜻한 옷이 하나도 남아 있질 않겠구료."

"네, 마지막 남아 있던 쇼올도 며칠 전에 20카페이카를 받고 저당 잡혀 버렸어요."

여자는 마르틴에게서 아기를 받아 안았다. 마르틴은 벽장으로 가서 이것저것 뒤적이더니, 따뜻한 겉옷 한 벌을 가져왔다.

"좋은 것은 아니지만 아이를 따뜻하게 감싸줄 수 있을 거요."

여자는 겉옷을 내주는 마르틴과 겉옷을 번갈아 쳐다보더니 눈물을 주르르 흘렸다. 그 눈물을 보자, 가슴이 아파진 마르틴의 눈에서도 눈물이 흘러내렸다. 그리고 마르틴은 침대 밑에 놓여 있던 낡은 트렁크를 꺼내어 그 안을 뒤적거렸다.

여자는 한참을 흐느끼고 난 후에 말을 꺼냈다.

"어르신, 정말 너무 감사해요. 예수님께서 불쌍한 저를 위해 어르신의 창문 앞까지 인도해 주신 것 같아요. 어르신께서 도와주시지 않았더라면 아기는 먹지 못하고 추위에 떨다가 그만 죽어 버리고 말았을 거예요."

그 말을 듣고 마르틴의 얼굴에는 미소가 떠올랐다.

"틀림없이 그럴 거요. 예수님이 부인을 인도하신 거요. 자아, 어서 이걸로 아기를 감싸줘요. 사실 나는 오늘 좀 사연이 있어서 온종일 창 밖을 내다보고 있었다오."

이렇게 말하고 마르틴은 또 어젯밤 자기에게 일어났던 일을 이야기해 주었다.

그 이야기를 다 듣자, 아기 엄마는 생각했다.

'나를 도와주신 이 노인도 참 쓸쓸한 분이구나.'

아기 엄마는 마르틴에게 이렇게 말했다.

"어르신께서도 퍽 쓸쓸하시겠어요."

"그래요, 좀 쓸쓸한 편이지."

여자는 마르틴이 내준 솜이 든 따뜻한 겉옷으로 아기를 감싸고 자리에서 일어났다. 그 얼굴에는 감사와 기쁨이 넘쳐 있었다. 마르틴은 그런 여인의 모습을 보자 더욱더 가련한 생각이 들었다. 그는 주머니에서 20카페이카짜리 돈을 꺼내어 그 여자의 손에 쥐어 주었다.

"젊은 부인! 이걸 받아요. 이것으로 전당포에 맡긴 쇼올을 찾도록 해요."

여자는 다시 눈물이 글썽해지면서 가슴에 성호를 그었다. 마르틴도 함께 성호를 긋고 아기 엄마를 집 밖에까지 전송했다.

여자가 다시 추운 거리로 떠나간 후, 마르틴은 집 안으로 들어와 흐트러진 그릇들을 치우고 자기도 캬베츠 수프를 조금 마셨다. 그리고 창 앞으로 돌아와 구두 깁는 일을 시작했다. 그러나 아직도 어젯밤 귓가에서 맴돌던 그 소리가 사라지지 않았다. 그래서 일을 하면서도 눈길은 자꾸 창 밖을 지나가는 사람들 쪽으로 쏠렸다. 그러나 모두 낯익은 마을 사람들만 지나갈 뿐, 별다른 사람은 없었다.

시간이 한참 지나갔다. 마르틴은 조용해진 거리에서 눈을 돌려 다시 구두를 깁기 시작했다. 한 열 바늘쯤 꿰매었을까, 창 밖에 또 인기척이 들렸다. 내다보니 과일 행상을 하는 노파가 걸음을 멈추고 있었다.

노파는 광주리를 들고 있었다. 광주리 안에는 팔고 남은 사과 몇 알이 들어 있었다. 그리고 노파는 톱밥이 들어 있는 큰 자루를 어깨에 메고 있었다. 어느 공사장을 지나가다가 주워 가지고 집으로 가는 중인 것 같았다. 노파는 무거운 자루를 다른 어깨로 옮겨 메려고 사과 광주리를 길가에 내려놓았다.

바로 그때, 어디서 나타났는지 모자를 쓴 사내아이 하나가 달려들더니 광주리 속에서 사과 한 알을 집어들고 잽싸게 달아나려고 했다. 그러나 이것을 눈치챈 노파는 재빨리 자루를 땅에다 내던지듯 내려놓고 도망가는 소년의 소매를 붙들었다.

사내아이는 몸을 뒤틀면서 노파를 뿌리치고 도망가려 했다.

노파는 화가 난 듯이 소년의 소매를 힘껏 움켜쥐고 모자를 벗겨 집어던진 후, 머리카락을 잡고 마구 흔들었다. 사내아이는 막 숨넘어가는 듯한 비명을 질렀다.

그 소리를 들은 마르틴은 꿰매던 구두를 그냥 마루 위에 내던지고, 문을 밀고 급히 거리로 뛰어나갔다. 계단이 미끄러워서 몸을 가누지 못해 안경을 떨어뜨리고 말았지만 그런 것에는 아랑곳할 사이도 없을 정도로 서둘러 노파 앞으로 다가섰다.

노파는 화가 머리끝까지 올라 있었다. 소년은 여전히 노파의 손에서 벗어나려고 발버둥을 치면서 소리쳤다.

"전 아무것도 훔치지 않았어요. 왜 이래요. 놔요, 이거……."

마르틴은 두 사람을 떼어놓으려고 사내아이의 손을 잡고 말했다.

"아주머니! 이 아이를 용서해 주십시오. 어서 이 손을 좀 놓아주세요. 부탁입니다."

그러자 노파는 마르틴에게 소리쳤다.

"아니에요. 이런 놈은 다시는 이런 짓을 못 하게 단단히 혼을 내줘야 합니다. 이 괘씸한 도둑놈을 경찰에게 넘겨야지."

마르틴은 이런 할머니에게 빌다시피 하면서 말했다.

"아주머니, 이 손을 좀 놓아주세요. 제가 이렇게 부탁하지 않습니까. 아마 다시는 이런 짓을 하지 않을 거예요."

마르틴의 간절한 부탁에 노파는 할 수 없이 사내아이의 손을 놓아주었다.

마르틴은 도망치려고 하는 사내아이을 붙들고 말했다.

"아주머니에게 사과해야지, 다시는 안 그러겠다고……. 나는 네가 광주리에서 사과를 훔쳐내는 것을 분명히 보았는걸."

그러자 사내아이는 울면서 사과를 하기 시작했다.

"제가 잘못했어요. 다시는 그러지 않겠어요."

흐뭇한 듯 마르틴은 사내아이의 머리를 쓰다듬으면서 말했다.

"그만하면 됐다. 사과는 내가 하나 사주지. 얼마나 먹고 싶었으면 훔치려고까지 했겠느냐."

마르틴은 광주리 안에 들어 있는 사과 하나를 집어 아이에게 주고 노파에게 말했다.

"아주머니, 염려 마세요. 돈은 제가 드리지요."

그러자 노파는 뜻밖인 듯이 좀 멋쩍은 얼굴로 말했다.

"영감님, 그렇게 하면 당신이 이 아이의 못된 버릇을 길러 주는 것이나 마찬가지예요. 한 일주일쯤 엉덩이가 아파서 자리에도 앉지 못할 정도로 혼을 내주어야 해요."

노파는 무섭게 말했다.

"아주머니, 그렇게 말하는 건 우리 사람들의 생각이에요. 하나님의 생각은 그렇지 않지요. 사과 하나쯤 가지고 이 아이를 그렇게 혼내줘야 한다면 우리들이 하나님 앞에 짓는 죄들은 도대체 어떤 벌을 받아야 할까요?"

노파는 그만 입을 다물고 말았다. 마르틴은 다시 말을 이어, 어떤 주인이 종이 지게 된 모든 빚을 면제해 주었는데도, 그 종은 자기에게 빚이 있는 사내를 만나자 때려죽이려고 했다는 복음서의 이야기를 들려주었다.

노파는 그 이야기를 가만히 듣고 있었다. 사내아이도 노파 옆에서 그 이야기를 듣고 있었다.

이야기를 끝내고 마르틴은 타일렀다.

"하나님께서는 우리들에게 서로 용서하라고 말씀하셨어요. 그렇지 않으면 하나님께 용서를 받을 수 없는 거예요. 어떤 사람이라도 용서해 주어야 해요. 더구나 상대가 세상일을 아직 모르는 어린아이라면 더욱 거듭거듭 용서해 주어야지요."

"그러니까 이런 아이들은 버릇을 가르쳐 놓아야 되지 않을까요? 우리같이 나이가 많은 사람들이 말입니다."

노파는 이야기 끝에 딸네 집에서 신세를 지고 있다는 것과 손주가 몇이 있다는 이야기까지 늘어놓았다. 그러면서 또 말을 이었다.

"영감님도 보시다시피 나는 지금 이렇게 늙어서도 고되게 일을 해야 한답니다. 딸의 살림이 그렇게 넉넉하지 못하기 때문이죠. 그러나 나는 손주놈들이 귀여워서 힘든 줄도 모르고 일을 하지요. 그놈들은 여간 귀여운 게 아니에요. 그놈들만큼 내 말을 잘 듣고, 나를 기쁘게 해주는 것은 이 세상에 아무것도 없다우. 그 중에서 큰손자 아쿠슈트자는 언제나 '할머니, 나는 할머니가 제일 좋아요' 하면서 나를 따르지요."

이런 말을 하는 노파의 얼굴에는 평화스러움이 떠올라 있었다. 노파는 소년을 보고 말했다.

"네가 아직 어린 생각으로 그런 짓을 한 것이니까 용서해 주마. 그 사과를 가져가서 먹어라."

노파는 아주 친절하고 부드럽게 말하고 나서, 톱밥이 들어 있는 자루를 들어서 어깨에 메려고 했다. 그러자 사내아이가 재빨리 그 자루를 빼앗아 들었다.

"할머니, 제가 메고 가지요. 저도 그쪽으로 가니까요."

이 말을 듣자, 노파는 감탄한 듯이 눈을 둥그렇게 뜨며 소년에게 짐을 맡겼다. 그리고 노파와 사내아이는 나란히 서서 길을 걸으며 멀어져 갔다. 노파는 마르틴에게 사과값을 받는 것도 잊어버리고 간 것이었다.

마르틴은 그 자리에 가만히 서서, 다정스럽게 무슨 이야기들을 주고받으며 걸어가는 두 사람의 모습을 흐뭇한 듯이 바라보고 있었다.

두 사람의 모습이 길 저편으로 사라진 뒤에 마르틴은 돌아서서 집으로 들어갔다. 층계 위에 안경이 떨어진 그대로 있었다. 다행히 안경은 깨어지지도 않았고 상처 하나도 없었다.

마르틴은 다시 창가에 앉아 구두를 깁기 시작했다. 그러나 실이 가죽에 잘 들어가지 않아서 몇 번 잡아당기다가 또 우연히 거리 쪽을 바라보았다. 거리에 등불을 켜는 사람이 불을 켜고 있었다.

"아, 나도 불을 켜야지!"

마르틴은 잊었던 것을 생각해낸 듯이, 램프에 석유를 넣고 불을 켠 다음 또다시 일을 시작했다.

그날 아침부터 시작한 장화 한 짝을 겨우 다 만들었다. 그러나 장화는 썩 잘 되어 있었다. 그날 일은 그것으로 끝내기로 하고 먼지를 털고 구두를 다 챙긴 다음, 램프를 떼어 테이블 위에 갖다 놓았다. 그리고 저녁 성경 읽기를 시작했다.

마르틴은 어제 읽다 만 자리에 끼워 둔 양가죽 조각을 떼어내고 다음 페이지를 펼쳤다. 복음서를 펴면서 마르틴은 어젯밤 일을 다시 생각했다.

그때 문득 창 밖에 무엇인가가 어른거리고 자기 등 뒤 가까이에서 사람의 기척이 느껴졌다.

마르틴은 깜짝 놀라면서 뒤돌아보았다. 그러자 분명하지는 않지만, 몇 사람이 들어와 방 안 한구석에 서 있는 것 같았다. 그리고 그 쪽에서 조용한 목소리가 들려 왔다.

"마르틴, 마르틴! 너는 내가 온 줄을 모르고 있었느냐?"

이상한 생각이 들어서 마르틴은 물었다.

"도대체 누구를 가리키는 말이오?"

그러자 다시 대답이 왔다.

"바로 나야. 나란 말이야."
그 소리와 함께 어두운 방 한구석에서 스테파노비치가 나타났다. 그는 전처럼 춥고 외로운 표정이 아니고 아주 밝은 표정으로 빙그레 웃으면서 마르틴을 쳐다보고 있었다. 그러더니 잠시 후, 곧 눈앞에서 사라졌다. 그리고 또 다른 목소리가 들려 왔다.
"이것도 내 모습이지."
놀라 눈을 비비며 바라보는 마르틴의 눈앞에 다른 이의 모습이 나타났다. 그것은 어린아이를 품에 안은 아기 엄마의 모습이었다. 그 여자는 밝고 명랑한 표정으로 어린아이를 안고 웃고 있었다. 잠시 후, 그 모습은 또 스르르 사라졌다.
마르틴은 숨도 못 쉴 정도로 놀라 있었다.
'이게 도대체 어떻게 된 일일까?'
그러자 연달아 또 목소리가 들려 왔다. 이번에는 마치 부드러운 속삭임 같았다.
"이것도 내 모습이야."
"이것도 나란 말이야."
이번에는 사과 장사 할머니와 사과를 훔치던 소년의 모습이었다.
그들은 나란히 서서 싱글벙글 웃는 모습을 마르틴에게 보여준 다음, 다시 어디론가 사라져 버렸다.
마르틴은 좀 얼떨떨했지만 가슴을 치는 것이 있었다. 마르틴은 가슴이 벅차 왔다. 한없는 감격으로 가슴이 터질 것 같았다.
마르틴은 예수님의 모습을 본 것이다. 마르틴은 저도 모르게 가슴에 성호를 긋고 안경을 쓴 다음, 복음서를 읽기 시작했다. 펼쳐져 있던 페이지에 다음과 같은 말씀이 있었다.

너희는 내가 굶주렸을 때에 먹을 것을 주었고 목말랐을 때에 마실 것을 주었으며 나그네 되었을 때에 따뜻하게 맞아 주었다.

(마태복음 25장 35절)

그리고 이어서 이런 말씀이 있었다.

분명히 말하지만, 너희가 여기 있는 형제 중에서 가장 보잘것 없는 사람 하나에게 해준 것이 곧 내게 해준 것이다. (마태복음 25장 40절)

마르틴은 그제야 어젯밤 약속이 오늘 겪은 일들로 이루어졌다는 사실을 알게 되었다. 마르틴은 무엇보다도 예수님의 참모습을 깨닫게 된 자신을 기뻐하며 다시 한 번 예수님께 감사를 올렸다.

베푸는 데서 얻는 기쁨

한 청년이 갑자기 직장을 잃게 되었다. 불경기라 다른 직장을 구하지도 못했다. 거리를 방황하던 청년은 결국 죽어도 못 할 것이라 생각했던 구걸을 하게 되었다.

어느 날 한 식당 입구에서 구걸을 하고 있었다. 식당을 들어가던 사람이 그에게 돈을 주면서 이렇게 말했다.

"이것으로 뭔가 먹을 것을 사 먹으세요. 당신이 일자리를 가지게 되어 또 다른 사람을 도울 수 있기를 바랍니다."

청년은 구걸한 돈으로 빵을 샀다. 거리 모퉁이에서 빵을 먹고 있는데 한 노인이 그를 부러운 듯이 쳐다보고 있었다. 청년은 노인을 불러 자기가 산 빵을 나누어 주고 함께 먹었다.

그런데 노인은 빵을 먹다 말고 거리 저쪽에서 신문을 팔고 있는 소년을 불렀다. 그리고는 자기가 먹던 빵을 소년에게 주는 것이었다. 소년은 노인에게서 빵을 받더니 허겁지겁 먹기 시작했다.

■다시 읽는 하나님 말씀

너희를 영접하는 자는 나를 영접한 것이요 나를 영접하는 자는 나 보내신 이를 영접한 것이니라

(마태복음 10장 40절)

너는 구제할 때에 오른손이 하는 것을 왼손이 모르게 하여/네 구제함이 은밀하게 하라 은밀한 중에 보시는 너의 아버지가 갚으시리라

(마태복음 6장 3~4절)

그때 어디선가 개가 한 마리 나타났다. 소년은 남은 빵을 개에게 다 주고는 기분 좋은 모습으로 신문을 팔러 뛰어갔다. 노인도 일거리를 찾겠다며 가 버리고 말았다.

청년은 빵을 먹고 있던 개가 목걸이를 하고 있는 것을 보았다. 길 잃은 개였던 것이다. 청년은 개목걸이에서 주소를 보고 개 주인을 찾아가 개를 돌려 주었다.

> 욥바에 다비다라 하는 여제자가 있으니 그 이름을 번역하면 도르가라 선행과 구제하는 일이 심히 많더니 (사도행전 9장 36절)
>
> 너는 반드시 그에게 구제할 것이요, 구제할 때에는 아끼는 마음을 품지 말 것이라 이로 인하여 네 하나님 여호와께서 네 범사와 네 손으로 하는 바에 네게 복을 주시리라 (신명기 15장 10절)

청년이 겪은 일을 듣고 난 개 주인은 이렇게 말했다.

"마침 내 사무실에 일손이 필요한데 내일부터 나와서 일할 수 있겠습니까?"

그렇게 해서 청년은 또다시 좋은 일자리를 얻게 되었다.

비록 우리 현실이 어렵다 하더라도 이웃에게 적은 것이나마 베풀 것이 있으면 베풀기를 아끼지 말자!

빵조각을 보상한 작은 악마

내 것이라고 생각하는 것은,
깊이 생각해 보면 하나도 내 것이 아니다

빵조각을 보상한 작은악마

어느 마을에 한 가난한 농부가 살고 있었다. 어느 날, 그는 아침을 거른 채 집에서 빵 한 조각을 싸들고 밭으로 나가 쟁기질을 하고 있었다. 농부는 일을 하기 전에 나무 그늘로 가 빵조각을 내려놓고 그 위에 겉옷을 벗어 덮어 두었다. 그리고는 쟁기질을 하기 시작했다. 농부는 땀을 흘리면서 부지런히 밭을 갈았다.

해가 높이 떠오르자, 말도 피곤해지고 농부도 배가 고파서 견딜 수가 없었다. 농부는 말을 풀밭에 풀어 놓고 풀을 뜯어먹게 한 다음, 자기도 식사를 하려고 겉옷을 놓아 둔 자리까지 왔다.

"아이구, 오늘따라 왜 이렇게 배가 고플까……."

하면서 농부는 그 자리에 풀썩 주저앉아 겉옷을 걷었다. 그런데 이상하게도 그 밑에 있어야 할 빵조각이 보이지 않았다.

"아니, 이게 어찌된 일일까?"

농부는 눈이 휘둥그레졌다. 틀림없이 빵을 거기다 두었는데 감쪽같이 사라졌으니 기가 찰 노릇이었다.

농부는 이상한 생각이 들었다.

'이상한 일이로구나. 아무도 지나간 사람이 없었는데 빵이 없어지다니…….'

그것은 바로 작은 악마의 짓이었다. 작은 악마는 농부가 일하고 있는 동안에 빵조각을 훔쳐내어 숲 속에 숨어서 농부가 무슨 욕을 하는지 살피고 있는 중이었다. 아마도 악마가 한 짓이라고 욕을 퍼부을 것이라 생각하고 있었다.

그러나 농부는 착한 마음씨를 가졌기 때문에 아무도 욕하지 않고 이렇게 말했다.

"설마 굶어 죽기야 하겠어. 빵을 훔쳐간 사람은 나보다 더 배가 고파 훔쳐 먹었겠지. 실컷 먹으라지. 한데 난 무얼 먹는담."

농부는 우물가에 가서 샘물을 실컷 퍼마시는 것으로 배를 채웠다. 그리고 잠시 쉬고 난 다음, 다시 말을 몰고 와서 일을 시작했다.

농부가 욕설도 하지 않고 다시 묵묵히 일을 시작하자 작은 악마는 실망하고 말았다. 그리고 악마 두목에게 달려가서 보고를 했다.

"저…… 두목님. 제가 농부의 빵을 훔쳤는데도 농부는 욕을 하기는커녕 잘 먹으라고만 하니 참 큰일났습니다. 배가 그렇게 고픈데도 원망조차 하지 않았어요."

그러자 악마 두목은 매우 화를 내며 작은 악마를 꾸짖었다.

"그 농부가 우리 꾐에 빠져들지 않은 것은 모두 네 책임이야. 남자나 여자나 모두 그렇게 착하기만 하면 우리는 살아갈 수가 없어. 이러고만 있을 수가 없지. 다시 한 번 가서 시도해 봐. 만일 네가 삼 년 동안에 그 농부를 이기지 못한다면 너는 아주 초상칠 줄 알아라."

작은 악마는 이 소리를 듣자, 부들부들 떨면서 다시 땅으로 내려갔다. 그리고 혼자 곰곰이 궁리를 했다.

'어떻게 하면 될까? 그놈의 마음에 악한 마음이 생겨야 할 텐데…… 어디 한번 해보자. 네가 이기나 내가 이기나.'

이것저것 생각한 끝에 작은 악마는 착한 남자로 둔갑을 해서 가난한 농부의 집을 찾아갔다.

"저를 머슴으로 써 주십시오."

"뭐라고? 내가 이렇게 가난한데 어떻게 머슴을 부리겠나? 그만두게나."

"아닙니다. 잘 먹지 않아도 괜찮으니까 제발 일만 시켜 주십시오. 제가 농사를 잘 지어 드릴 테니까요."

그리하여 농부는 할 수 없이 집에서 일하라고 허락했다. 작은 악마는 다가오는 여름에 가뭄이 들 줄 미리 알고, 농부에게 물이 많은 늪에다가 밀을 뿌리라고 일렀다.

"아니 그런 데다가 심을 수가 있나? 늘 젖어 있기 때문에 썩고 말 텐데……."

농부는 반대했다. 그러나 악마는 우겼다.

"아닙니다. 두고 보십시오. 다른 사람들보다 훨씬 많이 거둘 수 있을 테니까요."

마음씨 착한 농부는 악마의 말대로 했다. 그런데 그 다음 날부터 한 방울의 비도 내리지 않는 가뭄이 계속되어, 밭에 뿌린 다른 사람의 밀은 도무지 자라지 않았다. 그러나 이 농부가 늪에 심은 밀은 무럭무럭 자라서 매우 많은 밀을 거두어들일 수가 있었다.

그 다음 해, 작은 악마는 높은 언덕 위에 밀을 심으라고 했다. 농부는 웃으며 말했다.

"아니, 이 사람아. 그렇게 높은 곳에다 씨를 뿌리면 아무런 소용이 없다네. 씨만 말라 버리지."

그러나 악마 머슴은 또 우겨댔다.

"지난해를 생각해 보십시오. 그렇게 물이 질퍽질퍽한 곳에 심어도 알맞게 물이 말라 잘 되었잖아요. 올해는 오랜 장마가 들지도 모르니 여기다 심어 보십시다."

마음씨 착한 농부는 머슴의 말대로, 높은 언덕 위에 있는 밭에 가서 밀을 심었다.

그러자 과연 초여름부터 비가 내려 큰 장마가 들었다. 다른 사람들은 낮은 땅에 밀을 심어 물 속에 잠겨서 제대로 자라지도 못했는데, 이쪽에는 전혀 상할 염려도 없이 밀들이 누렇고 탐스럽게 익었다. 가난한 농부의 집에는 밀이 남아돌 정도가 되었다.

그러자 악마는 농부에게 술을 담그라고 꾀었다.

"술을 많이 담가서 집에서도 마시고 다른 사람에게도 대접하면 참 좋은 일입니다."

농부는 악마의 말대로 술을 많이 담가서 자기도 마시고 다른 사람에게도 대접을 했다. 작은 악마는 그것으로 복수를 했다는 생각이 들어 두목 악마에게 가서 보고를 했다.

"농부에게 복수를 했습니다."

"그래? 어디 네 솜씨를 좀 보자."

두목 악마는 함께 나섰다. 그리고 농부의 집으로 가 보았다. 마침 농부는 부잣집 사람들을 불러 모아 술대접을 하고 있었다.

농부의 아내가 나와서 손님들에게 술을 따라 주고 있었다 사람들은 농사를 잘 지어 남을 대접할 수 있는 농부를 부러워하고 있었다.

그런데 여기저기 손님 사이로 다니던 아내가 어떤 손님 뒤를 돌아가다가 그만 의자에 걸려 술을 쏟고 말았다. 그러자 농부는 화를 내면서 아내를 꾸짖었다.

"그게 뭐요, 도대체……. 이건 물이 아니야. 이 좋은 것을 엎질러선 안 된단 말이오."

하고 고함을 질렀다. 작은 악마는 큰 악마의 옆구리를 쿡쿡 찌르면서 자랑스럽게 말했다.

"저것 보세요. 저놈은 조금 여유가 생기니까 저렇게 인심이 나빠졌습니다. 이제 조금 있으면 빵 한 조각에도 벌벌 떠는 구두쇠가 될 거예요."

농부는 아내를 꾸짖은 다음, 자기가 나서서 직접 손님에게 술을 따라 주었다. 그때, 초대를 받지 못한 가난한 농부가 일터에서 돌아왔다. 인사를 한 다음 의자에 걸터앉은 농부는, 모든 사람이 맛있게 술을 마시는 것을 보고 혼자 침만 삼키고 있었다. 그리고 자기에게도 술잔이 돌아오기를 기다리고 있었다.

그러나 주인은 혼자말로,

"아무나 오는 대로 다 먹였다간 바닥이 나지."

이렇게 구두쇠 같은 소리를 하고는, 그 가난한 농부에게는 술을 한 방울도 주지 않았다.

가난한 농부의 배에서는 꼬르륵 소리가 났다.

악마 두목은 기분이 좋았다. 작은 악마는 신바람이 나서 두목에게 자랑을 늘어놓았다.

"또 보십시오. 그뿐 아닙니다. 또 있어요."

그리고는 또다시 술자리를 들여다보았다.

부자들과 주인 농부는 모두 술을 잔뜩 마셨다. 그리고 서로 농담을 주고받고, 또 칭찬도 늘어놓고 자기 자랑도 했다. 은근히 남을 핀잔하는 말도 늘어놓았다.

악마 두목은 가만히 그 말을 듣고 있더니 고개를 끄덕이며 작은 악마를 칭찬했다.

"이 정도면 상당한걸. 그래 이놈들은 앞으로 우리편이 되겠군."

작은 악마가 말했다.

"조금 더 보세요. 지금부터가 더 재미있습니다. 지금은 서로 상대의 기분에 맞춰 주려고 수작을 하지만 한 잔 더 마시면 곧 늑대처럼 변하고 말 거예요."

악마들은 좀더 지켜 보기로 했다.

부자들과 농부는 또 큰 잔으로 술을 들이켰다. 그러자 그들의 목소리는 점차 커지고 거칠어지기 시작했다.

그들은 서로 부추기고 칭찬하던 말도 잊어버리고 자기 자랑을 늘어놓는가 하면 서로 욕을 퍼붓기 시작했다.

"뭐라고, 이놈아!"

"아니, 이놈이 누구에게 함부로 큰소리야!"

이렇게 삿대질을 하면서 싸움이 벌어지고 또 한구석에서는 서로 얼굴을 치고 받는 등 야단법석이었다.

결국에는 큰 싸움이 벌어졌다.

주인도 시비에 말려들기 시작하더니, 어느새 싸움판에 뛰어들어 사람들에게 실컷 얻어맞아 축 늘어지고 말았다. 술을 마신 모든 사람들이 서로 싸움질을 해서 피투성이가 되고 멍까지 들었다.

이렇게 서로 으르렁대며 싸우는 꼴을 보고 있던 악마 두목은 기분이 좋아졌다. 매우 만족스런 표정으로 싱글벙글 웃었다.

"허허, 그것 참 기분 좋다. 너는 참 꾀가 많구나. 이건 대성공이다. 저 꼴들을 보라구. 모두가 이 악마님의 부하가 되었구나. 핫하하…… 유쾌하다."

그러자 작은 악마는 또 말했다.

"아직 또 있지요. 가만히 보십시오. 저놈들은 지금은 늑대처럼 덤비고 있지만 세 번째 큰 잔을 들이키면 돼지처럼 변하고 말 것입니다."

작은 악마는 으스대면서 큰소리를 쳤다.

사람들은 너나 할 것 없이 세 번째 큰 잔을 들이켰다. 그러자 당장에 비틀비틀 곤드레만드레가 되었다. 싸움도 못 하고 모두가 이상한 헛소리를 하면서 쓰러져 중얼거리기도 하고 고함을 질러대기도 했다.

남의 말은 전혀 듣지도 않고 저 혼자만 중얼거리다 뿔뿔이 흩어져 버렸다. 혼자 비틀거리며 돌아가는 사람도 있고, 또 어깨동무를 한 채 두 사람이 돌아가기도 했다. 그러나 모두 얼마 걷지도 못하고 길거리에 넘어지고 말았다.

정신을 가누지 못하던 사람들은 그 자리에 나뒹굴기도 하고 먹은 것을 토하기도 했다.

주인 농부도 손님들을 문 밖에까지 배웅했지만, 돌아서는 순간 물이 고인 웅덩이에 쓰러져 진흙투성이가 되어 정말 돼지처럼 그 자리에서 허우적거리고 있었다.

이 모양을 본 악마 두목은 더욱 기분이 좋아졌다. 그리고 작은 악마에게 칭찬을 해주었다.

"너 참 좋은 음식을 발명했구나. 이만하면 빵조각 복수는 잘했다. 그런데 도대체 어떤 방법으로 만들었지?

오, 알았다. 처음에 너는 저놈의 몸에다가 여우 피를 넣었지. 그래서 꾀가 많아져 농사를 잘 지었지. 그리고 여우처럼 똑똑하다는 말을 들었지. 그 다음에 늑대 피를 넣었을걸. 그래서 그놈들은 늑대처럼 싸우고 야단을 했지 뭐야. 그리고 맨 끝에는 돼지 피를 넣었구나. 그러니까 길가에 쓰러지고 마구 뒹굴었겠지."

그러자 작은 악마가 대답을 했다.

"아닙니다, 두목님. 그런 짓은 하지 않았어요. 나는 그 농부를 시켜 일단 많이 거두도록 했지요. 그뿐입니다. 그리고 그런 짐승의 피는 원래 사람 몸 속에 있는 것입니다. 곡식이 적어 가난할 때에는 그 피가 흐르지 않았을 뿐입니다. 그때는 빵 한 조각도 아끼지 않았지만, 곡식이 남아돌자 기분을 풀 생각이 났지요. 그래서 나는 그놈에게 술

만드는 방법을 가르쳐 주었습니다. 그랬더니 그 술을 먹고 이상한 피가 움직이기 시작했지요. 여우 피가 움직이고 늑대 피가 움직이고 또 마지막으로 돼지 피가 흐르기 시작한 것입니다. 사람이 완전히 짐승이 된 것이지요."

악마 두목은 작은 악마를 칭찬하며 빵조각의 실패를 용서해 주고 또 무리 가운데에서 좋은 자리로 옮겨 주었다.

교만은 실패의 근원

소 세 마리가 있었다. 한 마리는 붉은 소, 한 마리는 얼룩소, 한 마리는 검은 소였다.

이 소들을 잡아먹으려고 노리고 있는 사자가 있었다. 그런데 이 세 마리의 소는 어디를 가든지 항상 같이 다녔다. 그래서 사자는 소를 공격할 기회를 얻지 못하고 있었다. 어쩌다 소가 한 마리만 있는 것 같아서 소를 공격하면 어디선가 다른 두 마리 소가 나타났다. 그리고는 함께 사자에게 대항을 하기 때문에 사자는 번번히 물러날 수밖에 없었다.

소들을 잡아먹을 방법을 곰곰이 궁리하던 사자가 하루는 꾀를 썼다.

사자는 얼룩소에게 가서 속닥속닥거렸다.

"붉은 소가 그러는데 자기가 너희 셋 중에서 가장 힘이 세다더라."

얼룩소는 그 말을 듣고 붉은 소가 그럴 수가 있느냐고 분해했다.

사자는 붉은 소한테 가서 이렇게 말했다.

"얼룩소가 그러는데 셋 중에서 자기가 힘이 가장 세서 자기 때문에 너희가 나 같은 사자도 이길 수 있다고 하던데?"

이 말에 화가 난 붉은 소가 얼룩소한테 따지고 들었다. 얼룩소도 사자에게서 들은 말이 있었기 때문에 싸움이 붙게 되었다. 서로 지지 않기 위해 죽기 살기로 싸워댔다. 검은 소는 두 마리가 서로 힘자랑하는 것이 얄미워 싸움을 말릴 생각도 하지 않고 모른 척 내버려 두었다.

그 뒤로 소 세 마리는 함께 다니지 않았다. 이렇게 되자 가장 좋아한 것은 사자였다. 사자의 흉계가 먹혀 들어간 것이다. 결국 사자는 이 기회를 틈타 소를 한 마리씩 잡아먹을 수 있었다.

자랑을 하지 말자. 나 잘났다고 교만하지 말자. 나를 낮추고 다른 사람을 인정하고 높여 주면 다툼이 생겨날 리가 없다.

■다시 읽는 하나님 말씀

포악을 의지하지 말며 탈취한 것으로 허망하여지지 말며 재물이 늘어도 거기 치심치 말지어다

(시편 62장 10절)

네 큰 지혜와 장사함으로 재물을 더하고 그 재물로 인하여 네 마음이 교만하였도다

(에스겔 28장 5절)

네가 이 세대에 부한 자들을 명하여 마음을 높이지 말고 정(定)함이 없는 재물에 소망을 두지 말고 오직 우리에게 모든 것을 후(厚)히 주사 누리게 하시는 하나님께 두며/ 선한 일을 행하고 선한 사업에 부하고 나눠주기를 좋아하며 동정하는 자가 되게 하라

(디모데전서 6장 17~18절)

두 형제와 황금

끝없는 감사는 욕심을 이긴다

두 형제와 황금

옛날에 이스라엘의 수도인 예루살렘 성과 가까운 곳에 두 형제가 살고 있었다. 형의 이름은 아나파시, 그리고 아우의 이름은 요한이라고 불렀다.

이 두 형제는 참 어질고 착한 마음씨를 가지고 있었다. 하지만 그들의 생활은 거지와 다름없는 처지였다.

예루살렘의 성 밖 언덕 위에 조그마한 집에 살고 있는 이들은, 해가 질 무렵이면 집에 돌아오는 길에 꼭 마을에 들러 끼니를 얻어먹었다.

그러나 아무도 이 두 형제를 멸시하거나 싫어하지 않았다. 그것은 이 두 형제가 낮에 나가서 무슨 일을 하며 돌아다니는지 누구나 알고 있었기 때문이다.

늘 부지런히 일하는 이 두 형제는 아침부터 집을 나서서 하루 종일 남을 도와주는 일을 하고 있었다. 그것은 가난하고 병든 사람들을 도와주는 일이었다.

온종일 가난한 과부나 병든 고아를 보살펴주고, 거기에 대해서는 아무런 대가도 받지 않고 일이 끝나면 집으로 돌아왔다.

그들은 날마다 집으로 돌아올 수는 없었다. 월요일 아침 집을 나서서 일을 좇아다니다 보면, 어느덧 토요일 저녁이 되었다. 그동안 형제는 따로 떨어져서 각자 자기 일을 했다. 그 다음 날인 일요일이 되면 형제는 한 주일 만에 집으로 돌아와 이날만큼은 집에서 조용히 쉬면서 하나님을 찬미하고 밀린 이야기를 주고받으며 하루를 보내는 것이었다. 이날은 하나님의 천사가 내려와 두 형제에게 축복을 내리는 날이기도 했다. 그리고 다음 날이면 다시 두 형제는 따로따로 떨어져서 일을 하러 가야 했다.

형제는 이렇게 날마다 남을 도우며 살았고, 하나님의 천사도 어김없이 내려와 두 형제에게 축복을 내려주었다.

어느 월요일 날이었다. 형제는 그날도 아침 일찍 일어나 집을 나섰다. 집을 나서서 조금만 가면 갈림길이 나왔다. 거기서 헤어지는 것이 형제에게는 버릇처럼 되어 있었다.

"형님, 그럼 또 수고하십시오."

요한이 먼저 인사를 했다.

"그래 너도 수고해라."

두 형제는 서로 인사를 나누고 헤어졌다. 그런데 그날 따라 형 아파나시는 왠지 동생과 헤어지기가 섭섭했다. 그래서 길을 멈추고 저만큼 멀어져 가는 동생의 뒷모습을 지켜 보고 있었다. 요한은 뒤돌아보지 않고, 형이 자신을 바라보고 있는 것도 모른 채 걸어가고 있었다.

고개를 숙이고 걸어가던 요한이 잠시 걸음을 멈추더니 한 손을 이마에 갖다 대고 멀리 무엇인가를 바라보며 가만히 그 자리에 서 있었다.

"뭘 바라보고 있는 거지?"

아파나시는 궁금해 하면서 계속 요한을 바라보고 있었다. 요한은 눈앞에서 무엇을 발견한 것 같았다. 갑자기 요한은 그 자리에서 도망치듯 달리기 시작했다. 언덕을 내려가 들로 들어서자, 날 듯이 달려가 버렸다.

"무슨 일이지?"

동생이 무엇을 보고 그렇게 놀랐는지 알 수 없는 일이었다. 아파나시는 동생이 멈추어 선 자리로 가 보았다. 가까이 다가가자, 무언가 반짝반짝 빛나는 것이 있었다. 더 가까이 가 보았다.

"아!"

아파나시는 그 자리에서 멈칫 걸음을 멈추고 말았다. 풀밭 위에 황금이 잔뜩 쌓여 있었다. 금방 커다란 금궤에서 쏟아놓은 것처럼 수북이 쌓여 있었다. 햇빛을 받아 번쩍이고 있는 황금과 엄청나게 많은 금화들이었다. 아파나시는 생각했다.

'동생은 왜 그렇게 도망치듯 달아나 버렸을까? 요한은 잘못 생각한 거야. 돈이라는 것은 쓰기에 따라 나쁜 것도 되지만 좋은 일에도 얼마든지 쓸 수가 있거든. 이만큼의 돈이라면 불쌍한 사람들을 얼마든지 도와줄 수 있을 거야. 옷이 없는 사람들에게는 옷을 사 주고, 가난한 병자들은 치료해 주고. 지금 우리는 힘을 다해 그들에게 봉사한다고 하고 있지만 별로 큰 힘이 못 돼. 이만큼의 돈으로 더 많은 사람들을 도와줄 수가 있겠다.'

아파나시는 동생에게 그렇게 말해 주고 싶었다. 그러나 요한은 이미 멀리 가 버리고 없었다.

아파나시는 그렇게 결심하고, 겉옷을 벗어 쌀 수 있는 만큼 황금을 싸가지고 어깨에 멨다. 성 안으로 들어가 어느 여관 주인에게 그것을 맡기고 다시 나머지 황금을 모두 날랐다.

아파나시는 성 안에 석 달 동안 머물면서, 그 돈으로 널찍한 땅을 사서 거기에 커다란 집을 세 채나 지었다. 한 채는 가난한 과부와 고아들을 위해서, 또 한 채는 돈 없는 병자들을 위한 병원으로, 그리고 나머지 한 채는 순례자들과 집 없이 떠도는 사람들을 위해서 지은 것이다.

아파나시는 하나님에 대한 신앙심이 돈독한 노인 세 사람에게 그 집을 각각 맡겼다.

세 채의 집을 짓고도 아파나시는 아직 삼천 닢의 금화가 남아 있었다.

어느 날 아파나시는 세 사람의 노인을 불렀다.

"한 집에 천 닢씩 드릴 테니 어려운 사람들을 위해 써주십시오."

오래지 않아 세 채의 집들은 도움을 받으려고 온 사람들로 인산인해를 이루었다. 그리고 성 안에는 아파나시를 칭송하는 목소리가 높았다.

"그렇게 많은 돈을 내던져 수많은 사람들을 도와주다니, 정말 훌륭한 사람이야. 성자가 난 거야, 성자임에 틀림없어!"

어떤 사람들은 길을 가는 아파나시에게 무릎을 꿇기까지 했다.

그러나 아파나시의 마음 속은 언제나, 자신을 찾아오지 않는 동생 요한의 일로 꽉 차 있었다.

'요한은 도대체 어떻게 된 것일까? 내가 이곳에 있다는 걸 모를 리가 없을 텐데…….'

아파나시는 어느 날, 아무리 기다려도 그를 보러 오지 않는 동생을 직접 찾아 나서기로 했다.

옛날에 입던 누더기 옷을 입고, 성문 밖 옛집이 있던 언덕길을 오르면서 아파나시는 생각했다.

'요한은 황금을 보고 놀라서 도망쳤지만, 그건 요한의 잘못이야. 하지만 나는 과연 옳은 일을 한 것일까?'

이런 생각을 하면서 언덕길을 올라가고 있는 아파나시의 눈앞에 돌연, 언제나 두 형제를 축복해 주던 천사가 나타났다. 천사는 아파나시를 무섭게 노려보았다. 아파나시는 왠지 두려운 마음이 들었으나 간신히 입을 열어 물어보았다.

"주여, 무슨 까닭으로 저를 그토록 책망하시는 겁니까?"

그러자 천사는 엄하게 말했다.

"내 앞에서 썩 물러가거라. 너는 요한만도 못 해. 황금을 보고 도망친 요한의 행동이 네가 그 황금을 가져다 남을 도와주었던 것보다 훨씬 귀한 행동이었다."

아파나시는, 자기를 위해서는 그 돈을 한 푼도 쓰지 않고 오직 가난한 사람들과 병자들을 위해서만 썼다고 말했다.

"저는 욕심을 부린 적이 없습니다. ……저 자신이 잘 살고 편해지려고 그런 일을 한 것도 아닙니다."

그러자 천사가 말했다.

"그런 말을 가르쳐 준 것도 악마의 짓이다. 그 악마가 너를 유혹하려고 길가에다 황금을 놓아 두었던 거야."

비로소 아파나시는 양심의 가책을 느꼈다. 자기가 한 일은 하나님을 위해서가 아니라, 자신의 만족감을 위해서였음을 깨달았던 것이다.

아파나시는 그 자리에서 무릎을 꿇었다. 두 눈에서 잘못을 뉘우치는 눈물이 흘러내렸다.

그러자 천사는 길을 비켜 주었다.

"자, 이젠 오너라."

천사가 비켜나자 요한이 거기서 아파나시를 기다리고 있었다.

"형님!"

"요한!"

두 형제는 반갑게 서로를 끌어안았다.

두 형제는 다시 예전처럼 한 주일의 엿새는 남을 위해 일하고, 나머지 하루 동안은 서로 만나 하나님을 찬미하며 함께 지내는 생활을 계속해 나갔다.

아파나시는 다시는 악마의 유혹에 넘어가지 않았다. 하나님과 사람에게 봉사하는 것은 돈이나 물질로써가 아니라, 수고와 마음으로 하는 것임을 깨달았기 때문이다.

너무 모자라는 감사

옛부터 이런 이야기가 전해 내려온다. 하루는 하나님께서 두 명의 천사를 부르셨다. 그리고는 그들에게 각기 큰 바구니 하나씩을 주시면서 이렇게 말씀하셨다.

"너희들은 이 바구니를 들고 저 세상에 내려가서 한 천사는 그 바구니에 사람들이 내게 바치는 감사를 담아오고, 또 한 천사는 사람들이 내게 아뢰는 간구를 담아 오너라. 누구든지 먼저 가득 채워 오는 자에게 상을 내리리라!"

그러자 두 천사 사이에 자그마한 실랑이가 벌어졌다. 서로 자기가 감사를 담아올 바구니를 들고 가겠다는 것이다. 왜냐하면 천사들의 생각엔 인간들이야말로 이 세상 만물 가운데 하나님의 사랑을 가장 많이 받고 사는 존재들이기에 두말할 필요도 없이 감사할 일들이 기도의 제목보다는 훨씬 더 많으리라고 보았기 때문이었다.

결국 어쩔 수 없어서 제비를 뽑아서 결정하기로 했다. 감사를 담아올 바구니를 들고 가는 천사는 의기가 양양해서 기쁜 마음으로 세상을 향했다. 그러나 간구를 담당하게 된 천사는 풀이 죽어서 시무룩한 표정이었다.

그런데 놀라운 것은 금방 가득 채워질 줄 알았던 감사의 바구니는 좀체로 채워지지 않는 것이었다. 이집 저집을 부지런히 찾아다녔지만, 의외로 사람들의 마음 속에 감사가 적었다. 반면에 간구를 담당했던 천사는 몇 집 돌아다니지 않았는데도 금세 그 큰 바구니가 가득 차 버리고 말았다. 그래서 내려온지 얼마 되지도 않아서 그 큰 바구니에 가득 채워 들고 끙끙거리면서 하늘로 올라갔다.

우리는 하나님께 감사 드리는 것이 너무도 부족한 것이 사실이다. 참된 성도는 마음 속 깊은 곳에서 하나님을 향하여 감사하는 마음이 용솟음쳐야 할 것이다. 진정 하나님께 감사를 드리면서 하루하루를 뜻있게 보내도록 하자. 하나님의 은혜를 되새기는 가운데 우리의 마음 속에 큰 감사가 더욱 더 넘치기를 바란다.

■ 다시 읽는 하나님 말씀

하나님이 이를 더듬어내지 아니하셨으리까 대저 주는 마음의 비밀을 아시나이다. (시편 44장 21절)

내 아들 솔로몬아 너는 네 아비의 하나님을 알고 온전한 마음과 기쁜 뜻으로 섬길지어다. 여호와께서는 뭇 마음을 감찰하사 모든 사상을 아시나니 네가 저를 찾으면 만날 것이요 버리면 저가 너를 영원히 버리시리라. (역대상 28장 9절)

주께서 내 마음을 시험하시고 밤에 나를 권고하시며 나를 감찰하셨으나 흠을 찾지 못하셨으니 내가 결심하고 입으로 범죄치 아니하리이다. (시편 17장 3절)

끌 수 없는 불

오늘 품은 분은 해가 지기 전에 풀어야 한다

어느 날 베드로가 예수 그리스도에게 와서 말했다.

"주님이시여, 형제들이 우리에게 죄를 지으면 몇 번까지 용서해 주어야 합니까? 일곱 번까지입니까?"

예수 그리스도는 그들에게 말씀하였다.

나는 너희들에게 일곱 번까지라고 말하지 않는다. 일곱 번씩 칠십 번까지 용서해 주어라. 그러니까 하늘 나라에서 아버지가 그 아들에게 셈하는 것과 마찬가지니라.

어느 날 1만 달란트의 빚을 진 사람이 그 주인 앞에 끌려 왔다. 빚을 진 사람은 주인에게 빚을 갚을 길이 없었다. 주인은 그 사람 자신과 그의 아내와 자식 모두를 팔아서 갚으라고 명령했다. 그래서 그 종은 땅에 엎드려 애원했다.

"제발 조금만 더 기다려 주십시오. 전부 다 돌려 드릴 테니까요."

주인은 그 종을 불쌍히 여겨 그 죄를 용서해 주고 또 그 빚까지 받지 않기로 했다. 그러나 밖으로 나간 그 종은, 자기가 얼마 전 1백 데나리온을 빌려 준 어떤 친구를 만나자, 빚을 갚으라고 독촉하면서 마구 그의 목을 졸랐다. 빚 독촉을 받은 친구는 그 종 앞에 엎드려 애걸했다.

"제발 조금만 더 참아 줘. 곧 전부 갚아 줄 테니까."

그러나 그 종은 친구의 애걸을 받아들이지 않았다. 오히려 빚을 갚을 때까지 그 친구를 감옥에다 가두었다. 이것을 본 사람들은 몹시 괘씸하게 생각해 이 사실을 모두 주인에게 알렸다.

주인은 곧 종을 불렀다.

"이 악한 종아, 나는 네가 내게 빌었기 때문에 너의 빚을 모두 다 안 받기로 했다. 그런데 너는 그러지 않았구나. 내가 너를 불쌍히 여겼던 것처럼 너도 네 친구를 불쌍하게 생각해 줘야 하지 않겠느냐?"

주인은 종을 그 자리에서 붙들어 자기 빚을 다 갚을 때까지 감옥에 집어넣었던 것이다.

마치 그것처럼 너희들 형제들이 서로서로 마음으로부터 그 죄를 용서해 주지 않는다면, 하늘에 계신 아버지께서도 너희들에게 그렇게 하실 것이다. (마태복음 18장 21~35절)

끌 수 없는 불

어느 마을에 이반 시첼바코프라는 농부가 살고 있었다. 그는 부지런하여 열심히 일했기 때문에 살림이 퍽 넉넉했다.

그는 어릴 때부터 일을 잘했다. 그런 데다 결혼 후 아들이 셋이나 생겼는데 그 아들들도 모두 열심히 아버지를 도와서 일을 했다.

세월이 흘러 어느새 결혼을 할 나이가 된 큰아들과 둘째 아들이 결혼을 했다.

이제 셋째 아들만이 미혼으로 남아 있었다. 셋째 아들도 어느새 장성하여 말도 부리고 쟁기도 쓸 줄 아는 훌륭한 농부가 되어 있었다. 그리고 이반의 아내 역시 부지런하고 일을 잘했으며, 그의 며느리들도 얌전하고 살림을 잘했다.

모두들 이렇게 부지런하였으니 자연 이반네 집 살림살이는 넉넉해질 수밖에 없었다. 더구나 모두들 살림을 불리는 식구들뿐인 데다가 살림을 축내는 사람은 거의 없었다.

그러나 이반네 식구들 중에 단 한 사람, 이반의 아버지는 늙은 데다가 칠 년 전부터 해수병에 걸려 일을 할 수 없게 되었다. 그것만 제

외한다면 이반에게는 큰 걱정이 있는 것은 아니었다. 그의 재산은 이제 세 마리나 되는 말에다 암소 한 마리, 그리고 망아지도 한 마리 있었다. 그리고 양은 열다섯 마리나 되었다.

이반네는 또한 꽤 큰 집에서 살고 있었다. 이렇게 넉넉한 살림 속에 걱정 없는 이반은 참으로 행복했다.

이반네 식구들은 여자들이나 남자들이나 하나같이 게으름을 피우는 법이 없이 일들을 잘했다. 여자들도 빨래를 하거나 바느질을 하는 외에, 틈나는 대로 밭에 나가 남자들과 같이 밭일을 거들었다.

모두들 열심이라서 그런지 농사도 해마다 잘되어 세금을 제대로 내고서도 이들이 먹을 밀은 항상 충분했다. 그래서 이반네 곡식 창고에는 언제나 밀이 가득가득 쌓여 있었고 해마다 쌓이는 밀더미는 늘어만 갔다.

이반네 바로 이웃에는 골리 아바노프라는 사람의 아들로 절름발이 가우릴로가 살고 있었다. 어느 날 이 사람과 이반 사이에 시비가 벌어졌다.

옛날 이반의 아버지가 살던 시절에는 그런 일이 전혀 없었다. 그들은 이웃끼리 다투거나 시비를 벌이지 않았다. 그러기보다는 이웃끼리 서로서로 도와 가며 사이좋게 지냈다. 자기네들이 일이 없을 때는 일감이 많은 이웃을 도와주었고, 또 소달구지가 없어 일이 더딘 사람들에게는 달구지를 가진 사람이 빌려 주어 서로가 불편 없이 지냈다.

그리고 이웃 사람에게 어려운 일이 닥칠 때는 모두 자기 집안일처럼 걱정을 해주었으며, 어려운 일을 해결하기 위해 모두들 힘을 합치곤 했다. 이웃끼리 그렇게 사이가 좋았던 것이다.

어쩌다가 남의 집 송아지가 자기 집 수수밭에 들어가 장난을 해도 아무도 화를 내는 법이 없었다. 그저 장난꾸러기 같은 송아지를 쫓아낼 뿐이었다. 그런 일로 불평하는 사람은 아무도 없었다.

다만 철없는 송아지가 너무 심하게 밭을 망쳐 놓으면 밭 주인은 송아지 주인을 찾아가서 부드러운 말로 송아지를 좀 매어 놓아 달라고 부탁하곤 했다.

그뿐만 아니라, 할아버지 시절의 마을 사람들은 모두가 착하고 온순했다. 창고의 은밀한 곳에 물건을 감춘다거나, 남을 비방하고 욕하는 일은 전혀 찾아볼래야 찾아볼 수가 없었다.

그런데 할아버지의 한창때가 지나고 그 후손들의 손으로 농사를 짓게 되자, 그와 같은 아름다운 풍습은 날로 사라져만 갔다. 그들의 후손들은 곧잘 싸움을 일삼았다.

언제나 사람들의 불화는 거의 아무것도 아닌 사소한 일로 시작된다. 이반과 가우릴로 집안간의 싸움도 역시 하찮은 일로부터 시작되었다. 며느리는 암탉을 열심히 기르고 있었다. 그 암탉은 알을 참 잘 낳았다.

이반네 며느리는 차츰 다가오는 부활제 축제를 위해 달걀을 열심히 모으고 있었다. 그래서 날마다 헛간 뒤편에 있는 마차 속에 마련되어 있는 둥우리를 부지런히 살피고 있었다.

그러던 어느 날이었다. 아이들의 심한 장난에 깜짝 놀란 이반네 암탉은 앉아 있던 둥우리에서 후닥닥 튀어나와 옆집으로 도망쳐 버렸다.

얼마 후 이반네 며느리는 암탉이 알을 낳았다고 울어대는 소리를 들었다. 아무것도 모르고 있던 그녀는 자기 집 둥우리에서 우는 줄로만 알았다. 그때 마침 부엌일을 하고 있던 참이라 며느리는 하던 일을 마치고 나서 알을 꺼내 오려고 했다.

이윽고 부엌일을 다 마친 이반네 며느리는, 해가 질 무렵에야 둥우리로 가서 손을 넣어 보았다. 그러나 둥우리는 텅 비어 있었다. 웬일일까 하고 이반네 며느리는 시어머니에게 물어보았다.

"어머니, 어머니께서 달걀을 꺼내셨어요?"

"아니, 나는 꺼내지 않았다. 달걀은 언제나 네가 꺼내지 않았느냐? 그런데 그걸 내가 왜 만지겠니."

이반네 며느리는 이번엔 시누이들에게 물었다.

"아가씨, 아가씨들이 달걀을 꺼냈어요?"

"아뇨, 우린 보지도 못했어요."

"그것 참 이상하네요. 아까 분명 암탉이 알을 낳았다고 울어댔는데……."

그 말을 들은 시누이들은 발끈 화를 냈다.

"아니, 그럼 올케는 우리가 달걀을 꺼내 먹기라도 했다는 거예요?"

이반네 며느리는 더 이상 묻지도 못했다.

그녀는 참 이상하다고 생각하면서 집 안 구석구석을 샅샅이 찾아다녔다. 우선 헛간 한 모퉁이에 쌓인 밀짚 사이를 들추어 보았다. 그리고 만져 보기도 하였다. 그러나 달걀은 없었다. 마차 뒤쪽의 빈터에도, 헛간의 어느 구석에도, 마당 풀숲 사이에도, 마구간에도, 외양간에도 모두 찾아보았으나 달걀은 아무 데도 없었다.

그때 마침 이반네 막내아들인 탈라스카가 밖에서 놀다가 뛰어들어왔다. 이반네 며느리는 반가운 듯 시동생을 붙들었다.

"도련님, 혹시 이 둥우리에 있던 알을 보지 못했어요?"

말끄러미 쳐다보며 얘길 듣던 탈라스카는 선뜻 대답했다.

"아까 보니까, 우리 집 암탉이 옆집에 가서 알을 낳고 거기서 울고 있던데요."

그러자 이반네 며느리는 부리나케 옆집으로 달려갔다. 과연 자기 집 암탉이 남의 집 닭장 속 횃대 위에 그 집 수탉과 함께 올라앉아 졸고 있는 게 아닌가? 남의 집에서 태연히 졸고 있는 암탉에게 어디서 알을 낳았느냐고 물어볼 수도 없는 노릇이었다. 그래서 며느리는 남의 집 닭장 속을 이리저리 살펴보았다.

그때 그 집 할머니가 집 안에서 나왔다. 이반네 며느리를 본 골리 할머니는 가까이 다가왔다.

"아니, 이게 누구시오? 옆집 며느리가 아니우? 그런데 무슨 일로 이렇게……."

"네에, 별것 아니에요. 우리 집 암탉이 글쎄, 울타리를 넘어 할머님 댁으로 왔나 봐요. 아까 여기서 우는 울음소리도 듣고 해서 할머님 댁 어느 구석엔가 우리 암탉이 알을 낳아 놓지 않았나 싶은데요."

그 말에 골리 할머니는 어두운 육안으로 이반네 며느리를 쳐다보았다. 그리고는 고개를 설레설레 흔들었다.

"전혀 보지 못했어. 우리 집 암탉들도 아침부터 알을 낳기 시작해서 지금 나도 그걸 모으고 있는 중이야. 우리 집 암탉들도 알을 참 잘 낳수다. 그런데 남의 집의 것까지 탐을 내겠수? 나는 그런 짓은 안 한다우."

골리 할머니는 비꼬듯이 이렇게 말했다.

이반네 며느리는 그 말을 듣고 발끈 화가 치밀었다.

그래서 홧김에 할머니에게 대들었다. 그러자 할머니는 어이가 없다는 듯 소리를 질렀다.

"아니, 얘가 정말 버릇이 없구나? 나이 많은 사람이 얘길 하면 그렇게 믿고 돌아갈 일이지, 도대체 대드는 버릇은 어디서 배웠느냐?"

이렇게 해서 입씨름이 시작되었다.

그런데 바로 그때였다. 이반의 아내가 우물에서 물을 길어 가지고 돌아오는 길에 이 광경을 보았다.

"얘, 며늘아가! 이게 어떻게 된 일이냐?"

"글쎄 우리 집 암탉이 이 집에 와서 알을 낳았나 봐요. 그래서 알을 찾으러 왔더니 이 할머니가 나한테 막 욕을 하는군요."

하며 자기 시어머니에게 일렀다. 그 말을 들은 이반의 아내는 물이 가득한 물통마저 내려놓고 싸움에 뛰어들었다. 싸움은 이제 크게 벌어진 것이다.

두 할머니는 어느새 서로 삿대질까지 해가며 마구 욕설을 퍼붓고 있었다.

시끌벅적한 소리에 집 안에 있던 가우릴로가 뛰어나왔다. 이반의 아내와 며느리가 한꺼번에 자기 아내를 몰아붙이는 것을 보고 화가 난 가우릴로는 자기도 그 싸움에 끼여들었다.

"아니, 도대체 이게 무슨 짓들이야? 남의 집에서 웬 야단들이지? 왜 두 사람이 한 사람한테 덤벼들고 난리야……."

흥분한 가우릴로는 사실의 옳고 그름을 가리기보다 있는 소리 없는 소리들을 마구 질러댔다.

아무것도 아니던 일은 차츰 복잡해지고 난감해졌다. 그리고 잠시 후에는 걷잡을 수 없을 만큼 큰 싸움이 되었다. 서로 삿대질을 하고 핏대를 올리며 고함을 지르고 야단이었다. 서로 한마디라도 질세라 악을 쓰고 있었다.

마침내는 병신, 머저리, 거짓말쟁이, 주제넘다느니 하는 말들까지 그들의 입에서 튀어나왔다. 모든 것이 험악한 말들뿐이었다.

"못된 사람 같으니……. 이봐요, 막대기도 우리 거야. 당장 이리 내놔!"

화가 난 가우릴로의 아내는 이반네 물통을 메는 긴 막대를 와락 잡아챘다. 이반의 아내도 지지 않으려고 거칠게 잡아당겼다. 그 바람에 물통에 가득하던 물은 그만 모두 땅에 엎질러졌다.

"아니, 이게 정말 죽고 싶나?"

이제는 아주 죽이느니, 살리느니 입에 담지 못할 말까지 하며 화가 나 펄펄 뛰었다.

물이 엎질러진 진탕도 아랑곳없었다. 그들은 이제 서로 상대방의 머리카락을 움켜쥐고 엎치락뒤치락 볼썽 사납게 악착같이 싸웠다.

이를 보고 있던 가우릴로도 더 참지 못하겠다는 듯 덤벼들었다. 그는 무조건 이반의 아내 머리카락을 움켜쥐었다. 이반의 아내는 더욱 더 약이 올랐다

"아니, 이젠 사내 녀석까지 덤벼드는군. 어디 두고 보자!"

이 소동이 이반의 귀에 들어가지 않을 리 없었다. 소식을 전해들은 이반이 곧장 달려왔다. 그것도 혼자 오지 않고 아들 셋을 모두 데리고 왔다.

"네가 감히 누구를 때리는 거냐?"

무서운 기세로 덤벼드는 이반은 매우 몸이 튼튼한 사람이었다. 그는 싸움판에 끼여들자마자 닥치는 대로 밀어젖혔다. 그러더니 이번에는 가우릴로의 턱수염을 몽땅 잡아챘다. 그 바람에 가우릴로의 턱수염은 그만 한꺼번에 쑥 빠져 버리고 말았다.

수염이 뽑힌 자리에서는 피가 났다. 더구나 여자들의 몸에서도 여기저기 피가 터져 배어 나오고 있었다.

어느새 소문이 퍼졌는지, 동네 사람들이 모두 쏟아져 나와 이 싸움을 말렸다.

바로 이것이 달걀 하나로 비롯된 사건이었다.

그날 일은 이렇게 하여 끝이 났다. 그러나 두 집안 사람들은 아직도 분이 풀리지 않아 씩씩거리고 있었다. 각자 집으로 돌아가서도 분한 마음을 어쩔 수가 없었다.

더구나 가우릴로는 턱수염이 모두 빠진 자리가 너무 아파 견딜 수가 없었다. 턱에서는 확확 불이 나는 듯했다. 그리고 워낙 아끼던 수

염이라 몹시 허전했다.

끙끙거리고 있던 가우릴로는 밖으로 나갔다. 싸웠던 자리로 간 그는 흩어진 수염들을 주워 모아 헝겊에 소중하게 쌌다.

다음 날 아침이었다. 다른 날보다 일찍 일어난 가우릴로는 재판소에 가서 고소를 했다. 그는 재판소에 있는 사람에게 큰 소리로 호소를 했다.

"내 수염은 곰보 녀석 이반에게 뽑아 달라고 기른 수염은 아니란 말이오."

이렇게 고소하고 난 뒤 이집 저집 돌아다니며 이제 곧 이반이 잡혀 들어갈 것이라는 소문을 내고 다녔다.

한편, 가우릴로의 아내는 아내대로 큰 소리로 마구 떠들어댔다.

"어디, 두고 보라고! 이반은 이제 곧 시베리아로 쫓겨날 테니까. 제가 기운이 좀 세다고 남의 수염을 다 뽑아 놓다니……. 그런 악당은 시베리아 벌판에서 고생을 죽도록 해봐야 정신이 날 거야. 아니, 그런 곳에서 죽도록 일을 하다가 아주 거기서 뒈져야 해!"

이렇게 악담을 늘어놓았다.

두 집안의 원한은 차츰 깊어 가기만 했다. 페치카 위에 드러누워 있던 양쪽 집안 노인들은 이것을 무척 염려하여 아들과 며느리, 그리고 손자들에게 타일렀다. 그러나 아무도 노인들의 말을 들으려 하지 않았다.

노인들은 모든 식구들에게 누누이 타일렀다.

"너희들이 하는 짓이라는 건 정말 실없고 어리석기 짝이 없어. 그 조그맣고 하찮은 일을 가지고 일을 크게 만들다니……. 어디 한번 조용히 생각해 봐라. 애초 싸움의 시작은 대단한 것도 아닌 달걀 하나 때문이었다. 그 암탉이 어디에 가서 알을 낳았건 그게 뭐 그리 대수냐. 혹시 아이들이 주워 갔을 수도 있고, 또 암탉이란 놈이 제가 낳고 깔아뭉갰을지도 모를 일 아니냐. 계란 하나가 그렇게 소중해? 달걀 하나쯤은 정말 아무것도 아니다. 우리는 어차피 하나님한테로 갈 것인데, 하나님한테 가면 무엇이든지 다 있어. 없는 게 없다니까. 그러니 그까짓 달걀 하나로 싸울 것이 아니라, 잘못된 일이 있으면 서로 좋은 말로 타이르고 또, 고쳐 가면 되는 거야. 그런데 그걸 가지고 서로 분을 못 참고 치고 때리고 발로 차는 싸움은 얼마나 어리석냐구. 사람들이 흔히 그렇게들 하는 수도 있지만 너희들은 그렇게 해선 안 돼. 옛날 우리들은 얼마나 사이좋게 지냈는지 몰라. 자, 그러니 너희들이 먼저 옆집에 가서 사과하고 오너라. 그러면 만사가 다 잘 해결될 게다. 서로 으르렁거리고만 있으면 남는 거라곤 하나도 없어. 화밖엔 없어……!"

이렇게 조용히 타일렀으나 젊은 사람들은 그 말을 따르지 않았다. 오히려 노인이 망령이라고 핀잔을 주었다. 그리고 노인의 말은 아예 귀에 담으려고도 하지 않았다.

한편, 이반도 옆집 가우릴로에게 지지는 않았다. 건장하고 힘도 센데다가 불 같은 성질도 만만치 않았다.

"내가 제 놈의 수염을 모조리 뽑았다고? 천만에 제가 제 손으로 뽑았단 말이야. 오히려 가우릴로의 자식놈이 덤벼들어 이렇게 내 머리털을 뽑았지. 그리고 내 셔츠까지 다 찢어 놓았지 않았느냔 말이야. 자아, 여러분들, 이거 좀 보시오!"

이반은 사람들에게 그렇게 외치고서는 재판소로 나갔다. 그리고는 자신의 다 찢어진 셔츠를 흔들면서 호소했다.

이윽고 두 사람은 재판소에서 다시 맞붙게 되었다. 그러기 위해서는 일단 많은 돈이 들었다. 그렇지만 그들은 그런 것에 개의치 않았다. 단지 서로 앙갚음하기에만 바빴다. 그들은 일하는 것까지도 잊고 재판에만 온 마음을 쏟았다.

이렇게 재판이 계속되고 있던 어느 날이었다. 가우릴로의 마차축이 없어졌다. 가우릴로의 집안 여자들은 이 혐의를 이반의 아들에게 뒤집어씌웠다.

"음, 그 녀석이 틀림없어. 우리 마차를 못 쓰게 하려고 그 녀석이 가져간 거란 말이야."

"그래요. 나도 봤어요. 어젯밤에 내가 창가에 서 있는데 그 녀석이 우리 마차가 있는 곳으로 살금살금 가고 있었어요. 누구 얘길 들으니까, 그 녀석은 그 축을 가지고 술집에 가서 팔아 먹으려고 했다더군요."

이 말도 역시 시빗거리가 되었다. 그리하여 자연 재판소에서까지 말썽이 되었다.

이렇게 이들은 매일매일을 재판으로 허비했다. 오늘은 내가 말을 많이 했다느니, 오늘은 그 녀석이 창피를 당했다느니, 그 녀석은 곧 시베리아로 갈 것이라느니 하며 두 집안 사람들은 모여 앉으면 이런 이야기들만 주고받았다. 그들은 요즈음에 와서 그러한 일에만 즐거움을 느꼈다. 그리고 상대방을 된통 골려 준 사실만이 유쾌했다. 그것도 부족하여 그들은 상대방을 헐뜯고 욕하기를 일삼았다.

그러다 보니 매일같이 하는 말이라고는 욕설뿐이요, 일이라곤 날마다 옆집과 싸우는 것이었다. 어린아이들까지도 이제는 어른들의 흉내를 내어 죽일 놈, 살릴 놈 하고 서로 욕설을 하는 것이 예사가 되었다.

이렇게 되자 이 사람들의 마음 속에는 어느새 착한 마음은 모두 사라지고 악한 마음만 남게 되었다. 처음에는 재판소에 이 일을 맡겨 둔 채 욕만 하더니, 이제는 조그마한 물건 하나만 없어져도 상대방에게 그 죄를 뒤집어씌우고, 그 집 사람들을 도둑으로 모는 것이 습관화되어 있었다. 여자, 남자, 아이들 모두가 다 그랬다.

싸움만 일삼다 보니, 두 집안의 살림살이는 점점 어려워지기만 했다. 식구들 모두 일들은 하지 않고 모든 시간을 재판에만 쏟다 보니, 창고에 모아 둔 곡식들은 점점 줄어만 갔다. 그리고 재판을 하는 데도 꽤 많은 돈이 들었던 것이다. 그리고 재판 비용은 전부 모아둔 곡식들을 팔아서 메꾸어야만 했다.

그런데도 이반 시첼바코프와 절름발이 가우릴로는 끝까지 싸웠다. 마을 회의에서도, 재판소에서도, 또 마을 조정 재판에서도 계속 다투기만 했다. 그래서 재판관들도 차츰 이들을 싫어하게 되었다.

가우릴로가 이반에게 벌금을 물리고 구류를 살게 하는가 하면 또 이번에는 이반이 가우릴로를 똑같은 죄로 고소하여 벌금을 물게 하고 구류를 살게 했다.

이렇게 되풀이되는 싸움질로 두 집안은 마침내 지독한 가난의 구렁텅이에 빠지고 말았다. 옛날 할아버지 시절에는 그렇게도 다정했던 두 집안이 이렇게 비참하게 변했던 것이다.

개들의 싸움이 싸우면 싸울수록 더 험해지고 난폭해지듯 이들의 싸움도 갈수록 더 사나와지고 악랄하게 되어 갔다. 한번 싸움이 붙었다 하면 개들은 서로 물고 할퀴고 마구 뒹군다. 그때 옆에서 막대기로 등이라도 한 대 갈기면 개들은 서로가 상대편이 그러는 줄 알고 더 사납게 싸움을 한다. 이들의 싸움도 그와 마찬가지 형색이었다.

이제 그들의 싸움은 아주 본격적이 되었다. 아침 일찍부터 있는 물건, 없는 물건 다 긁어모아 팔아 가지고 재판소에 가서 아주 살다시피 했다. 그들은 오직 상대방에게 벌을 내리게 하는 일에만 여념이 없었다.

"어디 두고 봐라! 너는 닷새 동안 나를 구류에 처하게 했지. 너는 열흘이야, 열흘!"

한 사람이 이렇게 말하면, 또 한 사람은 이렇게 말했다.

"뭐? 네가 나를 돈으로 골탕먹이려고? 그까짓 벌금쯤에는 난 끄덕도 없다. 나는 집을 팔아서라도 너를 알거지로 만들고 말겠다. 두고 보라지, 어떻게 해서든지 네 꼬투리를 찾아내고야 말 테니까."

이런 식으로 재판이 끝나면, 다시 재판이 시작되곤 해서 이 두 집안의 싸움은 어느새 육 년간이나 계속되고 있었다. 그러는 동안 한 사람, 오직 이반의 아버지만이 언제나 같은 말로 아들을 타이르고 있었다.

"너희들, 도대체 이게 무슨 짓들이냐? 이런 지긋지긋한 싸움은 진작 그만두었어야 할 것을! 자기 할 일이 무엇인지 너희들은 완전히 잊고 있어. 모두들 자기 할 일만을 다한다면 무슨 일이건 다 잘 풀려갈 텐데, 너희들은 그 이치를 모르고 있구나. 네가 원한을 품으면 품을수록 상대방은 더 난폭해질 뿐이다. 서로가 더욱 미워하게 될 뿐이란 말이야."

그러나 이반의 가족들은 이 페치카 위에 누워 있는 노인의 말에는 전혀 귀를 기울이려 하지 않았다.

싸우는 동안에도 세월은 쉬지 않고 흘러 칠 년째가 되었다. 그동안에 이반네 집엔 막내아들이 장가를 들어 새며느리가 들어왔다.

이반네 막내아들의 결혼식에는 많은 마을 사람들이 참석했다. 그 많은 손님들을 앞에 두고 이반은 가우릴로에게 창피를 주었다. 이 때문에 싸움은 다시 치열해졌다.

이반네 큰며느리가 이런 말을 했기 때문이다.

"저 절름발이 영감이 우리 말을 훔치려고 하는 것을 내가 보았어요."

그때 마침 가우릴로는 사람들 틈에 끼여 술을 마시고 있었다. 술이

취한 김에 화를 참지 못한 가우릴로는 이반네 큰며느리를 밀치고 때렸다. 그후로 이반네 큰며느리는 일주일 동안이나 누워서 꼼짝을 못했다. 그런데 공교롭게도 이반네 며느리는 임신 중이었다.

이반은 며느리가 아픈 것을 걱정하기는커녕 오히려 속으로 기뻐했다.

'오냐, 잘됐다! 내가 이 기회에 너를 정말 시베리아로 보내고 말겠다.'

이반은 서둘러 돈을 꾸어 가지고 예심 판사에게로 달려갔다. 어느 때보다 신이 난 이반은 큰소리를 치면서 고소장을 냈다.

"판사님, 이런 녀석은 도저히 용서해 줄 수가 없습니다요. 이런 녀석과 한 동네에서 산다는 건 얼마나 불행한 일입니까?"

이런 말을 덧붙이기까지 했다. 그리고 가만히 생각했다.

'칠 년 만에 이제야말로 소원을 풀게 되나 보구나. 이제 네 녀석과는 이것으로 끝장이다. 어차피 너는 이 마을에서 쫓겨나거나, 감옥살이, 그렇지 않으면 먼 시베리아로 가야 할 게다.'

그러나 이반의 생각대로 일은 순조롭지만은 않았다. 예심판사는 그 고소장을 받아들이지 않았다. 이반의 며느리에 대해 조사해 본 결과 그녀의 몸엔 상처가 한 군데도 없었기 때문이다.

이렇게 믿었던 일이 실패로 돌아가자, 이반은 마을 조정위원을 찾아갔다. 그는 다시 고소를 했다. 마을 조정위원은 이 사건을 다시 구역 재판소로 넘겼다.

이반은 기다렸다는 듯이 구역 재판소로 찾아가, 서기와 법관들에게 술대접을 했다. 이렇게 술대접을 한 후, 이반은 법관들에게 부탁을 했다. 중한 벌을 내릴 수 없을 때는 매라도 때려 달라는 부탁이었다.

드디어 재판날이 되었다.

그날 재판관은 가우릴로에게 다음과 같은 판결을 내렸다.
그 판결문을 서기가 읽었다.
"법정의 결정에 따라, 농민 골리의 아들 가우릴로에게 아몰 재판소에서 매 스무 대를 때린다."
판결문 낭독이 끝나자 이반은 속이 시원해졌다. 그 밉살스러운 가우릴로 녀석이 마을 사람들 앞에서 매를 맞게 되다니 얼마나 통쾌한 일인가?
이반은 판결문을 낭독하는 동안 가우릴로의 표정을 가만히 살펴보았다. 가우릴로의 얼굴은 흰 손수건처럼 새하얗게 질리더니 뒤로 주춤 물러섰다. 멈출 듯하던 가우릴로는 그대로 몸을 획 돌려 건물 입구 쪽으로 나갔다. 처음부터 지켜 보고 있던 이반도 슬그머니 따라 일어섰다. 그리고는 어슬렁어슬렁 자신의 말이 있는 쪽으로 갔다. 그런데 저만치 가면서 지껄이는 가우릴로의 말소리가 들려 왔다.
"흥, 내가 매를 맞아? 만일 내게 매가 떨어지면 네 등에선 아마 불꽃이 튈 거다. 어디 두고 보자. 다음 번에 제 등뼈가 남아나는지 앞으로 견뎌 보란 말야. 불한당 같은 놈!"
그 소리를 들은 이반은 다시 화가 치밀어 올랐다. 발길을 돌려 건물 안으로 들어간 이반은 재판관에게 호소를 했다.
"옳고 바르신 재판관님들, 저 자가 지금 제 등짝을 지져 버린다고 위협을 합니다. 모두가 똑똑히 들었습니다. 모두 둘도 없는 악당이라고 말할 겁니다. 모두들 이에 대한 증인이 되어 줄 것입니다."
아무 말 없이 듣고 있던 재판관은 다시 명령을 내렸다.
"가우릴로를 불러 오너라."
이윽고 가우릴로는 창백한 얼굴로 법정에 다시 불려 왔다.
"너 정말 그런 악담을 했느냐?"
가우릴로는 고개를 설레설레 흔들며 시치미를 뗐다.

"아뇨, 전 아무 말도 안 했습니다. 아무튼 재판관님, 절 실컷 때려 주십시오. 어쩐지 일은 잘못되어만 가는군요. 저 인간이 죄를 지어도 언제나 벌은 내게만 내려지니 정말 어떻게 할 수도 없군요."

이런 말을 하는 가우릴로의 두 눈엔 눈물이 가득 고여 있었다. 잠시 동안 재판관을 원망스럽게 쳐다보던 가우릴로는 무언가 더 말하고 싶은 듯 입을 열려고 했다. 그렇지만 입술이 벌벌 떨려서인지 더 이상 말을 하지 못한 채 얼굴을 벽 쪽으로 돌리고 말았다. 그런 그의 모습에 재판관들은 당황했다. 오히려 자기 자신들이 재판을 받고 있는 기분이었다. 사실 그들은 이반에게 술대접을 받은 적이 있어 찔끔했던 것이다.

그때 이반이 나서며 말했다.

"제 말이 틀림없지요?"

재판관은 이반의 말은 못 들은 척하고 넌지시 말했다.

"이제 자네들 이쯤에서 화해하는 것이 어떤가?"

재판관은 가우릴로 쪽을 향해 말을 계속했다.

"자네는 정말 그렇게도 경우가 없나? 임신한 부녀자를 밀치고 때리다니, 그게 그렇게 잘한 일인가? 오늘날까지 하나님의 은혜로 웬만한 일은 다 용서받아 왔지만, 정말 이번 일만은 용서받기 어렵네. 큰일을 저지를 뻔했어. 과연 그 여자를 때린 게 잘한 짓인지 자네 자신이 한번 생각해 보게. 그러면 그 아버지되는 이 사람에게 사과하는 게 좋을 거라는 생각이 들 걸세. 이반도 자네가 사과만 한다면 용서해 주겠지. 그러면 우리도 이 판결문을 다시 쓸 용의가 있어."

"재판장님, 그건 안 됩니다. 제117조에 의한 합의가 성립되지 않았고, 일단 한번 판결을 내린 이상은 그 판결문은 효력을 나타내야만 합니다."

서기는 자꾸만 우겼다. 그는 이반으로부터 술대접을 잘 받았기 때문에 그렇게 말할 수밖에 없었다. 재판관은 퉁명스럽게 서기의 말을 가로막았다.

"중요한 법조문은 오직 한 가지뿐이야. 그건 하나님을 잊어서는 안 된다는 것이지. 하나님은 모든 사람을 사랑하라고 명하고 계신단 말이야."

재판관은 끈기 있게 두 농부를 타일렀으나 고집불통인 그들은 끝내 말을 듣지 않았다.

매를 맞게 된 가우릴로는 더욱 퉁명스러웠다.

"재판장님, 전 이제 일 년만 더 있으면 쉰 살이됩니다. 내겐 아내도 있고 자식도 있습니다. 세상에 태어난 이래 한 번도 매를 맞아본 일은 없습니다. 그런데 이제 와서 매까지 얻어맞게 된 나를 보고 용서를 빌라고 하시는 것입니까? 빌다니요, 천만에요."

가우릴로는 언성을 높이며 이반을 흘겨보았다.

"이반, 잘 들어 둬! 반드시 네게 복수하고 말 테니까."

이렇게 말하는 가우릴로의 목소리는 부들부들 떨고 있었다. 화가 머리끝까지 오른 그는 더 이상 말을 이을 수가 없었던 것이다.

잠시 후, 가우릴로는 등을 돌리고 터벅터벅 걸어나가고 말았다.

재판소가 있는 마을로부터 그들이 살고 있는 마을까지는 10베르스따 남짓 떨어져 있었다.

재판소에서 하루를 보낸 이반은 다음 날 밤늦게야 집으로 돌아왔다. 가족들은 들판에 놓아 둔 가축들을 몰아오려고 모두 밖으로 나가고 없었다.

이반은 안장을 내리고 말을 치운 다음 안으로 들어갔다. 아이들마저 아직 돌아오지 않아 텅 빈 집은 퍽 쓸쓸했다.

이반은 힘없이 의자에 걸터앉아 생각에 잠겼다. 판결이 내려질 때, 새하얗게 변하던 가우릴로의 얼굴이 아무래도 마음에 걸렸다. 분을 참지 못해 눈물이 가득 괴던 두 눈이 새삼스럽게 뚜렷이 떠올랐다. 그리고 수치감을 견디다 못 해 벽 쪽을 향해 고개를 돌리던 가우릴로의 속내를 조금은 이해할 것 같았다. 그런 생각들과 함께 이반의 가슴은 답답해졌다. 어쩐지 마음이 꺼림칙했다.

이제 이반은 가우릴로와 입장을 바꾸어 생각해 보았다.

'만일 내가 매를 맞을 입장이라면 내 마음은 어떠했을까?'

소름이 오싹 끼쳤다. 그와 동시에 가우릴로가 불쌍해졌다. 어릴 때는 그렇게도 친하게 지냈던 두 사람이 아니던가?

이반은 이 생각 저 생각 끝에 차츰 후회가 되었다. 옛날 어린 시절의 정다웠던 기억이 더욱더 이반을 괴롭혔다.

사실 자기들만 친구 사이였던 것도 아니었다. 그들의 아버지들도 친구 사이였다. 또 그들의 어머니들도 친구 사이였다. 그런데 그는 지금 그의 친구인 가우릴로를 여러 사람 앞에서 망신을 주었다. 그것도 부족하여 이젠 매까지 맞게 만들었다.

이반이 홀로 생각에 잠겨 있는데 문득 안쪽에서 아버지의 기침소리가 났다. 페치카 위에 누워 있던 이반의 아버지가 잠에서 깨어났던 것이다.

잠시 후, 아버지는 페치카 위에서 몸을 일으켜 아래로 내려왔다. 그리고 불편한 다리를 이끌고 아들 곁의 소파로 가 앉았다. 그런 다음 아버지는 한참 동안 무언가를 생각하더니, 이윽고 아들을 쳐다보고 물었다.

"얘야, 오늘 일은 어떻게 됐니? 판결이 났느냐?"

그 물음에 이반은 사실대로 대답했다.

"가우릴로가 매 스무 대를 맞게 되었어요."

그 말에 노인은 눈이 부시도록 흰머리를 흔들며 말했다.

"얘, 이반아, 제발 그만두렴. 넌 지금 가우릴로보다 더 나쁜 짓을 하고 있는 거다. 가우릴로의 등에 매가 떨어져 껍질이 벗겨지고, 살이 터져 피가 흐르게 되면 네 마음은 편할 것 같으냐? 한번 생각해 보아라. 정말 마음이 편할 것 같으냐?"

이반은 힘없이 말했다.

"그렇게 얻어맞아야 그런 짓을 다신 안 하겠지요."

"뭐라고? 매를 맞으면 그가 다시는 그런 짓을 안 할 것이라고? 너는 그렇게 믿느냐? 아니다, 네 생각이 틀렸어. 한번 생각해 봐라. 처음 너희들의 싸움은 무엇 때문이었니? 그것은 달걀 한 개 때문이다. 그것 때문에 지금까지 재산의 손실은 얼마며, 또 그것 때문에 너희들은 얼마나 마음 고생이 심했니? 하나도 이로운 일은 없었다. 그런 싸움을 시작한 지 일 년, 이 년, 삼 년…… 벌써 칠 년이 되었다. 그런데도 또 앞으로 얼마나 더 계속될지 생각하면 정말 어이가 없구나."

그 말에 이반은 다시 자기 고집을 내세웠다.

"아니, 그럼 잘못을 보고도 가만있으란 말입니까? 우리 며느리를 죽도록 때려 주고, 우리 집에 불을 지르겠다고 위협하고 있는데도 참으란 말씀입니까? 그런데도 내가 잘못했다고 고개를 숙여요?"

이반의 말을 듣던 노인은 한숨을 푹 몰아쉬었다.

"이반아, 내 아들아, 너는 지금 한없이 자유스럽고, 나는 이렇게 페치카 위에 누워만 있을 뿐이다. 그래서 네 눈에는 무엇이든지 잘 보이고 내 눈에는 잘 보이지 않는다고 생각하고 있겠지. 그러나 아니다. 오히려 지금 네 눈이 아무것도 보지 못할 게다. 지금 네 눈엔 원망이 가득 차서 아무것도 안 보인단 말이야. 그래서 남의 잘못은 그렇게 또렷이 잘 보여도, 네 잘못은 잘 보이지 않는 거다. 네가 아까부터 가우릴로가 나쁘다고 했지? 그렇다면 싸움은 계속되지 않았을 것이다. 사람들 사이의 원성이 한쪽의 잘못으로만 일어날 수 있겠냐? 언제나 두 사람이 부딪쳐야만, 서로 욕을 하고 꼬집고 때릴 때에만 일어나는 것이다. 넌 가우릴로의 나쁜 점은 들추어내면서 네 나쁜 점은 전혀 인정하지 않는구나. 만일 가우릴로가 나쁘다 하더라도 네가 착하다면 싸움은 일어나지 않았을 게다. 넌 모든 걸 용서해 주었을 테니까. 그런데 그렇게 소중히 기르고 있는 가우릴로의 수염을 모두 뽑은 것은 누구냐? 지주에게 갖다 바칠 산초를 산더미 같이 실어낸 것은 누구냐? 또 시비를 걸어 여기저기 나쁜 소문을 퍼뜨리며 재판을 건건 누구냐? 너는 그 모든 잘못을 가우릴로에게만 돌리고 있어. 그건 네가 살아가는 방법이 옳지 않기 때문이다. 나는 그렇게 살아오지는 않았다. 그리고 네게 그런 것을 가르쳐 주지도 않았다. 나하고 그 가우릴로의 아버지하고 그렇게 싸우면서 살아왔다고 생각하느냐? 네가 어렸을 때지만 기억은 하겠구나. 우리들은 서로 도와주고 아껴 가면서 사이좋게 살아왔단 말이야. 그 집에 밀가루가 떨어진 듯하면, '풀로우루 아저씨, 우리 집에 밀가루가 있는데 갖다 잡수시지요' 하고 먼저 말을 꺼냈었다. 그 집 아주머니가 찾아오면 우리는, '아주머니 오셨군요. 어서 저 헛간으로 가셔서 아주머니가 필요하신 대로 퍼 가세요' 했었단다. 그렇게 우리는 살아왔단 말이야. 또 가우릴로네 집에 말 부릴 사람이 없을 때에는 네 할아버지는 내게 말했었지. '네가 가서 도와주렴' 하고. 나도 네게 말했었다. '이반, 가서 도와드려!' 내가 이렇게 말했던 걸 너도 기억하고 있지 않니? 그리고 또 우리한테도 필요한 게 있으면 그 집에 가서, '골리 아저씨, 이러한 것이 필요한데…….' 이렇게만 말해도 그들 역시 웃으면서 무엇이든지 내주었어. 우리는 옛날에 그렇게 살아왔다. 너희들도 어릴 적엔 얼마나 잘 지냈니. 그런데 이게 무슨 꼴이냐? 바로 얼마 전의 전쟁, 너도 알지? 우리 러시아와 터키 군인들의 싸움, 페푸우텔라 운하에서 벌어졌던 싸움 말이다. 그때 싸웠던 어떤 군인의 이야기를 들어보니 참 기가 막히더구나. 그런데 지금 너희들의 싸움은 그 싸움보다도 더 질이 나빠. 도대체 그게 사람이 할 수 있는 일이냐? 개나 소보다도 더 못해. 너는 사내고 또 한 집안의 기둥이다. 그런데 너는 네 집사람과 자식들과 그 손주놈들에게 도대체 무엇을 가르치고 있느냐? 욕하는 것을 가르치고, 때리는 것을 가르치고, 또 재판이나 벌이는 것을 가르치고, 상대방을 몰아내 저 먼 시베리아 벌판에서 얼어 죽게 만들려는 좋지 못한 생각만 가르쳐 주고 있지 않느냐. 네 어린 손자 탈라스카까지도 이제는 옆집 사람들을 욕하더구나. 그 녀석이 하도 욕을 잘하니까 네 아내는 그게 좋아서 히죽히죽 웃더구나. 도대체 그게 무슨 짓들이냐? 너는 이 모든 사태에 대해서 책임을 져야 한다. 조금이라도 양심이 있으면 한번 반성해 보아라. 시간이 있는 대로 너희들의 깊은 영혼에 대해 생각해 보도록 해봐. 예수님께서 여러 곳을 돌아다니시며 우리들에게 가르쳐 주신 것은 그런 게 아니었어. 하나님은 우리들에게 오른뺨을 치거든 왼뺨마저 갖다 대라고 가르쳐 주셨다. 만일 우리들 모두 그렇게만 한다면, 이 세상에 불화는 없어질 게다. 얘야, 아직도 불만이거든 얘길 해봐라. 그래, 네 생각엔 내 말이 틀렸단 말이냐?"

노인의 목소리에는 힘이 담겨지고 있었다.

이반은 끝까지 묵묵히 듣고만 있었다. 어느새 그의 고개는 푹 수그러져 차마 아버지의 얼굴을 쳐다보지 못하고 있는 듯했다.

노인은 쿨룩쿨룩 기침을 했다. 그리고 나서 거친 숨을 몰아쉬더니 다시 말을 이었다. 그 눈에는 감격의 빛이 감돌고 있었다. 살아온 그의 생애와도 같은 평화로운 빛도 아울러 감돌고 있었다.

"푸우레 운하 전투가 시작된 이래 네 생활은 전보다도 더 나빠졌다. 넌 그동안 재판 때문에 얼마나 많은 재산을 없앴느냐. 또 넌 남을 해치기 위한 방법을 연구하느라고 얼마나 많은 일들을 놓쳐 버렸느냐. 아이들도 다 자라고 했으니 이제 생활이 안정되어야 할 텐데 점점 더 어려워지고만 있구나. 그래도 이번 싸움이 일어나기 전까지는 별 어려움 없이 지내더니, 지금은 글쎄…… 창고에 곡식도 남아난 게 없겠지? 그래 이 모두를 이웃 가우릴로 때문이라고 하겠니? 아니다. 그건 모두 네 마음 속에 품은 생각 때문이란 말이야. 여느 때 같으면 오늘도 너는 밭에 나가 씨를 뿌리고 김을 맸을 텐데. 넌 도대체 어디를 다녀왔지? 너는 지금 악마의 지시에 따라 움직이고 있어. 재판소에 다니는 일이나, 남을 해칠 궁리를 하는 건 모두 악마가 시키는 짓이야. 네가 재판소 관리들에게 술이나 사는 따위의 돈은 도대체 어디서 난 거냐? 그건 모두 내가 평생 동안 피땀 흘려 번 돈 아니겠니. 그리고 네 땅도 내가 부지런히 일궈 먹던 것을 너에게 넘겨준 것이다. 그런데 너는 그것 하나 제대로 관리하지 못하고 있어. 씨앗을 뿌리지 않고 또 그것을 가꾸어 주지도 않으면, 땅은 너에게 아무것도 베풀지 않는다. 올해 농사를 어떻게 지었는지 한번 생각해 보렴. 그렇게 잘되던 호밀이 쭉정이만 나온 건 무엇 때문이냐? 너는 그 씨를 언제 뿌렸지? 재판소에 뛰어다니느라고 때를 놓쳐 버려 뒤늦게야 뿌릴 수 있었지. 그러니 쭉정이만 나올 수밖에……. 알이 영글 만한 시간이 있었어야지. 말해 보아라. 네가 그렇게 열심히 재판소에 다녀서 무슨 이익이 있었는가를……. 재판소에서 호밀을 가마니로 안겨 주더냐? 알고 보면 너는 실없는 마음에 짐만 잔뜩 짊어지고 말았다. 그게 무엇인지 아니? 바로 그건 악마가 너에게 짊어지게 해준 짐이야.

이반아, 넌 예수님이 가르치신 네 영혼에 대해서 생각을 해야 돼. 너에게 주어진 애비로서의 의무를 다할 줄 알아야 해. 또 너에게 먹을 것을 갖다 주는 땅에게도 마땅히 네가 해야 할 의무를 다 해야 해. 너는 자식들과 함께 집안일에 정신을 써야 한다. 누가 너에게 실없이 나쁜 짓을 하더라도 너는 그것을 용서하고 친절을 베풀어야 돼. 그렇게 되면 모든 것이 무사해지고 언제든지 마음 편하게 살 수가 있는 거야. 조그마한 달걀 하나 때문에 네가 몇 년 동안이나 세월을 낭비하고 하루도 마음 편히 지낸 날이 없었던 걸 생각해 봐. 나는 너와는 반대다. 내 비록 몸은 불편하다만 마음을 다해 예수님을 생각하고, 사람들을 진심으로 용서하는 마음과 서로 아끼는 마음을 잃지 않으니 얼마나 평온한지 몰라."

이번에도 이반은 역시 입을 다물고 있었다. 전에는 아버지의 모든 말에 귀를 기울이지 않았는데 지금은 무언가 생각하는 눈치였다.

이반의 아버지는 다시 말을 이었다.

"애야, 이반아! 이 나이 많은 아버지의 말을 들어다오. 지금 곧 말을 풀어내 재판소에 다시 한 번 다녀와 달란 말이다. 그래서 네가 이웃집 친구의 아들 가우릴로에게 걸었던 고소장을 취하해라. 그리고 내일 아침 일찍 가우릴로를 찾아가서 깨끗이 사과를 하는 거야. 네가 잘못한 것을 빌란 말이다. 그리고 우리 집으로 청해 봐. 내일은 다행히 축제날이다. 내일이 무슨 날인지 알고 있니? 너는 아마 그것도 잊고 있었을 거야. 내일이 바로 성모 마리아의 탄생일이야. 9월 8일. 그러니 내일 가우릴로를 초대하고 차를 끓이고 술을 조금 사서 그와 사과하는 자리를 만들어라. 이젠 다시 그런 일이 없도록 말이야. 집안 사람들에게도 잘 타일러라. 특히 들에 나가지 않고 집에서 일하는 여자들은 이웃하고 접촉이 많으니까 단단히 다짐을 받아 두는 것이 좋겠어. 알아듣겠니?"

이반은 아버지의 말씀을 다 듣고 나서 속으로, '과연 아버님의 말씀이 옳아' 하고 생각하며 무거운 짐을 어깨에서 내려놓은 듯 한숨을 몰아쉬었다. 그 순간 마음 속에 품고 있던 고통은 일시에 사라지고 말았다.

그러나 이반에게는 은근히 걱정되는 게 있었다. 오늘날까지 그렇게 오랫동안 싸움만 해온 가우릴로와 어떻게 화해를 할까? 하는 걱정이었다. 어쩐지 신통한 방법이 금방 떠오르지 않았다. 아버지는 깨끗이, 마치 물결에 실어 보내듯이 사과를 하라고 했지만 그게 좀처럼 쉽게 될 것 같지 않았다.

이반은 괴로운 듯이 고개를 설레설레 흔들었다. 노인은 그 아들의 괴로운 마음을 꿰뚫어 보기라도 한 듯, 다시 입을 열었다.

"이반, 망설이지 말고 어서 갔다 오너라. 미루면 안 돼. 불이 일어나기 전에 그 불씨를 꺼야 하는 것이다. 하늘 위에 불길이 높이 솟아오를 때는 벌써 늦은 거야."

아버지는 더 말을 계속하려다가, 마침 그때 밖에 나갔던 여자들이 우르르 몰려드는 바람에 그만 말을 그치고 말았다.

여자들은 마치 까치떼처럼 지껄이기 시작했다.

"가우릴로가 매를 맞게 되었다지? 아, 고소해라. 그놈의 절름발이 영감, 매를 맞아 죽기라도 했으면 좋겠다."

여자들은 어느새 소문을 들었는지, 가우릴로가 매를 스무 대나 맞게 되었다는 사실을 모두 알고 있었다. 그들은 신이 나는 듯 계속 떠들어댔다.

"뭐라고? 우리 집을 태워 버린다고? 기가 막혀! 매를 맞는 주제에 무슨 재주로…… 외양간 한 모퉁이만 불에 타도 네놈은 매를 쉰 대나 맞을걸."

이런 따위의 악담을 주고받았다. 이들은 들에 나가기 전부터 재판 결과를 알고 있었던 모양이었다. 그 사이 얼마나 지껄여댔던지 그들의 얼굴은 모두 원한과 복수심으로 벌겋게 상기되어 있을 정도였다.

사실 이들은 벌써 가우릴로의 집 앞에서 한바탕 싸움을 하고 돌아오는 길이었다. 갖은 악담을 퍼부으며 얼마나 떠들어댔던지 그들의 언성은 아직도 가라앉지 않았다. 그들은 싸우던 기세를 그대로 집안까지 몰고 와 지껄여대고 있었다.

가우릴로의 며느리가 예심판사를 배경으로 별별 공갈을 다 했다느니, 또 그 예심판사는 가우릴로의 편이기 때문에 다음 재판 때는 분명히 이반에게 무서운 벌이 떨어질 것이라고 가우릴로의 며느리가 소리쳤다는 이야기, 그러나 그런 말은 하나도 겁날 것 없다는 등 모두들 입에 거품을 물고서 마구 소리쳤다.

그 중 이반의 큰며느리는 마치 가우릴로의 며느리가 당장 눈앞에 있기라도 한 것처럼 삿대질까지 했다.

"흥, 예심판사가 저희들 편을 들어준다고? 어림없는 소리지. 우리는 뭐 가만히 있을 줄 알고? 우리도 선생으로 있는 친척을 통해 황제에게 진정서를 내면 자기들이 꼼짝이나 할 줄 알아? 아마 당장 시베리아로 쫓겨나겠지. 그 자리에서 마차축이나, 야채밭의 절반쯤이 우리 손으로 넘어올걸? 모두 다 우리 것이 되고 말 거야. 아마 마차 축 사건이나 채마밭 사건을 진정서에 써넣으면 황제께서는 가우릴로가 나쁜 인간이라는 걸 곧 아시게 될 거야."

이렇듯 여자들의 거친 말들을 가만히 듣고 있던 이반의 마음은 또다시 가우릴로를 미워하는 생각으로 바뀌었다. 그와 화해해야겠다고 생각했던 조금 전의 마음은 씻은 듯이 사라졌다. 이런 생각이 들었다.

'어디, 두고 보자. 네가 그런 식으로 나간다면 나도 화해는커녕 네 성한 다리 하나마저도 꼼짝을 못 하게 만들겠다!'

그는 또다시 앙심을 품고 복수를 하려는 것이었다.

오랜만에 잘못을 반성하려든 양심에 또다시 불을 지른 것은 여자들의 수다였다.

그날 저녁, 수다를 떨던 여자들은 이제 지쳤는지 모두들 제 할 일들을 했다. 이반도 여느 날과 달리 그동안 돌보지 않았던 바깥일들을 살펴보려고 밖으로 나왔다. 농사를 짓는 집안에는 저녁이 되면 그 집

바깥양반들이 마무리해야 할 일들이 많았다. 그런데 이반은 몇 년 동안이나 그 일을 하지 못하고 있었다.

이반은 탈곡장과 헛간 쪽으로 걸어갔다. 그리고 돌아다니면서 흩어진 농기구들을 챙겨 놓았다.

그러는 동안 어느새 해가 다 넘어가 밖은 캄캄해졌다. 늦게까지 밭일을 한 이반의 자식들도 하나둘씩 집으로 돌아왔다. 이반은 자식들을 맞아 집 안으로 들여보내고, 자신은 그대로 남아 뒤처리를 마저 했다. 고장난 말의 멍에도 고쳐야 했으며 가축들에게 먹이도 주어야 했다. 그리고 헛간도 말끔히 치우려는 것이었다.

바로 그때, 셋째 아들 탈라스카가 말에게 저녁 풀을 뜯기려고 밖으로 나왔다. 저녁 풀을 뜯기려면 말을 끌고 다시 캄캄한 들판으로 나가야만 했다.

탈라스카에게 이반은 말을 내주고 마구간의 문을 닫았다. 마구간도 이제는 너무 오래되어 여기저기 균열이 나 있었다. 겨울이 되면 이러한 틈들을 다 막아 주어야 했다.

이반은 말 멍에를 고치기 위해 그걸 들고 자기 방 쪽으로 걸어갔다. 그런데 막 뒤뜰을 돌아서려는 순간이었다. 바로 담 하나를 사이에 둔 가우릴로네 집에서 컬컬한 남자의 목소리가 들려 왔다.

"돼지 같은 놈, 내가 그냥 이대로 당할 줄 알구? 천만에!"

남들이 들으라는 듯 악을 쓰고 있던 사람은 바로 가우릴로였다.

그 소리에 잠잠하던 이반의 피는 또다시 끓어 올랐다. 그는 그 자리에 멈춰 선 채 가우릴로의 욕설을 다 들었다.

이반은 거실로 들어갔다. 온 가족이 모두 모여 있었다. 큰며느리는 한구석에 앉아 실을 감고 있었고, 그의 아내는 저녁 준비를 하고 있었다. 그리고 큰아들은 구두끈을 꼬고 있었으며 둘째 아들은 책을 읽고 있었다. 셋째 아들 탈라스카만이 말에게 저녁 풀을 뜯기려고 먼저 저녁밥을 먹고 들판에 나가고 없었다.

이웃에 얄미운 가우릴로만 없었더라면 이반네 집은 항상 이렇게 평화스로울 것이었다.

이반은 시무룩한 표정이었다. 그는 공연히 잠자고 있는 고양이를 발길로 차며 화풀이를 했다.

그는 오만상을 찌푸리며 의자로 가 털썩 주저앉았다. 그러나 그의 마음은 쉽게 가라앉지 않았다. 가우릴로의 욕설이 아무래도 머릿속을 떠나지 않았던 것이다. 한편으로는 아버지의 조용한 타이름도 함께 떠올라 이반을 괴롭혔다.

'저런 막돼먹은 녀석을 용서해 주라고? 그 녀석은 벌을 받아도 싸지. 버릇을 단단히 고쳐 줘야 한다고. 내가 아무리 사과를 하면 뭘 해? 놈은 그러면 그럴수록 교활해져서 내게 더 심하게 할걸. 안 돼. 용서해 줄 수 없어.'

이반은 밖으로 나와 바람을 쐬며 한참 동안 뜰을 서성거렸다.

이때 말에게 저녁 풀을 뜯기려 나갔던 막내아들 탈라스카가 들어왔다. 밤참 때문이었다.

짧은 털외투를 걸치고 허리끈을 맨 탈라스카는 미리 준비해 놓은 밤참을 들고 말들이 풀을 뜯고 있는 곳으로 다시 갔다. 그 뒤를 큰아들이 따라 나가려고 했다. 이반은 큰아들을 불러 세우고 자기가 대신 나갔다.

이미 바깥은 칠흑같이 캄캄했다. 구름이 짙게 깔려서인지 더욱더 어두웠다.

탈라스카는 어느새 저 멀리 다른 아이들과 어울려 시끌벅적하게 내려가고 있었다. 매일 이맘때면 탈라스카만한 동네 청년들이 말에게 밤참을 주기 위해 목장으로 모여들었다. 탈라스카는 몇 마리의 새끼 말과 어미 말을 매일 밤 보살피고 있었다.

멀어져 가는 탈라스카를 서서 바라보던 이반은 다시 한 번 집 주위를 살펴보았다. 뒤처리들이 잘 되었나 확인하기 위해서였다. 오늘은 웬일인지 이반의 마음이 불안했다.

이반에겐 가우릴로의 악담이 꺼림칙하기만 했다.

'녀석은 자포자기가 되어 홧김에 그렇게 말했겠지. 아니, 녀석은 오히려 홧김에 나쁜 짓을 할지도 몰라. 이런 날, 나뭇잎마저 바싹 말라 있는 이런 날에 정말 불이라도 지른다면 어떡하지? ……하긴 그렇게 되면 녀석은 다시 법정으로 끌려가겠지. 아냐, 현장에서 붙잡지 못하면 증거가 없어. 그러면 아무 소용도 없지.'

이반은 집 주위를 빙빙 돌았다.

'내가 단단히 지키고 있어야지. 가우릴로란 놈, 정말 무서운 녀석이야.'

이반은 계속 집 주위를 서성이고 있었다.

바로 그때, 길모퉁이에서 무언가 시커먼 것이 불쑥 나타났다가 사라졌다.

'저게 뭘까? 가우릴로가 아닐까?'

이반은 숨을 죽인 채 눈을 크게 떴다.

이반은 한참을 그렇게 살피고 있었다. 그러나 사람이 가까이 있는 것 같지는 않았다.

'내 기분 탓이었나? 공연히 쓸데없는 걱정만 하고 있었군. 한 바퀴만 더 돌고 이젠 들어가야지.'

이반은 발걸음을 죽여 조심조심 걷기 시작했다. 그는 나무껍질로 된 신을 신고 있었다. 그런 데다 뒤꿈치를 들고 걷고 있었기 때문에 그의 발소리는 자신에게도 잘 들리지 않을 만큼 작았다.

집 모퉁이를 돌아서려는 바로 그때였다. 앞쪽에서 빛이 번쩍 하는 것 같더니 시커먼 그림자 하나가 기둥 뒤로 숨어 버렸다.

이반은 등골이 써늘해지는 것을 느끼며 정신없이 그 자리에 서고 말았다. 몸이 꼿꼿이 굳은 채 말을 듣지 않았다.

그때, 그림자가 사라진 곳이 갑자기 환해졌다. 그 불빛으로, 등을 돌리고 앉아 짚단에 불을 붙이고 있는 가우릴로의 모습이 드러났다.

'아니, 저건 가우릴로가 아닌가!'

이반의 가슴은 몹시 뛰기 시작했다. 온몸이 죄어드는 것 같았다.

'옳지, 요 녀석! 너 나한테 잘 들켰다.'

가까스로 정신을 차린 이반은 소리를 죽여 살금살금 다가갔다. 그러나 미처 가우릴로를 붙들기도 전에 갑자기 사방은 환해졌다.

그것은 조그마한 불이 아니었다. 불길은 순식간에 헛간 처마 밑의 짚더미에서 처마 끝으로, 처마 기둥으로 탁탁 불꽃을 튀기며 기세 좋게 번져 올랐다.

이반은 무엇을 어떻게 해야 할지 정신이 없었다. 그러나 다만 한 가지 가우릴로를 붙잡아야 한다는 것만은 잊지 않았다.

이반은 날쌘 솜씨로 달려들어 가우릴로의 옷자락을 잡았다. 그러나 그 순간, 가우릴로는 이반보다 더 날쌘 솜씨로 몸을 획 돌리더니, 이반을 뿌리치고 쏜살같이 달아났다. 다리를 절룩거리면서도 마치 토끼처럼 잘도 뛰었다. 그러나 이반도 그것을 놓칠 리 없었다.

"저놈 잡아라!"

소리지르며, 담 모퉁이를 따라 도망치는 가우릴로를 향해 무서운 속력으로 내달았다.

앞서거니 뒤서거니 아슬아슬한 국면이었다. 쫓는 형색이나 내빼는 형색이 둘 다 여간이 아니었다. 절룩거리면서도 어쩌면 그렇게 잘 달려 내빼는지.

그러나 이윽고, 이반에게 가우릴로는 목덜미를 잡히고 말았다. 이반은 목덜미를 사납게 낚아챘다.

그 순간, 가우릴로가 다시 획 하고 뿌리쳤다. 붙잡혔던 옷자락이 찢겨 나가며 이반은 그만 뒤로 벌렁 자빠졌다. 다시 벌떡 일어난 이반은,

"도둑이야! 도둑! 저놈 잡아라!"

하며 다시 뒤쫓기 시작했다. 그러나 이미 가우릴로의 모습은 어디로 사라졌는지 보이질 않았다.

이반은 하늘이 무너지는 것 같았다.

"이 쥐새끼 같은 놈이 도대체 어디로 달아났담!"

걸음을 멈추고 이반은 두리번거리면서 가우릴로를 찾기 시작했다.

그런데 바로 그때, 무엇인가 바윗덩어리 같은 것이 이반의 머리를 향해 떨어졌다. 이반은 눈에서 불이 번쩍이는 것을 느끼면서 그 자리에 쓰러지고 말았다. 근처에 숨어 있던 가우릴로가 굵은 나뭇가지로 이반의 머리를 내리쳤던 것이다.

얼마나 시간이 흘렀을까?

이반은 겨우 정신을 차렸다. 주위는 어둡고 조용하기만 했다.

이반은 비틀거리며 일어나 집을 향해 걸어갔다. 집 쪽으로 가까워지면 가까워질수록 주위는 대낮처럼 밝아졌다. 사방에서 웅성웅성 떠드는 소리도 들려 왔다. 그와 함께 불꽃이 튀는 소리도 들려 왔다.

그제서야 이반은 정신이 번쩍 들었다.

"아뿔싸!"

정신을 가다듬었을 때는 이미 자기 집은 형체도 없이 불길 속에 휩싸여 있었다. 큰 헛간, 작은 헛간, 마구간, 외양간 모두 다 불길 속에서 활활 타오르고 있었다.

이반은 소리를 지르면서 뛰었다. 그리고는 입 속으로 자꾸 뇌까렸다.

"아, 진작 짚단의 불부터 꺼버렸어야 했는데……."

그러나 이미 때는 늦었다. 아무리 후회한들 집은 이미 불길 속에서 활활 타고 있었으니까.

이반은 다리가 후들후들 떨렸다. 아무리 빨리 뛰려 해도 도무지 다리가 말을 듣지 않았다.

"아, 이 일을 어쩐담. 어떻게 하면 좋지?"

자꾸만 뇌까리는 그 소리는 그저 허망하기만 했다. 그는 정신이 다 나가 버린 사람 같았다.

이반은 더 뛸 기력이 없어 천천히 걸음을 옮겨 놓았다. 도무지 발이 말을 듣지 않았던 것이었다. 집이 가까워질수록 이반은 점점 더 기운을 잃어 갔다. 다리가 후들후들 떨려서 당장이라도 곧 쓰러질 것만 같았다. 안타까운 심정은 그대로 주저앉아 통곡을 해도 시원치 않았지만, 이반에겐 그럴 만한 마음의 여유도 없었다.

이윽고 이반은 집 앞에 다다랐다. 집은 형체도 없이 타 버리고 앙상한 뼈대만 남아 불꽃과 연기를 내고 있었다. 이제는 집에 들어갈래야 들어갈 수도 없게 되었다.

이웃 사람들은 자기 집 가재도구들을 꺼내고 가축들을 끌어내느라고 아우성이었다.

불길은 이윽고 이반의 집에서 가우릴로의 집으로 번지기 시작했다. 점점 거세어진 불길은 순식간에 온 마을을 덮쳐 버렸다. 갑자기 마을 전체가 잿더미로 변하고 말았다. 이웃 사람들은 약간의 재산이라도 건질 수 있었지만, 이반의 집은 아무것도 건지지 못했다. 다행히 아이들이 할아버지를 어깨에 메고 나왔지만 물건이라고는 아무것도 건진 것이 없었다. 저녁 풀을 뜯기기 위해 막내아들이 끌고 나갔던 말 몇 마리 이외에는 한 마리의 가축도 구하지 못했다. 그냥 그대로 불길 속에 타 죽은 것이었다. 큰며느리가 기르던 암탉들도 횃대에 걸터앉은 그대로 타 죽어 있었다. 애초 시비의 원인이 되었던 바로 그 암탉이었다.

그러나 가우릴로네는 미리 가재도구를 꺼내 놓고, 가축들을 피신시켜 놓았기 때문에 집만 타 버렸을 뿐, 다른 것은 건재했다.

다 타버린 집 앞에서 이반은 멍하니 선 채 입 속으로 계속 중얼거렸다.

"아, 잘못했구나. 진작 그 불붙은 짚더미를 꺼내 짓밟아 버렸어야 하는 건데! 공연히 가우릴로만 따라가느라고 미처 그걸 생각 못 했구나!"

하고 발을 동동 굴리면서 자기 가슴을 쳤다.

그 순간 이반네의 뼈대만 남은 지붕이 와르르 하고 내려앉았다. 그것을 본 이반은 미친 듯이 불 속으로 뛰어들었다.

그는 정신없이 불붙은 기둥을 뽑아냈다. 그 모습은 마치 미친 사람 같았다. 모두들 그만두라고 말렸으나 이반은 듣지 않고 불 속에서 기둥 하나를 뽑아내자, 이번에는 또 다른 기둥을 향해 달려들었다. 그러나 그는 더 견디지 못하고 비틀거리더니 그대로 쓰러져 버리고 말았다.

이 광경을 보고 있던 그의 큰아들이 달려가 간신히 그를 끌어냈다. 이반은 머리카락도 수염도 다 타 버리고 말았다.

입고 있던 한 벌의 옷마저 타 버려 여기저기 구멍이 나 살이 내비치고 있었다. 그리고 한 손은 불에 댄 상처투성이였다. 그는 제정신이 아닌 듯 멍하니 한 군데만 쳐다보고 있었다.

사람들은 그런 이반의 모습을 보고 말했다.

"뜻밖에 화를 입어서 정신이 나간 모양이구먼."

그런 말에도 아랑곳없이 이반은 무어라고 입 속으로 계속 중얼거렸다.

"아하, 진작 아버지 말씀대로 작은 불길을 꺼 버릴 것을……."

이반은 계속 같은 말을 되풀이하고 있었다. 그러나 아무도 그 말뜻을 이해하는 사람은 없었다. 오직 이반만이 가슴을 치고 후회를 하며 자기 자신을 나무라고 있는 것이었다.

이러한 소동 속에 날이 밝았다. 집들을 불길에 빼앗긴 마을 사람들은 불타 버린 자리에서 그대로 앉은 채 밤을 세웠다.

이반네 식구들도 멍하니 불탄 자리에 주저앉은 채 밤을 세웠다. 간신히 병든 할아버지만은 이웃 마을 이장 댁으로 피신시킬 수가 있었다.

아침이 되자, 그 이장 댁에서 아들이 심부름을 왔다.

"이반 아저씨! 아버님이 오시래요."

"아버님이?"

이반은 그제서야 아버님 생각을 했다. 그동안 아버님 생각을 까맣게 잊고 있었던 것이다. 그래서 처음에는 그 아이의 말이 무슨 말인지 잘 알아듣지 못했다.

"아버님? 아버님이라니…… 누구 아버님 말이냐?"

"아저씨 아버님 말씀이에요. 그분이 돌아가시게 되었단 말이에요."

"뭐라고?"

이반은 다시 정신이 아찔했다. 그는 황급히 아이의 뒤를 쫓아갔다.

이반의 아버지는 아이들에게 어깨를 부축 받은 채로 밖으로 나오는 도중에 불붙은 짚더미가 머리 위를 덮치는 바람에 그만 그 자리에 쓰러지고 말았다. 아이들이 할아버지를 집 밖으로 모시고 나와 급하게 이장 댁으로 모셔 놓긴 했지만, 활활 타오르는 불길에 정신을 빼앗긴 상태였다.

이윽고 이반은 이장 댁 근처까지 왔다. 그곳은 이반의 마을과는 꽤 떨어져 있어서 어제와 마찬가지로 평화로웠다. 쑥대밭이 되어 버린 이반의 마을에 비하면 이 마을은 다른 세계 같았다.

이반은 이장 댁으로 들어갔다. 집 안에는 이장의 부인과 아이들만이 남아 있었다. 다른 사람들은 불난 곳으로 나간 모양이었다.

이반의 아버지는 긴 의자에 드러누워 있었다. 한 손에 초를 든 채 이반이 들어오는 쪽을 향해 눈을 돌리고 있었다. 아들을 기다리고 있었던 것이다.

이반이 들어서자 그는 사지를 부들부들 떨기 시작했다. 이장 부인은 노인에게 가까이 가 귀에다 대고 아들이 왔다는 것을 알려 주었다. 그러자 노인은 아들을 좀 가까이 불러 달라고 했다.

이반이 가까이 가자 노인은 입을 열었다.

"얘, 이반아! 마을을 누가 다 태웠지?"

"그놈이에요."

하고 이반은 대꾸했다. 그리고 계속 말했다.

"바로 그놈이란 말이에요. 현장을 내가 보았는 걸요. 내 눈앞에서 불을 질렀단 말이에요. 그런데, 아버지 말씀이 옳았어요. 벌 받게 할 일만 생각하다 미처 작은 불길을 잡지 못했어요. 그 불길이 커지기 전에 그것부터 껐어야 하는 건데……."

그 말에 늙은 아버지는 슬픈 듯이 말했다.

"이반, 이제 너하고도 영영 헤어져야 할 날이 왔구나. 너도 언젠가는 이 세상에서 떠나게 될 것이다. 내, 너에게 마지막으로 한 가지만 묻겠다. 이반! 온 마을이 다 불타 버린 건 누구 때문이지?"

이반은 천장만 쳐다보며 말을 하지 못했다. 입이 열리지 않았던 것이었다.

"어서 말을 해봐라. 하나님 앞에 말씀을 드려 봐. 도대체 누가 한 일이냐? 내가 평소 너에게 뭐라고 했느냐?"

그제서야 이반은 비로소 정신을 차렸다.

"네, 아버지가 말씀하신 뜻이 무엇인지 이제야 깨달았습니다."

이반은 고개를 푹 숙이고 흐느껴 울었다.

"아버지. 제가 잘못했어요. 그 일은 모두 다 제가 했습니다. 아버지 용서해 주십시오. 나는 아버지 앞에서나 하나님 앞에 정말 큰 죄를 지었습니다. 저를 용서해 주십시오."

노인은 그제서야 촛불을 왼손으로 옮겨 쥐더니 오른손으로 가슴에 성호를 그었다. 그러나 그 손은 힘이 없어 성호를 다 긋기도 전에 축 늘어졌다. 그리고는 입술만 겨우 뗄 정도로 입을 열었다.

"주님이여! 영광은 주님에게 돌아갑니다. 주님이여, 영광은 주님에게 돌아가나이다."

그런 다음, 노인은 힘없는 눈으로 또다시 아들을 쳐다보았다.

"이반, 내 아들 이반아!"

노인의 목소리가 떨렸다.

"아버지, 왜 그러십니까? 저는 여기 있어요."

이반은 무릎을 꿇고 앉아 손을 내밀었다.

"이반, 너는 앞으로 어떻게 할 작정이냐? 어떻게 살아갈 생각이냔 말이다."

이반은 흐르는 눈물을 겨우 참으며 띄엄띄엄 말을 이었다.

"모르겠어요. 어떻게 해야 할지 모르겠어요. 아버지가 계시지 않으면 앞으로 어떻게 살아가야 할지 정말 모르겠어요."

노인은 감았던 눈을 겨우 떴다.

"이반, 너는 살아갈 수 있어. 잘 살아갈 수 있을 거야. 하나님과 함께라면 너는 훌륭하게 살아갈 수 있어. 하나님과 같이 살아가는 것, 그것이 바로 진실이란다."

숨이 가쁜지 잠시 입을 다물고 있더니, 노인은 미소를 지으며 다시 입을 열었다.

"이반, 내가 마지막으로 한마디만 부탁하겠다. 너는 누가 불을 질렀는지 말하면 안 된다. 알겠니? 설사 가우릴로가 불을 질렀다 해도 그것을 말해서는 안 된단 말이야. 다른 사람이 범한 죄를 감싸줄 줄 알아야 해. 그래야 하나님께서 우리 모두를 용서해 주시지."

이 말을 끝으로 이반의 아버지는 편안히 눈을 감았다. 한 손에 들고 있던 초를 양손으로 받쳐 가슴 가까이 갖다 댄 채.

세월은 흘러 그처럼 무참하게 타 버렸던 이반네 마을도 이제는 새롭게 가꾸어졌다. 마을 사람들이 모두 힘을 합쳐 부지런히 일했기 때문이었다.

마을 사람들은 지금까지도 누가 불을 질렀는지 아무도 몰랐다. 이반이 사람들에게 말을 하지 않았기 때문이었다. 경찰이 와서 조사를 해보았으나 알 리가 없었다. 다만 알고 있는 사람은 이반 한 사람뿐이어서, 그가 입을 열지 않는 한 알 수 없는 것이다.

이렇게 얼마 동안을 지내다 보니, 이반의 마음 속에는 어느새 가우릴로를 미워하는 마음이 씻은 듯이 없어졌다. 정말 신기한 일이었다. 예전 같았으면 경찰에게 이르고 재판소에 고발할 일이 얼마든지 있었지만, 이반의 마음은 너그럽고 평화롭기만 했다.

한편, 가우릴로는 마을이 불탄 후, 마음 편한 날이 하루도 없었다. 언제나 이반만 보면 겁이 덜컥 나곤 했다. 혹시 고발하러 가는 것은 아닐까? 오늘 아니면 내일은 가겠지. 매일같이 그런 생각에만 사로잡혀 있었다. 그는 이반이 어디에 갔다 오는 기색만 있어도 분명히 자기를 고발하고 오는 것이라고 생각했다. 그래서 제풀에 질려 얼굴은 새파래지고 벌벌 떨며 집 밖으로 나오지도 못했다.

그러나 하루가 가고, 이틀이 가고 다시 열흘이 가고 한 달이 되어도 그를 잡으러 오는 사람은 없었다.

가우릴로는 이상한 생각이 들었다.

'웬일일까? 분명히 그날 나를 보았고 또 내게 몽둥이로 얻어맞기까지 했는데 가만히 있으니……. 또 그뿐인가? 자기 집 재산이 다 날아가지 않았나? 그런데도 가만히 있어? 그것 참 알 수 없는 노릇이야. 아니, 단단히 벼르고 있다가 한꺼번에 나를 골탕먹이려고 그럴는지도 모르지.'

가우릴로의 마음은 점점 더 괴롭기만 했다.

'만일 저놈이 나를 일러바친다면 난 어떻게 될까? 마을을 모조리 태워 버렸으니 분명히 시베리아 행일 거야.'

가우릴로는 두려운 생각들로 어쩔 줄을 몰랐다. 그러나 아무 일 없이 시간은 흘러갔다. 하루, 이틀, 사흘, 나흘…….

가우릴로도 이제는 뭔가 조금은 안심이 되었다. 그래서 슬슬 집 밖으로 나와 보았다. 그런데 놀랍게도 이반은 그를 보고 싱긋 웃고 있었다.

가우릴로는 그제서야 부끄러운 생각이 들었다. 이반에게 뭐라고 이야기해야 할지 쑥스럽기만 했다. 그러나 자기를 용서해 준 이반에게 가만히 있을 수는 없었다. 그래서 이반을 찾아가 머리를 숙여 사과했다.

이렇게 남자들끼리 사이가 좋아지자, 여자들끼리도 서로 싸우지 않게 되었다. 옛날 할아버지 시절과 같이 서로 없는 것들은 나누어 썼고 힘을 다해 일을 도왔다. 어느 편에 잘못이 있어도 서로가 부드러운 말로 타이르고 용서하며 화목하게 지냈다. 그리고 또 자식들에게도 그렇게 하라고 가르쳤다. 아들들에게도 손주들에게도 그렇게 가르쳤다.

이렇게 자기의 잘못을 깨닫고 반성한 이반 시첼바코프는 부지런히 일하고 열심히 하나님을 섬겨 옛날보다도 더 잘 살게 되었다.

세상을 화평하게 하는 자

서로 만나기만 하면 싸우는 사람이 있다. 이런 사람을 가리켜 개와 고양이 사이라고 한다. 왜 개와 고양이는 만나면 서로 으르렁거리면서 싸울까?

서로간에 감정의 표시가 다르기 때문이다. 개는 기분이 좋을 때 꼬리를 치켜들고서 살랑살랑 흔들어댄다. 그러다가도 기분이 언짢아지면 먼저 꼬리를 축 늘어뜨린다. 그러나 고양이는 기분이 좋으면 꼬리를 내린다. 그러다가도 성이 나면 꼬리부터 쫙 올라간다.

그러다 보니까 개와 고양이는 만나기만 하면 싸울 수밖에 없도록 되어

■다시 읽는 하나님 말씀

노하기를 속히 하는 자는 어리석은 일을 행하고 악한 계교를 꾀하는 자는 미움을 받느니라 (잠언 14장 17절)

분을 내어도 죄를 짓지 말며 해가 지도록 분을 품지 말고
(에베소서 4장 26절)

유순한 대답은 분노를 쉬게 하여도 과격한 말은 노를 격동하느니라
(잠언 15장 1절)

있다. 개는 반갑다는 뜻으로 꼬리를 흔들고 있는데 그것을 보는 고양이는 달리 이런 뜻으로 받아들인다.

"저 녀석이 나를 보더니 기분 나빠하는군"

반대로 고양이가 개를 보고서 반갑다는 뜻으로 꼬리를 편안하게 아래로 늘어뜨리면 개는 어떻게 생각하겠는가? 역시 자기를 보더니 기분 나빠한다는 뜻으로 해석한다. 그러니 만나기만 하면 서로 으르렁거릴 수밖에 없다.

아무리 내 뜻이 좋더라도 상대편에게 있어서는 그것이 좋지 않을 수도 있다. 따라서 우리는 상대방에게 내 뜻만 고집해서는 안 된다.

주께서 겟세마네 동산에서 기도하실 때, 자신의 뜻보다는 아버지 하나님의 뜻대로 이루어지기를 바라셨던 것처럼, 우리는 언제나 내 뜻을 꺾고 하나님의 뜻을 먼저 구하며 상대방의 뜻도 헤아려 주는 넓은 마음을 가져야 한다.

하나님의 나라를 통역하는 우리들은 먼저 내 뜻을 꺾고 그 다음에는 너의 뜻도 꺾고 오직 한뜻 예수 그리스도의 뜻을 붙들어야 한다. 그리할 때 우리를 통해서 놀라운 역사가 일어날 수 있을 것이다.

달걀만한 씨앗

달걀만한 씨앗

어느 날, 아이들이 산골짜기의 시냇가에서 놀고 있었다. 그러다가 뭔가 이상한 것을 발견했다.

"아니, 이게 뭐야?"

그곳에 모여든 아이들이 보기에 그것은 가운데에 줄이 나 있는 씨앗 모양으로 그 크기는 달걀만큼이나 컸다.

"무슨 씨앗 같은데 뭔지 알 수가 없어."

"야, 그것 참 신기하게 생겼다."

아이들은 꼭 달걀만한 알 모양으로 생긴 그것을 들고 야단법석을 떨었다. 그때, 어떤 사람이 지나가다가 이것을 보았다.

"아니, 얘들아. 그게 뭐냐?"

"이상한 알이에요. 지금 우리가 여기서 주웠어요."

"호오, 그것 참 신기하구나. 내게 좀 보여주겠니?"

그는 이 달걀만큼 큼직한 것을 이리로 보고 저리로 뒤집어 보면서 매우 신기해 했다.

"이상하지요?"

"이걸, 나한테 주지 않겠니?"

아이들은 어리둥절해져서 미처 대답을 못 했다. 어른은 돈을 꺼냈다.

"자, 5카페이카다. 너희들 모두 한 닢씩 나누어 가지고 이건 날 다오."

아이들은 그 씨앗을 팔았다. 그 사람은 장사꾼이었다. 장사꾼은 성내로 들어가 그것을 아주 귀한 것이라고 하며 왕에게 팔았다.

왕은 학자들을 모아 그것이 도대체 달걀인지, 아니면 어떤 것의 씨앗인지를 조사하도록 했다. 모양으로 보자면 씨앗일 것도 같았지만 그런 씨앗이 있을 것 같지가 않았고, 또 달걀인 것도 같았지만 그렇게 생긴 달걀이 있을 것 같지 않았다. 학자들은 연구를 했으나 명쾌한 해답이 나오지 않았다. 그런데 어느 날 그것을 창가에 잠시 놓아둔 사이, 암탉이 와서 부리로 쪼아대다가 구멍을 내고 말았다. 깜짝 놀란 학자들은 그 구멍을 들여다보았다. 만일 달걀이었다면 흰자위가 쏟아져 나왔을 텐데 그렇지도 않았다.

"흠, 이건 역시 달걀은 아니었군."

학자들은 왕에게 보고를 했다.

"이것은 호밀 씨앗입니다."

놀란 왕은 학자들에게 다시 질문을 했다.

"그러면 이 호밀 씨앗이 어디서 어떻게 생겨났단 말이오?"

"그건 잘 모르겠습니다."

"잘 연구해서 내게 알려주시오."

그러나 학자들은 여러 가지 책을 읽고 조사도 해보았지만 전혀 알 수가 없었다. 얼마 동안 머리를 짜내던 학자들도 마땅한 해답을 얻을 수가 없어서 왕 앞에 나가 이렇게 말했다.

"저희들로서는 이것이 무엇이라고 딱히 말하기가 어렵습니다. 저희들이 가지고 있는 책에는 이런 씨앗에 대해선 아무것도 씌어진 것이 없습니다. 차라리 농부에게 물어보거나 아니면 늙은이들에게 그런 씨앗을 언제 심은 적이 있는지 물어보는 게 낳을 것 같습니다."

왕은 심부름꾼을 시켜 나이 많은 농부를 한 사람 불러오게 하였다. 심부름꾼은 얼마 후에 나이 많은 농부 한 사람을 찾아내 왕 앞으로 데리고 왔다. 그 농부는 이가 다 빠지고 얼굴이 흙빛이었다. 허리가 굽어져 두 개의 지팡이를 짚고도 간신히 걸을 만큼 기운이 없었다.

왕은 늙은 농부에게 호밀 씨앗을 보여주었다. 그러나 눈이 침침한 늙은 농부는 잘 볼 수가 없었으므로 손으로 만져가며 살펴보았다.

왕이 물었다.

"농부여, 이 호밀 씨앗이 어디서 났는지 모르겠는가? 너는 이런 호밀을 밭에 뿌린 적은 없는가? 아니면 옛날 어디서 이런 호밀 씨앗을 사본 적이 없는가?"

노인은 귀도 잘 들리지 않았다. 간신히 그 말의 뜻을 알아듣고는 대답했다.

"임금님, 이런 호밀 씨앗은 밭에 뿌린 적도 없고 또 거두어 본 일도 없습니다. 그리고 제가 사본 적도 없습니다. 제가 지금 가지고 있는 것 역시 지금 밭에서 자라고 있는 그런 호밀 씨앗입니다. 아마 이런 호밀 씨앗에 대해선 우리 아버님께 묻는 것이 좋으리라 생각됩니다. 어쩌면 우리 아버지가 이런 호밀 씨앗에 대한 이야기를 들은 적이 있을지도 모르겠습니다."

"너희 아버지는 살아 계신가?"

"네, 아직 돌아가시지 않으셨습니다."

왕은 당장 그 노인을 데리고 오게 했다. 심부름꾼들은 급히 달려가서 이 노인보다 더 늙은 농부를 데리고 왔다. 그 농부의 아버지는 지팡이를 하나만 짚고 있었다.

노인은 아직 눈이 밝았다. 왕이 내민 호밀 씨앗을 가만히 들여다보더니, 고개를 끄덕였다. 왕은 물었다.

"노인장, 이 호밀 씨앗이 어디서 어떻게 생긴 것인지 알 수가 없겠나? 혹시 이런 씨앗을 밭에 뿌린 적이 있는가? 아니면 옛날 어디서 이런 호밀 씨앗을 사본 일이 있는가?"

이 노인 역시 아들처럼 귀가 어두웠으나 아들보다는 조금 밝았다.

"아닙니다. 저는 이런 호밀 씨앗을 뿌렸거나 거둔 적이 없습니다. 그리고 산 적도 없습니다. 왜냐하면, 옛날에는 돈이라는 것이 없었으니까요. 모두 자기가 거둔 곡식을 먹고 또 모자라면 서로 나누어 먹었기 때문에 사고 팔지는 않았지요. 누구도 이런 호밀 씨앗을 본 사람은 없었습니다. 저희들이 농사를 지은 호밀 씨앗은 지금의 것과 똑같았습니다. 더러는 알이 큰 호밀 씨앗이 있기는 했으나 이렇게 크지는 않았습니다. 저희 아버님께 얘기를 들어보니 지금보다 농사가 잘되고 수확도 많이 했는데 호밀의 크기도 좀 컸다고 합니다. 차라리 저희 아버님께 물어보는 것이 좋지 않겠습니까?"

"아니, 그럼 네 아버지도 지금 살아 있단 말이냐?"

"예, 아직 건강하십니다."

왕은 다시 그 농부의 아버지를 불러 오게 했다. 그런데 뜻밖에도 그 나이 많은 노인은 지팡이도 짚지 않고 똑바로 걸어 들어왔다. 눈도 밝고 말귀도 밝아 사람들은 모두 놀랐다.

왕은 노인에게 호밀 씨앗을 보여주었다. 노인은 씨앗을 한참 들여다보더니 이렇게 말했다.

"참 오랫동안 옛날 호밀 씨앗을 못 보았습니다."

그리고 나서, 그 호밀 씨앗의 한 모퉁이를 깨물어 보았다.

"틀림없습니다."

그것은 분명 호밀 씨앗이었다. 왕은 다시 노인에게 물었다.

"노인장, 좀 가르쳐 주시오. 이 호밀 씨앗이 어디서 어떻게 생긴 것인지……. 노인은 이런 호밀 씨앗을 뿌려 본 적이 있소? 아니면 옛날 어디서 사본 적이 있소?"

그러자 노인은 대답했다.

"네, 옛날에는 어디서든지 이런 밀이 자라고 있었습니다. 저도 늘 이 밀로 빵을 해먹고 또 남에게도 나누어 주었습니다. 옛날에는 매우 흔했지요."

왕은 그런 씨앗이 많았을 때의 일이 몹시 궁금했다.

"노인, 빨리 말해 보시오. 노인은 이런 호밀 씨앗을 어디서 샀는지, 아니면 직접 당신 밭에서 거두었는지?"

노인은 웃으면서 말했다.

"옛날에는 곡식을 사고 팔 생각을 한 사람이 없었습니다. 아무도 없었지요. 곡식은 누구의 집에도 충분히 있었기 때문에 돈 같은 것은 생각도 하지 않았습니다. 저도 이런 호밀 씨앗을 밭에 뿌리고 거두어 들이곤 했지요."

왕은 또 물었다.

"노인, 좀더 물어봅시다. 그러면 그때, 이 호밀 씨앗을 어떤 밭에 뿌렸소? 당신 밭은 어디에 있었소?"

노인은 조용히 대답했다.

"하나님의 땅이 우리 밭이었습니다. 그러니까 어디서나 땅을 일구기만 하면 나의 밭이 되었지요. 땅은 누가 가지는 것이 아니고 자기가 땅을 가졌다는 생각도 하지 않았습니다. 자기 것이 있다면 그것은 일을 하는 것뿐이었지요. 이건 내 땅이고 저건 네 땅이다 하는 것이 없었고 모두가 하나님의 땅일 뿐, 농부들은 어디서나 자유롭게 힘 자라는 데까지 농사를 지었습니다."

왕은 눈을 반짝이며 말했다.

“두 가지만 더 대답해 주시오. 첫째, 옛날에는 이런 밀이 자랐는데 어째서 지금은 자라지 않는 거요? 둘째는 당신의 손자는 지팡이를 둘 짚고 아들은 지팡이 하나를 짚고 들어왔는데, 어째서 당신은 그렇게 가볍게 걸어 들어올 수 있었는지 말이오. 보니까, 걸음걸이도 바르고 눈도 잘 보이고 또 이도 튼튼하고 말도 또박또박 잘하는데, 그것이 무슨 까닭인지 노인께서 이야기해 보시오. 무슨 까닭이오?”

그러자 노인은 빙긋이 웃으면서 대답했다.

“그것은 간단합니다. 모두들 자기가 부지런히 일해서 먹을 것을 얻으려 하지 않고 남의 것만을 탐내기 때문입니다. 옛날에는 그렇지 않았습니다. 모든 사람들이 자신이 가진 것만으로 만족하고 남의 물건을 탐내지 않고 살았기 때문입니다. 그리고 모두가 하나님의 뜻을 받들고 살았기 때문이지요.”

■ 다시 읽는 하나님 말씀

내가 궁핍하므로 말하는 것이 아니라 어떠한 형편에든지 내가 자족하기를 배웠노니/내가 비천에 처할 줄도 알고 풍부에 처할 줄도 알아 모든 일에 배부르며 배고픔과 풍부와 궁핍에도 일체의 비결을 배웠노라

(빌립보서 4장 11~12절)

그러나 지족(知足)하는 마음이 있으면 경건이 큰 이익이 되느니라/우리

우리가 잃지 말아야 할 것들을 위한 질문 몇 가지

1. 좋은 상황이 되면 변하기 쉬운 것들이 있습니다. 나에게는 어떤 것들이 변하던가요?

2. 21세기를 바라보는 요즘 과거의 순수와 아름다움이 그 모습과 성질이 바뀌어지고 있습니다.
① 흉한 모습으로 바뀌는 것은 무엇일까요?
② 편리하게 바뀌어지는 것들은 무엇일까요?

3. 변하거나 바뀌거나 발전하지 않고서도 아름다운 것들은 무엇일까요?

가 세상에 아무것도 가지고 온 것이 없으매 또한 아무것도 가지고 가지 못하리니/우리가 먹을 것과 입을 것이 있은 즉 족(足)한 줄을 알 것이니라 (디모데전서 6장 6~8절)

돈을 사랑치 말고 있는 바를 족한 줄로 알라 그가 친히 말씀하시기를 내가 과연 너희를 버리지 아니하고 과연 너희를 떠나지 아니하리라 하셨느니라 (히브리서 13장 5절)

어른보다 지혜로운 소녀

어린아이들, 어린아이들의 마음을 가진 자들에겐
천국이 보입니다.

어른보다 지혜로운 소녀

그해 부활절은 여느 해보다 빨리 찾아왔다. 춥고 지루한 겨울은 지나간 듯했지만, 트로이카에서 썰매를 떼어낸 지 며칠 되지 않았고 뜰 한 모퉁이에는 아직도 눈이 남아 있었다. 마을은 여기저기 얼었던 땅이 녹아 질펀질펀한 진창이 되어 있었고 시냇물은 눈 녹은 물이 섞여 드는 소리를 내며 흘러가고 있었다.

마을 한쪽에 농부의 집 두 채가 나란히 있었다. 두 집 사이에 나 있는 좁고 어두운 골목에는 퇴비더미에서 흘러나온 더러운 물이 잔뜩 고여서 고약한 냄새를 풍기고 있었다. 양쪽 집에서 소녀가 하나씩 골목길 앞으로 나왔다.

한 소녀는 조금 어리고, 다른 소녀는 두어 살 더 나이가 많았다. 두 소녀는 모두 소매가 없고 고운 띠가 있는 새 사라판 옷을 입고 있었는데, 똑같이 빨간 머리수건을 쓰고 있었다.

소녀들은 미사가 끝나 할 일이 없어 바깥바람을 쐬려고 물이 고인 길가에 나온 것이었다.

"얘, 내가 입고 있는 이 옷 예쁘지?"

한 소녀가 자기 옷자락을 치켜들고 자랑을 했다.

"응, 참 예쁘구나. 하지만 내 것도 예쁘지 않니? 엄마가 특별히 골라 주신 거야."

이번엔 다른 한 소녀가 이렇게 자랑을 했다. 둘은 다시 할 말이 없어졌다. 그러자 이번에는 물장난이 하고 싶어졌다. 어린 소녀가 구두를 신은 채로 물이 고여 있는 길에 들어가려고 했다. 그러자 조금 큰 소녀가 소리를 질렀다.

"들어가면 안 돼, 마라샤. 엄마한테 꾸중듣겠어. 그렇게 예쁜 옷을 입고 더러운 물 속에 들어가면 어떡하니?"

"들어가고 싶은걸."

"그럼 구두를 벗어, 나도 구두를 벗을게."

두 소녀는 생긋 웃고는 맨발이 되었다. 그리고는 옷자락을 걷어올리고 나란히 물 속으로 들어갔다. 구정물이 발목께에서 찰랑거렸다.

갑자기 마라샤가 소리를 질렀다.

"아크류시카! 난 무서워. 물이 점점 깊어지나 봐."

그러나 아크류시카는 아주 태연했다.

"얘, 괜찮아. 뭐가 무섭니? 하나도 안 깊은데."

"곧장 이쪽으로 와 봐."

아크류시카의 말을 듣고 마라샤가 조심조심 다가왔다. 두 손으로 옷자락을 살짝 쳐들고 마치 춤이라도 추는 듯했다.

"마라샤, 조심조심."

그러나 차츰 물이 얕아지자 마라샤는 장난을 치기 시작했다. 물방울이 사방으로 마구 흩어졌다.

아크류시카가 놀라 소리를 질렀다.

"마라샤, 그러지 마. 물 튀기지 말라니까."

아크류시카의 말이 끝나기도 전에 장난꾸러기 마라샤는 한쪽 발을 번쩍 들었다가 물을 첨벙 내려밟았다. 물방울이 사방으로 튀었다. 아크류시카의 사라판 옷에도 잔뜩 튀었다. 새 사라판 옷은 금방 시커먼 구정물이 묻고 말았다.

"첨벙첨벙!"

마라샤는 계속 장난을 쳤다. 이제는 아크류시카의 옷뿐만 아니라 얼굴에도 구정물이 튀었다.

"마라샤, 너 내 옷 물어내. 이 못된 계집애야!"

아크류시카가 큰 소리로 야단쳤다. 그러자 겁이 난 마라샤는 슬금슬금 도망치기 시작했다. 조금 장난을 치려 했을 뿐인데 그만 아크류시카의 옷을 다 망쳐 버렸던 것이다.

바로 그때, 아크류시카의 어머니가 나타났다. 어머니는 아크류시카가 새옷에 흙탕물을 뒤집어쓴 채 종아리까지 더러운 물웅덩이 속에 담그고 서 있는 것을 보고 깜짝 놀랐다.

"아니, 아크류시카! 도대체 이게 어떻게 된 노릇이지?"

"마라샤가 일부러 흙탕물을 끼얹었어요."

"아니, 뭐라구? 너보다 어린것하고 물장난이나 하고 있어? 이 바보 같은 계집애야."

아크류시카의 어머니는 화가 난 듯이 딸의 머리를 쥐어박았다. 그리고 겁이 나서 엉거주춤 서 있는 마라샤를 붙들고는 뺨을 때렸다.

"무슨 계집애가 그렇게 심술궂니?"

뺨을 맞은 마라샤는 온 동네가 떠나가도록 큰 소리로 울기 시작했다. 그 소리를 듣고, 이번에 마라샤의 어머니가 헐레벌떡 달려나왔다.

"이봐요, 어째서 우리 집 아이를 때려요?"

마라샤 어머니는 얼굴을 붉히며 아크류시카 어머니에게 따졌다.

가는 말이 고와야 오는 말도 고운 법, 마라샤 어머니가 대뜸 거칠게 나오자, 아크류시카 어머니도 지지 않겠다는 듯 핏대를 올렸다.

두 아이의 어머니가 삿대질까지 하면서 악다구니를 쓰자, 이번엔 아이들의 아버지들까지 나와서 싸움은 점점 더 커지게 되었다.

"이봐요, 댁의 부인은 성미가 얼마나 사나우면 저렇게 싸움질이오?"

"아니, 이렇게 싱거운 사람도 다 있나. 두 눈을 똑똑히 뜨고 봐요. 말썽꾸러기 계집애에다가 싸움만 좋아하는 걔 엄마나 당신까지, 참 답답하군그려."

거리는 구경꾼들로 길이 메이기 시작했다.

이 두 아이의 부모들은 상대방의 말을 들으려 하지도 않고 서로 자기들만 옳다고 우겨댔다. 서로 욕을 퍼붓다 보니 점점 더 격해지는 것은 당연한 노릇이었다. 삿대질을 일삼다가 그만 상대를 밀어 버리기도 하더니 차츰 싸움은 걷잡을 수 없게 되어 버렸다. 이제 서로 치고 박는 난장판이 벌어진 것이다.

이때, 이 요란한 소동을 듣고 집 안에 있던 아크류시카의 할머니가 밖으로 나왔다. 할머니는 거칠게 싸우는 사람들 사이를 헤집고 들어갔다.

"아니 여보게들, 도대체 이게 무슨 짓들인가? 모두가 즐거워하는 오늘 같은 날에 이 무슨 싸움질들인가? 이제 그만, 그만들 해……. 죄를 짓는 거야. 이런 짓은 제발 그만들 두게나, 응?"

그러나 두 아이의 아버지들은 할머니의 말에는 아랑곳하지 않고 여전히 밀고 당기며 야단법석이었다. 싸움을 말리려던 할머니가 쓰러질 듯이 비틀거렸다.

"아이고, 저런. 노인네가 치어 죽겠구나!"

모여 있던 사람들 모두 얼굴을 찡그렸다.

만일 아크류시카와 마라샤가 없었더라면 이들의 싸움은 좀처럼 끝나지 않았을 것이다. 아이들은 어머니들이 자기들 장난으로 인해서 서로 욕설을 퍼부으며 싸우고 있을 때, 벌써 그 일을 까마득하게 잊어버렸다.

새옷에 묻은 흙탕물을 닦아낸 다음, 그들은 다시 뒷골목의 물이 고인 곳으로 되돌아왔다.

먼저 이 소동 속을 빠져 나온 것은 나이가 더 많은 아크류시카였다. 살금살금 부모님들의 싸움판을 벗어나온 아크류시카는 조그만 돌을 주워 들고 물이 고인 곳으로부터 땅을 파기 시작했다. 줄을 그어 가듯이 실고랑을 파기 시작했다.

잠겨 있던 물은 아크류시카가 판 골을 따라 흘러내리기 시작했다. 그걸 보고 있던 마라샤도 슬그머니 주저앉아 나무토막으로 고랑을 파기 시작했다. 이내 마라샤도 아크류시카처럼 물을 흘려 보내는 실고랑을 만들었다.

그때까지도 어른들은 싸우고만 있었다.

"당신네 애가 먼저 우리 아이 옷을 버려 놨단 말이오."

그런 소리를 들으면서도 아이들은 아무렇지도 않은 듯 저희들끼리 놀고 있었다. 두 줄기 고랑을 따라 고여 있던 물이 졸졸 흘러내렸다.

소녀들은 그 흐르는 물 위에 나무토막을 배처럼 띄웠다.

소녀들의 나무토막 배는 저만치, 할머니가 어른들의 싸움을 말리고 있는 쪽으로 흘러갔다.

배가 차츰 멀리 떠내려가자 소녀들은 자기네들 배를 뒤쫓아 달리기 시작했다.

"마라샤, 나무토막을 잡아. 빨리!"

뒤처진 아크류시카는 그만 다급한 나머지 소리를 질렀다. 앞서 배를 쫓기 시작했던 마라샤는 너무 재미가 있어 자꾸만 키득거렸다.

계속 달리면서 소녀들은 물에 떴다가 물결에 휩쓸려 가라앉기도 하는 나무토막을 보며 좋아했다.

이때 할머니는 어느새 가까워진 두 소녀를 쳐다보고는 두 아버지에게 말했다.

"여보게들, 하나님을 두려워해야 해요. 자네들은 이 아이들 때문에 그렇게도 심한 싸움을 벌였지만, 정작 아이들은 언제 그랬느냐는 듯이 잊어버리고 벌써 저렇게 놀고들 있지 않나. 저 아이들이 자네들보다 훨씬 현명하네그려."

싸우던 아버지들은 두 소녀를 흘깃 쳐다보다가 어처구니가 없어졌다. 그리고 문득 부끄러운 생각이 들어 그만 입을 다물어 버리고 말았다.

"여보게, 그만두세. 우리 참 어리석게 군 것 같아."

"음, 내가 잘못했네그려. 용서하게나."

어른들은 집으로 돌아가면서 속으로 자기네들의 어리석음을 뉘우치고 있었다.

정말 이런 것을 보면 성경 가운데, "어린아이처럼 되지 않고서는 천국에 들어갈 수 없다"(마태복음 18장 3절)는 말은 참된 말인가 보다.

화평은 모든 것에 우선

나라를 잘 다스리는 훌륭한 임금이 있었다. 이 왕에게는 왕에게 충성하고 나라를 사랑하고 백성들을 위하는 두 신하가 있었다. 한 사람은 재상으로 나라 안의 살림을 잘 보살폈다. 또 한 사람은 장군으로 감히 이웃 나라가 넘보지 못하도록 나라의 국방을 튼튼히 하였다. 왕은 이 두 사람을 신임하고 똑같이 아꼈다.

어느 날 재상이 가마를 타고 집으로 돌아가고 있었다. 공교롭게도 길이 좁은 곳이었는데 저쪽에서도 가마가 한 대 오고 있었다. 자세히 보니까 왕이 신임하는 장군이었다. 재상이 가마꾼에게 말했다.

"길을 비켜 주어라"

부하들이 재상에게 이상하다는 듯이 물었다.

"왜 재상께서 비켜나시는 것입니까?"

그러자 재상이 부하들에게 이렇게 말했다.

"임금께서는 장군과 나를 똑같이 아끼고 있다. 만약 이런 일로 다툼이 생긴다면 임금께서 그 일을 알게 될 것이고, 그러면 마음이 크게 상하실 것이다. 또 이 일로 우리 둘이 사이가 벌어진다면 우리 나라를 두려워하는 이웃 나라들이 얼마나 좋아하겠느냐? 우리 나라를 공격할 기회를 저들에게 주어서는 안 되지 않겠느냐?"

양보라는 것은 절대로 자존심을 상하게 하는 것이 아니다. 양보라는 것은 결코 상대방에게 지는 것이 아니다.

만약 우리들이 거리에서나 일터에서 다른 사람에게 양보하지 않고 '나 먼저'를 내세운다면 우선은 내 마음이 상한다. 그리고 다른 사람들에게 덕이 되지 못할 것이다. 하나님께 영광이 되지 못한다. 뿐만 아니라 우리가 세우고 지키고 있는 하나님의 나라는 그만큼 허물어질 것이다.

■다시 읽는 하나님 말씀

아무 일에든지 다툼이나 허영(虛榮)으로 하지 말고 오직 겸손한 마음으로 각각 자기보다 남을 낫게 여기고

(빌립보서 2장 3절)

사랑은 오래 참고 사랑은 온유하며 투기(妬忌)하는 자가 되지 아니하며 사랑은 자랑하지 아니하며 교만하지 아니하며

(고린도전서 13장 4절)

그러므로 너희는 하나님이 택하신 거룩하고 사랑하신 자처럼 긍휼과 자비와 겸손과 온유와 오래 참음을 옷 입고/누가 뉘게 혐의(嫌疑)가 있거든 서로 용납하여 피차 용서하되 주께서 너희를 용서하신 것과 같이 너희도 그리하고/이 모든 것 위에 사랑을 더하라 이는 온전하게 매는 띠니라 (골로새서 3장 12~14절)

사람은 무엇으로 사는가

사랑은 모든 허물을 덮는다

우리들은 형제들을 사랑하고 있기 때문에 죽음에서 생명으로 옮겨 온 것을 알고 있습니다. 사랑하지 않는 사람은 죽음 속에 머물러 있는 것입니다. (요한의 첫째 편지. 3장 14절)

재산을 많이 가지고 있으면서도 형제가 어려움을 당하고 있는 것을 보고 불쌍하게 생각하는 마음의 문을 닫고 있는 자의 마음 속에 어찌 하나님의 사랑이 깃들겠습니까? (3장 17절)

자녀들아, 우리들은 말이나 혀끝으로 사랑하지 말고 행실과 진실로 서로 사랑합시다. (3장 18절)

사랑은 하나님에게서 나온 것입니다. 사랑하는 모든 사람은 하나님에게서 태어난 자이며 또 하나님을 알고 있는 사람입니다. (4장 7절)

사랑하지 않는 사람은 하나님을 모릅니다. 하나님은 사랑입니다. (4장 8절)

하나님을 본 사람은 아직 한 사람도 없습니다. 만일 우리들이 서로 사랑한다면 하나님은 우리 속에 있을 것입니다. (4장 12절)

하나님은 사랑입니다. 사랑 속에 있는 사람은 하나님 안에 있고, 하나님도 그 속에 계시는 것입니다. (4장 16절)

'하나님을 사랑한다' 라고 말하면서도 형제를 미워하는 자는 거짓말을 하는 사람입니다. 지금 눈앞에 보이는 형제를 사랑하지 않는 사람은 눈에 보이지 않는 하나님을 사랑할 수가 없습니다. (4장 20절)

사람은 무엇으로 사는가

한 구두장이가 아내와 자식들을 데리고 어느 농부의 집에 세 들어 살고 있었다. 그는 집도 땅도 없이 오직 구두 짓는 일만으로 식구들을 먹여 살렸다. 빵값은 비싸고 품삯은 보잘것 없어 버는 족족 입에 풀칠하기 바쁜 형편이었다.

그에게는 아내와 번갈아 가며 입는 외투 한 벌이 있었는데, 이제 그것마저 낡아 누더기가 되어 버렸다. 그래서 그는 2년 전부터 양가죽을 사서 외투를 새로 만들어야겠다고 별러 오고 있었다.

가을로 들어서면서 약간의 여유가 생겼다. 아내의 손지갑에 모아 둔 3루블 외에도 이웃에 빌려 준 돈이 5루블 20카페이카쯤 되었던 것이다. 구두장이는 양가죽을 사기 위해 이른 아침부터 마을에 갈 채비를 했다.

아침밥을 먹자마자 루바시카(러시아 풍의 남자 웃저고리) 위에 아내의 무명 내의를 껴입고 그 위에 다시 모직 외투를 걸친 다음, 그는 3루블을 속주머니에 넣고 나무막대를 지팡이 삼아 집을 나섰다.

"빌려 준 돈 5루블을 받고 3루블을 보태서 양가죽을 사야지."

마을에 이르러 그는 한 농부의 집을 찾아갔다. 그런데 하필이면 주인이 외출중이라, 그 집 마누라에게서 일주일 안에 돈을 마련해 주인 편에 보내겠다는 약속만 받고 돌아서는 수밖에 없었다. 그 다음으로 찾아간 농부는, 하늘에 맹세코 지금은 돈이 없다면서 장화 수선비라며 단돈 20카페이카를 내놓았다.

구두장이는 하는 수 없이 외상으로나마 양가죽을 사보려고 했다. 그러나 가게 주인은 어림없는 소리 말라는 듯 잘라 말했다.

"돈을 가지고 오라구. 그럼 달라는 대로 주지. 외상값 받아내기가 얼마나 힘든지 알아? 이젠 넌덜머리가 난다니까."

구두장이는 결국 장화 수선비 20카페이카와 어느 집에선가 낡은 털장화를 꿰매는 일감 하나를 얻었을 뿐 헛수고만 하고 집으로 돌아가게 되었다.

속이 상한 그는 20카페이카를 몽땅 털어 보드카를 마셔 버리고는 양가죽은 만져 보지도 못한 채 집을 향해 터덜터덜 걸어갔다. 아침에 집을 나설 때는 꽤 추운 것 같았는데 술을 한잔 걸치고 나니 털외투 없이도 몸이 따뜻했다. 그는 걸어가면서 한 손에 든 지팡이로 꽁꽁 얼어붙은 땅을 두드리고, 다른 한 손으로는 낡은 털장화를 휘둘러대면서 혼자 중얼거렸다.

"외투 같은 것 없어도 따뜻하기만 하네. 겨우 한잔 걸쳤을 뿐인데 이렇게 후끈후끈한걸. 까짓 털가죽 옷 따윈 필요없다구! 이 몸은 이런 분이다, 이거야! 암, 그렇고 말고 그깟 모피 외투 없어도 이 몸은 얼마든지 살 수 있다구! 그런 건 평생 필요없다, 이 말씀이야! 그런데 마누라가 가만있지 않을걸. 이건 좀 골치 아픈데. 빌어먹을, 남은 죽어라 일해 주는데 이건 코방귀만 뀌고 앉았으니! 어디 두고 보라지. 이번에도 돈을 갖고 오지 않으면 모자를 날려 버릴 테니까. 암, 그러고 말고. 도대체 어쩌자는 수작들이야! 고작 20카페이카를 줘?

그걸로 뭘 하라는 거야, 도대체? 술 한잔이면 날아가 버릴 돈을 가지고! 그래, 너희들만 곤란하고 난 곤란하지 않다는 거야? 너희들은 집도 있고 가축도 있어. 하지만 나는 맨몸뚱이뿐이라구. 너희들은 농사지어 빵을 얻지만 나는 하나부터 열까지 일일이 사다 먹어야 한다구. 어떻게 버둥대든 빵값만도 일주일에 3루블은 치러야지. 집에 돌아가 빵이라도 떨어졌으면 당장 1루블 반을 써야 된다구. 그러니 내 돈을 갚아 줘야 할 거 아냐."

이윽고 구두장이는 길모퉁이의 작은 교회 근처에 이르렀다. 그때 교회 뒤에서 뭔가 허연 것이 보였다. 이미 날이 저문 뒤라서, 눈을 부릅뜨고 바라보았지만 뭔지 알 수가 없었다.

"저게 뭘까? 돌 같은 건 없었는데, 소인가? 하지만 짐승 같지는 않은걸. 머리를 보니 사람 같기도 한데 너무 하얗군. 하긴 사람이라면 이런 데 있을 리가 없지."

그는 조금 더 가까이 다가갔다. 그제야 그 물체가 또렷하게 보였다. 그런데 정말 이상한 일이었다. 사람인 건 분명한데 죽었는지 살았는지, 그 남자는 벌거벗은 알몸인 채 차디찬 교회 벽에 기대어 꼼짝을 않고 있었던 것이다. 구두장이는 갑자기 무서운 생각이 들었다.

'누가 이 자를 죽여 옷을 몽땅 벗기고는 여기다 내버린 모양이군. 이 근처에서 얼쩡거리다간 무슨 변을 당할지 모르지.'

구두장이는 그곳을 그냥 지나쳤다. 교회 모퉁이를 돌아가자 남자는 더 이상 보이지 않았다. 교회 앞을 지나면서 힐끗 돌아보니 남자가 벽에서 몸을 일으켜 움직이고 있는 것이 보였다. 남자는 이쪽의 거동을 살피고 있는 것 같았다. 구두장이는 더럭 겁이 나서 생각했다.

'다가가 볼까, 그냥 지나쳐 버릴까? 공연히 다가갔다가 무슨 변이라도 당하면? 저자가 누군지도 모르는 터에 말이야. 좋은 일 하고 이런 데 버려져 있을 리도 만무하고 어쩌면 내가 접근하길 기다렸다가 달려들어 목을 조를지도 모르지. 그렇게 되면 꼼짝없이 당하는 수밖에. 설사 목을 조르지는 않는다 해도 뭔가 시끄러운 꼴을 당할 게 뻔해. 저 벌거숭이를 어쩐다? 내가 입고 있는 걸 홀랑 벗어 줄 수도 없고. 오, 하나님. 제발 무사히 지나가게 해주십시오!'

머릿속에 그런 생각들을 굴리며 구두장이는 걸음을 재촉했다. 그러나 교회를 거의 지나쳤을 무렵 갑자기 양심이란 것이 고개를 쳐들었다. 그는 길 한복판에 멈춰 서서 중얼거렸다.

"도대체 뭘 하고 있는 거지, 세미온? 사람이 재난을 만나 죽어가고 있는데 겁을 집어먹고 슬그머니 꽁무니를 빼다니. 네가 무슨 큰 부자라도 된다는 거야? 그래서 가진 걸 빼앗기게 될까 봐 겁이라도 난다는 거야, 뭐야? 세미온, 그건 옳지 않은 짓이야!"

결국 세미온은 발길을 돌려 남자에게로 걸어가기 시작했다.

세미온이 가까이 다가가서 살펴보니 남자는 아직 젊고 제법 힘도 있어 보였다. 몸에 얻어맞은 흔적 같은 건 보이지 않았다. 그러나 추위 때문에 몸이 꽁꽁 얼어붙은 데다 몹시 겁을 먹고 있는 듯했다. 그는 벽에 기대앉은 채 세미온 쪽은 쳐다보지도 않았다. 너무 지쳐서 눈을 뜰 기운조차 없는 모양이었다.

세미온이 바짝 다가가자 남자는 그제야 눈을 뜨고 세미온을 쳐다보았다. 세미온은 그의 눈이 마음에 들었다. 그래서 털장화를 땅바닥에 내동댕이치고 허리띠를 끌러 장화 위에 던진 다음 입고 있던 외투를 벗으면서 말했다.

"이러고 있을 때가 아니야! 자, 이거라도 입어 보라구! 어서!"

세미온은 남자의 팔을 부축해 일으켰다. 일어선 남자를 보니, 훤칠한 몸매에 손과 발은 깨끗하고 얼굴빛도 온화한 젊은이였다. 세미온은 그의 어깨에 외투를 걸쳐 주었다. 그러나 팔이 소매 속으로 잘 들어가지 않았다. 세미온은 젊은이의 두 팔을 외투 소매에 끼워 주고 옷깃을 잡아당겨 앞을 여민 다음 허리띠를 둘러 주었다. 그는 쓰고 있던 낡은 모자도 벗어서 젊은이에게 씌워 주려고 했다. 그러나 머리가 너무 썰렁해서 그는 생각을 바꾸었다.

'나는 민둥머리지만 이 젊은이는 머리숱이 많으니까.'

그는 모자를 다시 썼다.

'그보다는 장화를 신겨 주는 게 좋겠어.'

세미온은 젊은이를 다시 앉히고 털장화를 신겨 주었다.

"이만하면 됐겠지. 자아, 이젠 좀 움직여 보라구. 몸이 녹게 말이야. 여기서 우물쭈물할 것 없잖아? 그런데 자네, 걸을 수는 있겠나?"

젊은이는 부드러운 눈길로 세미온을 바라볼 뿐 아무런 대꾸가 없었다.

"왜 말을 하지 않는 거야? 여기서 겨울을 날 작정인가? 어디든 사람 사는 데로 가야지. 여기 내 지팡이가 있으니까 걷기 힘들면 이거라도 짚으라구. 자, 가세! 가자니까!"

젊은이는 걷기 시작했다. 뒤처지지도 않고 썩 잘 걸었다. 걸으면서 세미온이 물었다.

"그런데 자네 대체 어디서 왔나?"

"저는 이 고장 사람이 아닙니다."

"이 고장 사람이라면 내가 모를 리 없지. 내가 묻고 있는 건 어째서 이런 데 와 있느냐는 거야. 저 교회 구석 같은 데 말일세."

"그건 말씀드릴 수 없습니다."

"들어 보나마나 어떤 나쁜 놈들한테 몹쓸 짓을 당했겠지."

"아무도 제게 나쁜 짓을 하지 않았습니다. 전 하나님으로부터 벌을 받은 것입니다."

"그야 만사가 하나님의 뜻이니까. 아무튼 어디 들어가서 좀 쉬어야 할 텐데. 대체 어디로 갈 작정인가?"

"어디든 좋습니다."

세미온은 이해할 수 없었다. 젊은이는 불량해 보이지도 않았고 말씨도 공손했지만 자신에 관해서는 아무것도 말하려 들지 않았다. 세미온은 생각했다.

'누구에게나 말 못할 사정은 있는 법이니까.'

그는 다시 입을 열었다.

"그렇다면 어떤가. 나하고 같이 우리 집으로 가는 게? 몸이 녹으면 정신이 좀 나겠지."

세미온은 집을 향해 걷기 시작했다. 낯선 젊은이도 뒤떨어지지 않고 곧잘 따라왔다. 차가운 바람이 세미온의 루바시카 자락을 파고들었다. 술이 깨면서 오싹오싹 한기가 느껴졌다. 그는 연신 코를 훌쩍거렸다. 마누라에게서 빌려 입은 무명 속옷 앞자락을 바싹 당겨 여미면서 그는 생각했다.

'털가죽 외투가 대체 어떡하다 이렇게 돼 버린 거야? 모피 외투를 장만하러 나섰다가 입고 있던 것마저 벗어던진 꼴이 됐으니. 거기다 벌거숭이 사내까지 달고 들어가면 마트료나가 펄펄 뛸 게 뻔한데.'

아내 생각을 하자 세미온의 마음은 우울해졌다. 그러나 옆에서 걷고 있는 젊은이를 돌아보자 교회 모퉁이에서 처음 발견했을 때 자신을 쳐다보던 그의 눈빛이 떠오르면서 마음이 다시 환하게 밝아왔다.

세미온의 아내는 일찌감치 집안일을 끝냈다. 장작을 쪼개고 물을 길어와서 아이들과 같이 저녁을 먹은 다음 그녀는 생각에 잠겼다.

'오늘 저녁에 빵을 구울까, 내일로 미룰까.'

제법 큼직한 빵 한 조각이 아직 남아 있었다.

'세미온이 밖에서 식사를 하고 들어온다면 밤참은 그리 많이 먹지 않을 거야. 그럼 내일 아침까진 이걸로 충분할 것 같은데.'

그녀는 빵조각을 만지작거리면서 궁리했다.

'아무래도 빵 굽는 건 내일로 미뤄야겠어. 밀가루도 얼마 남지 않았는데, 있는 것만으로 금요일까지 버텨야지.'

마트료나는 빵 굽는 일을 그만두기로 하고 남편의 옷을 깁기 시작했다. 바느질을 하면서 그녀는 남편이 어떤 가죽을 사올까 생각했다.

'설마 가죽 장수에게 속지는 않았겠지. 그이는 사람이 너무 좋아서 탈이라니까. 자기는 꿈에도 남을 속일 줄 모르면서 동네 코흘리개한테도 맥없이 속아 넘어가거든. 8루블이라면 적은 액수가 아닌데. 그 정도면 좋은 모피 외투를 장만할 수 있고 말고. 무두질한 최고급 가죽은 아니더라도 어쨌든 모피 외투인 건 분명해. 모피 외투 하나 없이 겨울을 나려니 작년엔 고생이 이만저만이 아니었지. 냇가엘 나갈 수가 있나, 들엘 나갈 수가 있나. 오늘만 해도 그래. 옷이란 옷은 모조리 껴입고 나가 버리니 나는 걸칠 것이 없다구. 그런데 이이가 너무 늦는 거 아냐? 돌아올 때가 지났는데. 혹시 어디서 술타령을 벌이고 있는 건 아닐까?'

마트료나가 이런 생각을 하고 있을 때 마침 현관 계단이 삐그덕거리면서 누군가 들어오는 소리가 났다. 바늘을 일감에 꽂아 놓고 마트료나가 밖으로 나가 보니 사내 둘이 안으로 들어서고 있었다. 세미온 옆에 서 있는 낯선 젊은이는 맨머리에 털외투를 입고 있었다. 그녀는 당장에 남편이 술을 마셨다는 것을 알아차렸다.

'내 이럴 줄 알았다니까.'

다시 보니 남편은 외투도 입지 않은 속옷 바람에 빈손으로 우두커니 서 있었다. 마트료나는 화가 머리끝까지 치밀어 올랐다.

'그 돈으로 몽땅 마셔 버린 게 틀림없어. 생판 모르는 건달하고 어울려 진탕 퍼마시고는 그것도 모자라 집에까지 끌고 왔군.'

두 사람 뒤를 따라 집 안으로 들어서던 마트료나는 낯선 사내가 입고 있는 외투가 자기네 것임을 알아보았다. 젊은이는 외투 밑에 내의를 입은 것 같지도 않았고 모자도 쓰고 있지 않았다. 그는 방 안에 들어와서도 잠자코 한자리에 선 채 움직이지도 않고 고개를 들지도 않았다.

'뭔가 나쁜 짓을 저지른 게 틀림없어.'

마트료나는 이마를 찌푸린 채 벽난로 쪽으로 멀찌감치 떨어져 서서 두 사람을 지켜 보았다. 세미온은 모자를 벗고 태연하게 의자에 걸터앉았다.

"이봐, 왜 그러고 있어? 식사 준비를 해야지."

마트료나는 입 속으로 뭔가 투덜거릴 뿐 벽난로 옆에서 꿈쩍도 하지 않았다. 그녀는 두 사람을 번갈아 쳐다보며 연신 고개를 젓고 있었다. 세미온은 그녀가 몹시 화가 나 있다는 것을 알았다. 그래도 할 수 없다는 듯이 그는 낯선 사내의 손을 잡으면서 말했다.

"자, 앉게나. 저녁을 먹어야지."

낯선 사내가 의자에 앉았다.

"왜 그래? 저녁 준비는 하고 있는 거야?"

마트료나는 더 이상 화를 참지 못하고 입을 열었다.

"지금 하고 있잖아요. 하지만 당신 몫은 없어요. 보아하니 당신은 염치마저도 홀랑 마셔 버린 모양이군요. 모피 사러 간다더니 모피는커녕 입고 나간 외투마저 남 벗어 주고, 그것도 모자라 저 건달을 집에까지 꿰차고 들어오다니. 당신네 주정뱅이들한테 줄 저녁은 없어요."

"마트료나, 남의 사정도 모르면서 함부로 떠들어댈 거야? 어떻게 된 일인지 들어보고 나서 지껄여야지."

세미온은 속주머니를 더듬어 지폐를 꺼냈다.

"자, 돈은 여기 있다구. 트리포노프가 빌려간 건 못 받았지만 내일은 꼭 주겠다고 약속했어."

그래도 마트료나는 화가 가라앉지 않았다. 양가죽도 못 산 터에 단벌 외투는 낯선 벌거숭이 사내한테 벗어 줘 버리고, 거기다 그 사내를 집에까지 끌고 오다니. 탁자 위의 돈을 집어들면서 마트료나는 말했다.

"아무튼 저녁은 없어요. 저런 벌거숭이 주정뱅이들을 일일이 챙겨 주다간……."

"이봐, 마트료나. 말 좀 삼가하라니까. 우선 내 말을 들어보라구."

"당신 같은 주정꾼의 말은 듣고 자시고 할 것도 없어요. 정말이지 난 당신 같은 주정뱅이와 결혼하고 싶지 않았다구요. 어머니가 주신 옷감들도 모조리 술값으로 날려 버리더니 이번엔 또 양가죽 살 돈마저 목구멍에 홀랑 들이붓고 들어왔군요."

세미온은 자기가 마신 것은 고작 20카페이카뿐이라는 것과, 젊은이를 데려 오게 된 사정을 아내가 알아듣도록 설명하려 했다. 그러나 마트료나는 그에게 말할 기회를 주지 않았다. 어디서 그렇게 좔좔 쏟아져 나오는지 한꺼번에 두 마디 세 마디씩 지껄여대니 세미온이 끼어들 겨를이 없었다. 그녀는 십 년도 더 된 옛날 일까지 들추어 가며 사정없이 퍼부어대다가 갑자기 세미온에게 달려들어 옷소매를 움켜잡았다.

"여러 말 말고 내 옷이나 내놔요! 하나밖에 없는 옷을 빼앗아 입고 뻔뻔하기도 하지! 썩 벗어 달라니까요! 이런 못난이, 팔푼이 같으니라고! 차라리 어디 가서 콱 죽어 버리는 게 낫지."

세미온이 옷을 벗으려는데 마트료나가 달려들어 잡아당기는 바람에 솔기가 부드득 뜯어졌다. 마트료나는 옷을 나꿔채 입고 문께로 달려갔다. 그대로 나가 버리려고 하다가 그녀는 문득 걸음을 멈췄다. 속은 상하지만 그래도 이 사내가 누군지는 밝혀내야겠다고 생각했던 것이다.

마트료나는 멈춰 서서 입을 열었다.

"온전한 사람이라면 저렇게 맨발로 돌아다닐 리가 없지. 게다가 저 사람은 내의조차 입지 않았다구요. 당신이 나쁜 짓을 하지 않았다면 어디서 저 사람을 끌고 왔는지 왜 말을 못 하는 거죠?"

"아까부터 그 말을 하려던 참이야. 집으로 돌아오는 길에 이 사람이 교회 담 밑에 쭈그리고 앉아 있는 걸 우연히 보게 되었단 말이오. 꽁꽁 얼어붙은 알몸으로 말이야. 글쎄, 여름이 지난 지가 언젠데 벌거숭이라니! 마침 하늘이 도와서 내가 그리로 지나가게 됐으니 망정이지, 하마터면 그대로 얼어 죽을 뻔했다니까. 살다 보면 언제 무슨 일을 당할지 누가 알겠소! 그래 내가 외투를 입혀서 데리고 왔지. 마트료나, 당신도 마음을 가라앉히고 이 사람 처지를 생각해 보구려. 사람은 누구든 한 번은 죽는 거니까."

마트료나는 뭔가 좀더 심한 말을 퍼부어 주고 싶었으나 낯선 젊은이를 쳐다보자 왠지 말문이 막혔다. 젊은이는 걸상 끄트머리에 죽은 듯이 꼼짝도 하지 않고 앉아 있었다. 두 손은 무릎 위에 올려놓고 가슴팍에 고개를 떨군 채, 눈을 들지도 못하고 마치 무엇에 목을 졸리고 있기라도 한 것처럼 얼굴을 잔뜩 찌푸리고 있었다. 마트료나가 잠자코 있자 세미온이 다시 입을 열었다.

"마트료나, 당신에겐 하나님도 없소?"

마트료나는 그 말을 듣고 다시 한 번 낯선 젊은이를 바라보았다. 그러자 부글거리던 노여움이 홀연히 가라앉았다. 그녀는 돌아서서 방구석에 있는 난로 곁으로 걸어가 저녁상을 차리기 시작했다. 잔을 탁자 위에 놓고 크바스(귀리와 엿기름으로 만든 러시아 맥주)를 따르고 남은 빵을 내놓았다. 나이프와 스푼을 놓으면서 그녀가 말했다.

"와서 식사들 하세요."

세미온은 낯선 젊은이를 식탁으로 데리고 갔다.

"앉으라구, 젊은이."

세미온이 빵조각을 잘게 썰었다. 두 사람은 먹기 시작했다. 마트료나는 식탁 끝에 앉아 한 손으로 턱을 괴고 낯선 젊은이를 바라보았다. 그러자 문득 젊은이가 가여워져서 돌봐주고 싶다는 생각이 들었다. 그 순간 젊은이는 갑자기 밝은 표정을 짓더니 찌푸렸던 이마를 펴고 눈을 들어 그녀를 쳐다보며 싱긋 웃었다. 식사가 끝나자 마트료나는 그릇들을 치우고 낯선 젊은이에게 물었다.

"당신은 어디서 왔죠?"

"저는 이 고장 사람이 아닙니다."

"그런데 어째서 그런 곳에 있었나요?"

"그건 말할 수 없습니다."

"당신 옷은 누가 벗겨간 거죠?"

"하나님께서 벌을 내리신 겁니다."

"그래서 벌거벗고 쓰러져 있었단 말이에요?"

"네, 벌거벗은 채 쓰러져 거의 얼어 죽을 뻔했죠. 그런데 댁의 주인께서 저를 발견하고 가엾게 여겨 외투를 벗어서 입혀 주고는 여기까지 데리고 온 겁니다. 여기 오자 이번엔 아주머니께서 절 불쌍하게 생각하고 먹을 것과 마실 것을 주셨죠. 두 분께는 하나님의 은총이 내릴 겁니다."

마트료나는 자리에서 일어나 방금 기워 놓은 세미온의 낡은 내의를 창가에서 집어다 젊은이에게 건네 주었다.

"자, 이거라도 입어요. 그리고 어디든 마음에 드는 자리에 누워서 자요. 침대 위든 벽난로 옆이든."

낯선 젊은이는 외투를 벗고 내의를 입은 다음 침대에 드러누웠다. 마트료나는 불을 끄고 나서 외투를 집어들고 남편 있는 데로 갔다. 외투 자락을 덮고 누웠으나 좀처럼 잠이 오지 않았다. 낯선 젊은이가 마지막 남은 빵을 먹어 버리는 바람에 당장 내일 아침에 먹을 것이 없다는 것과 남편의 내의를 내준 일을 생각하면 아쉬운 마음이 드는 것은 사실이었다. 그러나 젊은이가 싱긋 웃던 걸 생각하면 그녀의 마음은 어느새 환하게 밝아지는 것이었다.

마트료나는 오래도록 잠을 이루지 못했다. 세미온도 잠이 오지 않는지 외투 자락을 한 번씩 끌어당기곤 했다.

"남은 빵을 다 먹어 버렸는데, 반죽을 해두지도 않았으니 내일은 어쩌죠? 옆집 말라냐네더러 좀 꾸어 달랄까?"

"그러든지. 설마 산 입에 거미줄 치려고."

마트료나는 한동안 말없이 누워 있었다.

"그런데 저 사람 말이에요, 나쁜 사람 같지는 않은데 어째서 자기 얘기는 통 하려 들지 않는 걸까요?"

"뭔가 말 못 할 사정이 있겠지."

"세미온!"

"응?"

"우리는 남을 도와주는데, 남들은 왜 아무도 우리를 도와주지 않는 거죠?"

세미온은 뭐라고 대답해야 할지 알 수 없었다.

"거 쓸데없는 소리 작작 하라니까."

그렇게 말하고 나서 그는 획 돌아누워 잠들어 버렸다.

이튿날 세미온은 아침 일찍 잠이 깼다. 아이들이 일어나기 전에 마트료나는 이웃집으로 빵을 꾸러 갔다. 어제 데리고 온 낯선 젊은이는 낡은 내의를 입은 채 걸상에 앉아 천장을 바라보고 있었다. 그의 얼굴은 어제보다 한결 밝아 보였다.

"어떤가, 젊은이! 배는 빵을 원하고 벗은 몸뚱이는 옷을 원하니 뭔가 벌이를 해야 하지 않겠나? 자네는 무슨 일을 할 줄 아나?"

"저는 아무것도 할 줄 모릅니다."

세미온은 깜짝 놀라서 말했다.

"뭐든 해보려는 마음만 있으면 되는 거야. 배워서 못 할 일은 없으니까."

"다들 일을 하니 저도 뭐든 해보겠습니다."

"그런데 자네 이름은 뭔가?"

"미하일입니다."

"그래, 미하일. 자네는 신상 이야기를 하고 싶지 않은 모양인데, 그런 건 아무래도 좋아. 꼭 알아야 할 이유는 없으니까. 하지만 밥벌이는 해야 해. 내가 시키는 대로 일을 하면 밥은 먹여 주겠네."

"고맙습니다. 뭐든 열심히 배우겠습니다. 가르쳐만 주십시오."

세미온은 실을 집어 손가락에 감아서 꼬기 시작했다.

"어려울 건 없어. 자, 보라구."

미하일은 잠시 들여다보더니 금방 배워서 따라 했다. 세미온은 다시 꼰 실을 찌는 법을 가르쳤다. 미하일은 이번에도 금방 배웠다. 주인이 실을 꿰어 가죽 깁는 시범을 해보이자 미하일은 이것도 이내 익혔다. 세미온이 무엇을 가르쳐도 미하일은 금방 터득하여 사흘이 지나자 거의 모든 작업 과정을 능숙하게 해낼 수 있게 되었다. 마치 이제까지 줄곧 구두를 꿰매온 사람 같았다.

그는 부지런히 일하고 조금밖에 먹지 않았다. 그리고 한가할 때면 조용히 천장만 쳐다보았다. 밖으로 나가지도 않고, 농담을 하거나 웃는 법도 없었다. 미하일이 웃어 보인 건 처음 왔던 날 마트료나가 저녁을 준비했을 때뿐이었다.

하루가 지나고 일주일이 지나고 일 년이 지났다. 미하일은 여전히 세미온의 집에 살면서 가게일을 거들어 주고 있었다. 미하일의 솜씨에 대해서는 소문이 자자했다. 세미온의 직공 미하일만큼 튼튼하고 모양 좋은 구두를 짓는 사람은 없다고 하여 이웃 마을에서까지 주문이 밀려드는 바람에 세미온의 수입은 날로 늘어갔다.

어느 겨울날이었다. 세미온이 미하일과 마주앉아 일을 하고 있는데 삼두마차 한 대가 요란한 방울 소리를 내며 집 앞에 멈췄다. 창문으로 내다보니 마차는 가게 바로 앞에 멈춰 서 있었는데, 젊은 사람 하나가 마부석에서 뛰어내려 마차 문을 열었다. 마차 안에서 모피 외투를 입은 신사가 나왔다. 마차에서 내린 신사는 세미온의 가게를 향해 층계를 올라왔다. 마트료나가 뛰어나가 문을 활짝 열었다. 신사는 몸을 구부리고 가게 안으로 들어와 허리를 쭉 폈다. 그는 머리가 천장에 닿을 만큼 키가 컸고 몸집은 방 안을 꽉 채울 정도였다.

세미온이 일어나서 인사를 했다. 그는 신사의 거대한 몸집에 놀라 벌어진 입을 다물지 못했다. 이제껏 살아오면서 이런 사람은 본 적이 없었던 것이다. 세미온도 호리호리한 체격이었고 미하일도 여윈 편이었으며 마트료나로 말할 것 같으면 더욱이나 삐쩍 마른 나뭇가지나 다름없는 몸매였는데, 이 신사는 어디 딴 세상에서라도 왔는지 얼굴은 불그스름하게 윤이 나고 목덜미는 황소처럼 굵직한 것이 마치 온몸이 무쇠로 만들어진 것 같았다. 신사는 숨을 한 번 크게 내쉬더니 외투를 벗고 의자에 앉으면서 물었다.

"주인이 누군가?"

세미온이 앞으로 나서면서 말했다.

"제가 주인인뎁쇼, 나리."

손님은 하인에게 큰 소리로 외쳤다.

"케지카, 물건을 가져오너라!"

하인이 달려가 꾸러미 하나를 들고 들어왔다. 손님은 꾸러미를 탁자 위에 올려놓게 했다.

"풀어."

하인이 꾸러미를 풀었다. 안에서 나온 것은 가죽이었는데, 손님은 그것을 손가락으로 쿡쿡 찌르며 세미온에게 말했다.

"이게 무슨 가죽인지 알겠나?"

"알고 말굽쇼, 나리."

"이봐, 정말 이 가죽이 무슨 가죽인지 안단 말인가?"

세미온이 가죽을 만져보고 나서 대답했다.

"네, 아주 좋은 가죽입니다요."

"그야 물론 좋은 가죽이지. 얼간이 같으니라고. 자넨 이런 가죽을 구경조차 못 해 봤을걸. 이건 독일산이야. 20루블이나 주고 산 거라구."

세미온은 겁먹은 얼굴로 말했다.

"저 같은 놈은 감히 만져볼 수도 없는 물건이구만요."

"그렇다마다. 그런데 이걸로 내 발에 꼭 맞는 장화를 지을 수 있겠나?"

"지을 수 있고 말굽쇼, 나리."

신사는 느닷없이 버럭 고함을 질렀다.

"지을 수 있다고? 도대체 누구의 장화를 짓는지, 어떤 가죽으로 짓는지 똑똑히 기억해 두란 말이야! 나는 일 년을 신어도 모양이 망가지지 않고 꿰맨 자리가 뜯어지지도 않는 장화를 원해! 그렇게 만들 자신이 있으면 맡아서 재단을 하라구. 아니라면 아예 손대지 않는 게 좋아. 미리 말해 두지만, 만약 장화가 일 년 안에 망가지거나 찢어지기라도 하면 네놈을 감옥에 처넣어 버릴 테니까. 대신 일 년이 지난 뒤에도 멀쩡하면 그때 가서 품삯으로 10루블을 주지."

세미온은 겁이 더럭 나서 미처 대꾸할 말을 찾지 못하고 미하일 쪽을 힐끗 돌아보았다. 팔꿈치로 미하일을 쿡쿡 찌르면서 세미온이 조그만 소리로 물었다.

"이봐, 어떻게 하지?"

미하일은 일을 맡으라는 듯 고개를 약간 끄덕여 보였다. 세미온은 미하일을 믿고 일 년이 지나도 망가지거나 찢어지지 않는 장화를 만드는 일을 맡기로 했다. 신사는 하인을 불러 왼쪽 발의 구두를 벗기게 하고는 다리를 쭉 폈다.

"치수를 재라구!"

세미온은 50센티미터 정도 되는 종이를 이어 붙였다. 그런 다음 자리를 깔고 무릎을 꿇고 손님의 양말을 더럽히지 않도록 앞치마에 손을 닦은 뒤 치수를 재기 시작했다. 먼저 발바닥을 재고 다음으로 발등을 재고 나서 종아리를 잴 차례가 되었는데 양쪽 종이 끝이 닿지를 않았다. 손님의 종아리가 통나무만큼이나 굵었던 것이다.

"정신 똑바로 차리고 하라구. 종아리가 꽉 끼어서는 안 되니까."

세미온은 다시 종이를 이어 붙였다. 신사는 의젓하게 앉아 양말 속의 발가락을 꼼지락거리면서 방 안의 사람들을 둘러보다가 미하일을 보더니 물었다.
"저 사람은 누구지?"
"저희 가게의 직공인데 솜씨가 그만입지요. 그가 나리의 장화를 짓게 될 것입니다요."
"똑똑히 기억해 두라구. 일 년을 신어도 끄떡없는 신발을 만들어야 해."
신사가 미하일에게 말했다. 세미온도 미하일을 돌아보았다. 그런데 미하일은 손님의 얼굴은 보지도 않고 그 뒤의 구석만 응시하고 있었다. 마치 그곳에 누군가가 있어 그가 누군지 알아내려고 유심히 살피고 있는 것 같은 표정이었다. 한동안 물끄러미 구석을 바라보고 있던 미하일은 갑자기 싱긋 웃더니 얼굴이 환하게 밝아졌다.
"뭘 보고 싱글거리는 거야? 멍청한 놈 같으니! 정신차리고 기한내에 장화를 만들어낼 궁리나 할 일이지."
"네, 기한내에 틀림없이 만들어 놓겠습니다."
미하일이 말했다.
"명심하라구."
신사는 구두를 신고 외투를 입은 다음 문간으로 향했다. 그런데 허리를 구부려야 한다는 사실을 깜빡 잊어버린 탓에 문틀에다 이마를 세게 들이받았다. 신사는 한바탕 욕설을 퍼붓고는 이마를 문지르며 마차를 타고 가버렸다.
신사가 떠나는 걸 보고 세미온이 말했다.
"정말 굉장한 손님이야. 저런 사람은 여간해서 죽일 수도 없을걸. 문틀이 부서지도록 이마를 부딪쳤는데도 그다지 아파하는 것 같지 않더군."
그러자 마트료나가 말했다.
"저렇게 호사하게 사는데 체격이 안 좋을 수가 있겠수? 저런 사람한테는 저승사자도 감히 손을 못 댈 거예요."

세미온이 미하일에게 말했다.

"일을 맡긴 했지만 까딱 잘못하다간 꼼짝없이 감옥행이야. 최고급 가죽인 데다 손님 성깔도 여간 아니니, 만에 하나라도 실수가 없어야 할 텐데. 자네가 눈도 밝고 나보다 솜씨도 나으니 여기 이 치수대로 재단을 해보게. 나는 겉가죽을 꿰맬 테니까."

미하일은 시키는 대로 신사가 가져온 가죽을 탁자 위에 펼쳐 놓고 가위로 자르기 시작했다.

옆에 서서 미하일이 마름질하는 것을 들여다보고 있던 마트료나는 깜짝 놀랐다. 구두 짓는 일이라면 그녀도 이젠 제법 안다고 자부하는 터인데, 가만 보니 미하일은 손님이 주문한 장화 모양과는 전혀 딴판으로 가죽을 둥글게 자르고 있었던 것이다.

주의를 줄까 하다가 그녀는 다시 생각했다.

'손님이 주문한 내용을 내가 제대로 듣지 못했을지도 모르지. 나보다야 아무래도 미하일이 더 잘 알고 있을 테니까 공연히 참견하지 않는 게 좋을 거야.'

미하일은 마름질을 마치고 가죽을 꿰매기 시작했다. 그런데 장화를 꿰맬 때 쓰는 두겹실이 아니라 슬리퍼를 짓는 한겹실을 사용하는 것이었다. 마트료나는 이번에도 깜짝 놀랐으나 역시 참견하지 않았다. 미하일은 부지런히 일손을 놀리고 있었다.

점심때가 되어 세미온이 일어나서 보니 미하일은 신사의 가죽으로 슬리퍼를 만들고 있었다. 세미온은 너무 놀라서 비명을 질렀다.

'이게 웬일인가. 우리 집에서 일한 지 일 년이 넘도록 미하일이 실수하는 걸 본 적이 없는데 하필이면 지금 같은 때 이런 엄청난 잘못을 저지르다니. 손님은 굽 있는 장화를 주문했는데 밋밋한 슬리퍼 따위를 만들었으니 가죽을 완전히 못 쓰게 만들어 버렸잖아. 손님한테 뭐라고 변명한단 말인가? 이런 가죽은 쉽게 구할 수도 없을 텐데.'

그는 미하일에게 말했다.

"여보게, 이게 무슨 짓인가? 자네 나를 죽이려고 작정했구만. 손님은 분명 장화를 주문했는데 자넨 도대체 뭘 만들어 놓은 건가?"

세미온이 미하일을 나무라기 시작한 순간, 현관 문고리가 덜그덕거리더니 누군가가 문을 두드렸다. 창문으로 내다보니 누가 말을 타고 와서 이제 막 고삐를 비끄러매고 있는 중이었다. 나가 보니 그는 좀전에 왔던 신사의 하인이었다.

"안녕하십니까?"

"어서 와요. 그런데 무슨 일로?"

"주문했던 장화에 관한 일로 마님의 심부름을 왔습니다."

"장화에 관한 일이라고?"

"장환지 구둔지 이젠 필요없게 됐습니다. 나리께서 돌아가셨거든요."

"아니, 뭐라고 했소?"

"여기서 댁으로 돌아가시던 길에 마차 안에서 돌아가셨습니다. 댁에 도착해서 내려 드리려고 보니까 나리께서 짐짝처럼 바닥에 뒹굴고 있는 게 아니겠습니까? 벌써 몸이 굳어 버린 뒤라 가까스로 마차에서 끌어내렸지요. 그래서 마님께서 제게 분부하셨습니다. '구둣방에 가서 말하거라. 아까 나리께서 주문하신 장화는 필요없게 되었으니 대신 그 가죽으로 죽은 사람에게 신기는 슬리퍼를 지어 달라고 말이야. 그리고 완성되길 기다려서 슬리퍼를 가지고 오너라.' 그래서 제가 이렇게 달려온 것입니다."

미하일은 마름질하고 남은 가죽 조각을 뭉쳐 탁자 한 켠으로 치우고 나서 완성된 슬리퍼를 툭툭 털어 앞치마에 닦은 다음 하인에게 내밀었다.

"안녕히 계십시오, 여러분! 이만 가보겠습니다!"

하인은 슬리퍼를 받아들고 돌아갔다.

다시 일 년이 지나고 이 년이 지나 미하일이 세미온의 집에 온 지도 어느덧 육 년이 되었다. 처음이나 마찬가지로 그는 어딜 나다니지도 않고 실없는 소리를 지껄이는 법도 없었다. 그동안 그가 웃은 것은 단 두 번뿐이었다. 마트료나가 저녁을 차려 주었을 때와 장화를 맞추러 온 신사를 보았을 때였다.

세미온은 이 제자가 기특해 죽을 지경이었다. 그는 이제 더 이상 미하일에게 어디서 왔느냐고 묻지 않았다. 다만 미하일이 일을 그만두고 나가 버리지나 않을까 은근히 걱정스러울 뿐이었다.

어느 날 온 식구가 한자리에 모여 있을 때였다. 마트료나는 화덕에 냄비를 올리고, 아이들은 의자 사이를 뛰어다니거나 창 밖을 내다보며 놀고 있었다. 세미온은 창가에 앉아 가죽을 꿰매고 미하일은 다른 창가에서 구두 뒤축을 다는 중이었다.

그때 사내아이가 의자를 넘어 미하일에게 다가와서 그의 어깨를 흔들며 창 밖을 가리켰다.

"미하일 아저씨, 저길 좀 봐요. 어떤 아줌마가 여자 아이 둘을 데리고 우리 집으로 오고 있어요. 여자 아이 하나는 절름발인데요?"

그 말을 듣자마자 미하일은 갑자기 일손을 멈추고 고개를 돌려 창문 밖을 유심히 바라보았다. 세미온은 놀랐다. 이제껏 바깥을 내다보는 일이라곤 없던 사람이 오늘따라 창문에 얼굴을 들이대다시피 하고 뭔가를 정신없이 바라보고 있었기 때문이었다. 세미온도 밖을 내다보았다. 깨끗하게 차려 입은 부인이 가게를 향해 걸어오고 있었다. 부인은 털외투를 입고 두툼한 목도리를 두른 두 여자 아이의 손을 잡고 있었다. 아이들은 누가 누군지 분간할 수 없을 만큼 닮은 얼굴을 하고 있었는데, 다만 한 아이가 다리를 약간 절고 있었다.

부인은 현관 계단을 올라와 문을 열더니 먼저 두 여자 아이를 안으로 들여보내고 자기도 따라 들어왔다.

"안녕하세요!"

"어서 오십시오. 무슨 볼일이신지?"

부인은 탁자 옆에 앉았다. 여자 아이들은 낯이 선 듯 그녀의 무릎에 매달렸다.

"아이들에게 봄에 신을 구두를 맞춰 주려고요."

"그러세요? 저희들은 그렇게 작은 구두는 지어 본 적이 없지만, 뭐, 할 수 있을 겁니다. 가장자리에 장식을 단 것이 좋을까요, 안에 천을 댄 것이 좋을까요? 여기, 미하일은 솜씨가 정말 훌륭하답니다."

세미온이 미하일을 돌아보니, 그는 우두커니 앉아 두 여자 아이의 얼굴을 뚫어져라 쳐다보고 있었다. 그 모습이 다시 세미온을 놀라게 했다. 하긴 두 아이 모두 드물게 예쁘기는 했다. 눈동자는 새까맣고 두 볼은 포동포동하고 발그스름했으며, 모피 외투에 비싼 목도리를 두르고 있었다. 그렇더라도 미하일이 무슨 연유로 저렇듯 열심히 아이들을 바라보고 있는지 세미온은 이해할 수 없었다. 미하일은 마치 그 아이들을 이전부터 잘 알고 있는 것 같았다.

세미온은 이상하다고 생각하면서도 부인에게로 돌아앉아 흥정을 계속했다. 값을 정하고 곧 치수를 잴 차례가 되었다. 부인은 다리를 저는 아이를 안아 올려 무릎에 앉혔다.

"수고스럽겠지만 발의 치수는 두 가지로 재 주셔야겠어요. 불편한 발 쪽은 한 짝이면 되고 성한 발에 맞춰선 세 짝을 지어 주세요. 두 아이가 치수가 같거든요. 이 아이들은 쌍둥이랍니다."

세미온은 치수를 재고 나서 다리가 불편한 아이를 가리키며 물었다.

"어쩌다 이렇게 됐습니까? 정말 귀여운 아인데……. 태어날 때부터 그랬었나요?"

"아니에요. 아이들 엄마가 잘못해서 그만……."

이때 마트료나가 끼여들었다. 부인과 아이들이 어디 사는 누구인지 궁금해서 견딜 수가 없었던 것이다.

"그럼 부인은 이 아이들의 친어머니가 아니신가요?"

"어머니도 아니고 친척도 아니랍니다. 남남간이지만 그냥 맡아서 기르고 있는 거예요."

"그런데도 이처럼 귀여워하시는군요."

"직접 낳은 아이가 아니더라도 키우다 보면 정이 들게 마련이니까요. 두 아이 다 제 젖을 먹여 길렀답니다. 제 아이도 있었지만 하나님께서 데려가셨지요. 죽은 아이는 그렇게 불쌍한 줄 몰랐는데 이 아이들은 정말 가여워 견딜 수가 없었어요."

"그럼 이 아이들은 어느 댁 따님들인가요?"

부인은 다음과 같은 이야기를 들려주었다.

"벌써 육 년 전의 일이랍니다. 이 두 아이는 태어난 지 일주일도 못되어 고아가 되어 버렸지요. 아버지는 아이들이 태어나기 사흘 전에 세상을 떠나고 어머니는 아이들을 낳고 곧 숨을 거뒀답니다. 저는 남편과 함께 이웃에서 농사를 짓고 살았는데, 이 아이들의 부모와는 한 식구처럼 지내는 사이였지요.

아이들 아버지는 숲에 들어가 혼자서 일을 하다가 어느 날 큰 나무가 넘어지면서 허리를 덮치는 바람에 쓰러져 정신을 잃었어요. 가까스로 집에까지 옮겨다 놓았지만 곧 저 세상으로 가고 말았지요. 그리고 며칠 안 있어 그의 아내가 쌍둥이를 낳은 거예요. 바로 이 아이들이죠. 집이 몹시 가난한 데다 돌봐줄 친척 하나 없어, 애들 엄마는 혼자 아기를 낳다가 죽었답니다. 해산 다음 날 아침에 제가 문안을 갔더니, 가엾게도 애들 엄마는 이미 이 세상 사람이 아니었습니다. 설상가상으로 숨을 거두는 순간 바로 이 아이 위로 쓰러지는 바람에 이 아이는 다리 한쪽을 못 쓰게 되고 말았죠.

마을 사람들이 죽은 사람을 씻기고 수의를 입히고 관을 만들어 장례를 치렀습니다. 다들 친절한 사람들이거든요. 하지만 뒤에 남은 갓난아기들 일이 걱정이었지요. 모인 여자들 중에 젖먹이가 딸린 이는 저뿐이었습니다. 제겐 태어난 지 팔 주밖에 안 된 첫아들이 있었거든요. 그래서 제가 잠시 두 아이를 맡기로 했습니다. 마을 사람들은 다시 의논을 했죠. 하지만 무슨 뾰족한 수가 있었겠어요? 하루는 마을 사람들이 제게 말했습니다. '마리아, 아이들을 좀더 데리고 있어 줘요. 우리가 어떻게든 대책을 세워 볼 테니까, 그때까지만.'

저는 다리가 온전한 아이에게만 젖을 물렸습니다. 또 한 아이에겐 아예 먹일 생각도 하지 않았죠. 어차피 살 수 없을 거라고 생각했던 것입니다. 그러다가 갑자기 이 아이가 너무 불쌍하다는 생각이 들었어요. 그래서 두 아이에게 똑같이 젖을 먹였습니다. 제 아이와 이 아이들 둘까지 해서 한꺼번에 세 아이를 키우게 된 거죠. 그때야 젊고 기운도 펄펄하고 먹성도 좋았으니까 그럴 수 있었을 거예요.

두 아이에게 젖을 물리고 있는 동안 한 아이는 차례를 기다려야 했습니다. 한 아이가 젖꼭지를 놓아야 다음 아이가 먹을 수 있었죠. 하나님의 돌보심으로 이 두 아이는 무럭무럭 자랐습니다. 그런데 제가 낳은 아이는 두 살 되던 해에 그분께서 데려가고 말았지요.

그후 살림살이는 점점 나아졌습니다. 지금은 이 거리 상인들 소유의 물방앗간 일을 맡아보고 있는데 수입이 좋아 살아가는 데는 아무런 걱정이 없답니다. 다만 아이가 없을 뿐이죠. 정말 이 아이들이 없었다면 혼자 쓸쓸해서 어떻게 살았을까요! 제가 이 아이들을 귀여워하는 건 너무나 당연한 일이죠. 이 아이들은 제게 촛불과도 같은 존재인 걸요."

부인은 한 손으로 다리를 저는 아이를 당겨 안으면서 다른 한 손으론 뺨을 타고 흘러내리는 눈물을 닦았다.

마트료나가 긴 한숨을 내쉬며 말했다.

"부모 없이는 살 수 있어도 하나님 없이는 살 수 없다더니 과연 그 말이 옳은 것 같군요."

세 사람이 이런 말들을 주거니받거니 하고 있을 때, 갑자기 미하일이 앉아 있는 구석에서 섬광이 비치더니 방 안이 환하게 밝아졌다. 미하일은 두 손을 무릎에 얹고 하늘을 올려다보며 빙그레 웃고 있었다.

부인이 아이들을 데리고 돌아가자 미하일은 걸상에서 일어나 일감을 탁자 위에 올려놓고 앞치마를 벗더니 주인 내외에게 공손히 절을 하면서 말했다.

"이제 작별을 해야겠습니다. 하나님께서 저를 용서해 주셨으니 두 분께서도 저를 용서해 주십시오."

주인 내외는 그에게서 눈부신 후광이 비치고 있는 것을 보았다. 세미온도 일어나 마주 절하면서 말했다.

"미하일, 역시 자네는 보통 인간이 아니었군. 더 이상 자네를 붙잡을 수도, 이것저것 캐물을 수도 없을 것 같네. 하지만 이것 한 가지만은 알려줄 수 없겠나? 내가 처음 자네를 만나 집으로 데리고 왔을 때 자네는 몹시 어두운 얼굴을 하고 있었네. 그러다가 집사람이 저녁을 대접하자 자네는 싱긋 웃으며 갑자기 표정이 밝아졌는데, 그건 어찌 된 영문인가? 그 뒤 어느 신사분이 장화를 맞추러 온 적이 있었지. 그때도 자넨 싱긋 웃으며 밝은 표정을 지었어. 아까 그 부인이 아이들을 데리고 왔을 때 자네는 세 번째로 웃었네. 그리고 자네 몸에서 후광이 비쳤지. 미하일, 왜 자네 몸에서 빛이 나는지, 그리고 어째서 세 번을 웃었는지 그 까닭을 말해 주지 않겠나?"

미하일이 입을 열었다.

"제 몸에서 빛이 나는 건 다름이 아니라, 제가 지금까지 하나님의 벌을 받고 있었는데 이제 용서를 받았기 때문이지요. 그리고 제가 세 번 웃은 것은 하나님께서 제게 내리신 세 가지 말씀의 뜻을 알게 되었기 때문입니다. 첫번째 말씀의 뜻은 아주머니께서 저를 가엾게 여겨 주셨을 때 깨달았지요. 그래서 웃었던 것입니다. 두 번째 말씀의 뜻은 부자 나리가 장화를 주문했을 때 알게 되었습니다. 그래서 두 번째로 웃었지요. 그리고 오늘 두 여자 아이를 보았을 때 세 번째 말씀의 의미를 알게 되어 또다시 웃은 것입니다."

세미온이 다시 물었다.

"하나님께선 무슨 이유로 자네에게 벌을 내리셨는가? 그리고 하나님의 세 가지 말씀이란 뭔가?"

미하일이 대답했다.

"제가 벌을 받은 것은 하나님의 말씀을 거역했기 때문입니다. 저는 본래 천사였는데, 하루는 하나님께서 제게 한 여인의 영혼을 거두어 오라는 분부를 내리셨습니다. 제가 지상에 내려와서 보니 그 여인은 몹시 쇠약한 몸으로 자리에 누워 있었습니다. 여인은 방금 쌍둥이 아이를 낳았던 것입니다. 갓난아기들은 어머니 곁에서 꼼지락거리고 있는데 어머니는 아기들에게 젖을 먹일 기운조차 없어 보였습니다. 여인은 나를 보자 하나님께서 보내신 줄 짐작하고 흐느껴 울면서 말했습니다.

'오, 천사님! 제 남편은 숲에서 일하다 나무에 깔려 죽었습니다. 바로 엇그제 장례를 치렀지요. 제겐 형제자매도, 아주머니도, 할머니도 없습니다. 이 갓난애들을 돌봐줄 사람은 아무도 없습니다. 제발 제 영혼을 거둬 가지 마시고 이 아이들을 제 손으로 키울 수 있게 해 주십시오! 이 핏덩이들이 부모 없이 어떻게 목숨을 부지할 수 있겠습니까!'

저는 여인이 애원하는 말을 듣고 아기 하나를 안아 어머니의 젖꼭지를 물려 주고 다른 아기는 어머니의 품에 안겨 준 다음 하늘나라로 돌아갔습니다. 그리고 하나님께 말씀드렸습니다.

'여인의 영혼은 거두어 오지 못했습니다. 여인의 남편은 나무에 깔려 죽고, 여인은 방금 쌍둥이를 낳은 참이었습니다. 그 여인은 저를 보고 울면서 애원했습니다. 제발 영혼을 거두어 가지 말아 달라고 말입니다. 제발 자기 손으로 아이들을 키울 수 있게 해달라면서, 부모가 없으면 그 갓난아기들은 살 수 없을 거라고 말했습니다. 저는 차마 그 여인의 영혼을 빼앗을 수 없었습니다.'

그러자 하나님께서 다시 분부하셨습니다.

'내려가 산모의 영혼을 거두어라. 그러면 세 가지 말의 뜻을 알게 될 것이다. 인간의 내부에는 무엇이 있는가? 인간에게 허락되지 않은 것은 무엇인가? 그리고 사람은 무엇으로 사는가? 이 세 가지를 알게 되는 날 너는 하늘나라로 돌아올 수 있을 것이다.'

그래서 저는 다시 지상으로 내려와 산모의 영혼을 거두었습니다. 아기들은 어머니 품에서 떨어졌으나, 죽은 여인의 몸이 침대 위로 쓰러지면서 한 아이를 덮쳐 그만 한쪽 다리를 못 쓰게 만들고 말았습니다. 저는 여인의 영혼을 하나님께 바치기 위해 다시 하늘로 날아 올라갔습니다. 그런데 갑자기 거센 바람이 몰아쳐 제 두 날개를 부러뜨렸습니다. 그래서 그 여인의 영혼만 하늘나라로 올라가고 저는 지상으로 떨어지게 되었던 것입니다."

세미온과 마트료나는 자기들이 먹이고 입혔던 사람이 누구인지, 자기들과 같이 살고 함께 일해 온 사람이 누구인지를 깨닫고 두려움과 기쁨으로 눈물을 흘렸다.

천사가 다시 입을 열었다.

"저는 벌거벗은 채 홀로 들판에 버려졌습니다. 그때까지 저는 인간 생활의 괴로움도 모르고 추위나 굶주림도 알지 못했습니다. 배는 몹시 고프고 몸은 얼어오는데 전 어떻게 해야 할지 알 수가 없었습니다. 그때 문득 하나님을 섬기는 교회가 들판 가운데 서 있는 게 보였습니다. 저기 몸을 의지하면 되겠다 싶어 저는 그곳으로 다가갔습니다. 그래서 바람이나 피하려고 교회 뒤쪽에 웅크리고 앉아 있었지요.

날이 저물자 허기는 더욱 심해지고 몸은 꽁꽁 얼어붙어 금방 죽을 것만 같았습니다. 그때 문득 어떤 사람이 장화를 들고 길을 걸어오면서 혼자 중얼거리는 소리가 들렸습니다. 저는 인간이 되어 처음으로 언젠가는 죽어야 할 인간의 얼굴을 보았습니다. 그 얼굴을 쳐다보기가 두려워 저는 고개를 돌려 버렸습니다. 그런데 가만히 들어 보니 그 사나이는 어떻게 이 추운 겨울을 날 것인가, 어떻게 처자식을 먹여 살릴 것인가를 걱정하고 있었습니다. 그래서 저는 생각했습니다. '나는 지금 추위와 굶주림으로 죽어 가고 있다. 마침 저기 사람이 오고 있지만, 그는 자기 아내의 모피 외투를 마련할 일이며 식구들을 먹여 살릴 일 때문에 걱정이 태산 같으니 나를 도와주긴 틀렸다.'

그 사람은 저를 보더니 이마를 찡그리며 아까보다 더욱 무서운 얼굴이 되어 그대로 지나가 버렸습니다. 실낱 같은 한 줄기 희망마저 사라져 버린 것이었습니다. 그런데 갑자기 사나이가 되돌아오는 발소리가 들렸습니다. 그의 얼굴을 본 순간 저는 조금 전에 지나간 사람이 아니구나, 하고 생각했을 정도였습니다. 아까는 그 얼굴에 죽음의 기운이 서려 있었는데, 다시 돌아왔을 때 보니 만면에 생기가 돌고 하나님의 그림자가 그 속에 얼비쳐 있었거든요.

사나이는 제게로 다가오더니 자기가 입고 있던 옷을 벗어서 입혀주고 저를 자기 집으로 데리고 갔습니다. 집에 당도하자 한 여인이 뛰어나와 잔소리를 늘어놓기 시작했습니다. 그 여인은 사나이보다 훨씬 더 무서운 얼굴을 하고 있었습니다. 그녀의 입에서 뿜어져 나오는 죽음의 독기 때문에 저는 숨을 쉴 수도 없었습니다. 여인은 저를 밖으로 내몰려고 했습니다. 만약 그대로 저를 내쫓았다면 여인은 그 자리에서 죽고 말았을 것입니다. 저는 그 사실을 알고 있었습니다.

그때 여인의 남편이 문득 하나님을 상기시켰습니다. 그러자 갑자기 여인의 기세가 누그러지면서 태도가 부드러워졌습니다. 여인은 제게 저녁밥을 권했습니다. 그러면서 저를 쳐다보는 여인의 얼굴에서 죽음의 그림자는 이미 흔적조차 사라지고 없었습니다. 여인의 얼굴에는 생기가 넘쳤습니다. 저는 거기서 하나님의 모습을 보았습니다.

그 순간 저는 하나님의 말씀을 떠올렸습니다. 하나님은 제게 말씀하셨었지요. '인간의 내부에 무엇이 있는지 알게 될 것이다.' 저는 인간의 내부에 있는 것이 사랑임을 깨달았습니다. 하나님께서 내게 약속하시는 일을 이렇게 보여주시는구나 생각하니 저는 더할 수 없이 기뻤습니다. 그래서 싱긋 웃었던 것입니다. 그렇지만 전부를 알게 된 것은 아니었습니다. 인간에게 허락되지 않은 것은 무엇인가, 그리고 사람은 무엇으로 사는가에 대한 해답을 저는 아직 구하지 못하고 있었습니다.

그날부터 두 분과 함께 지내기 시작해서 일 년이란 세월이 흘렀습니다. 어느 날 한 사나이가 찾아와서 일 년을 신어도 망가지거나 찢어지지 않을 장화를 주문했습니다. 그 사나이를 쳐다보는 순간 저는 그의 등 뒤에 제 동료인 죽음의 천사가 서 있는 걸 알아보았습니다. 저말고는 아무도 보지 못했지만 저는 그 천사를 알고 있었습니다. 그리고 사나이의 영혼이 해가 지기 전에 그의 몸을 떠나게 되리라는 사실도 알고 있었죠. 저는 생각했습니다.

'이 사나이는 일 년을 신어도 망가지지 않을 신발을 원하지만 자신이 오늘 중으로 죽을 거라는 사실은 모르는구나.'

저는 '인간에게 허락되지 않은 것은 무엇인가?'라는 하나님의 두 번째 말씀을 생각해냈습니다. 인간의 내부에 무엇이 있는지는 이미 알고 있었습니다. 그리고 이번에는 인간에게 허락되지 않은 것이 무엇인지를 깨달은 것입니다. 그것은 바로 자기에게 진정 필요한 것이 무엇인가를 아는 지혜였습니다. 옛 동료였던 천사를 만난 일도 기뻤지만, 무엇보다도 두 번째 말씀의 뜻을 깨닫게 된 것이 기뻐서 저는 다시 싱긋 웃었던 것입니다.

하지만 아직도 전부를 깨닫지는 못했습니다. 사람은 무엇으로 사는가를 저는 아직 알지 못하고 있었습니다. 그래서 저는 계속 이 댁에 머무르면서 하나님께서 마지막 말씀의 뜻을 깨닫게 해주시기를 기다리고 있었던 것입니다.

마침내 육 년째 되는 오늘, 한 부인이 쌍둥이 여자 아이를 데리고 가게를 찾아왔습니다. 그 아이들을 보았을 때, 저는 태어나자마자 어머니를 잃어버린 그 아이들이 무사히 잘 자라고 있다는 걸 알게 되었습니다. 저는 생각했습니다.

'아이들을 위해 그 어머니가 눈물을 흘리며 살려달라고 애원했을 때, 나는 그 여인의 말대로 아이들은 부모 없이 살아갈 수 없다고 생각했었다. 그러나 아이들과 아무 상관도 없는 여인이 그 애들을 맡아 잘 키우고 있지 않은가.'

그 부인이 남의 아이들로 인해 감격의 눈물을 흘리는 모습에서 저는 살아 계신 하나님을 발견했습니다. 또한 사람은 무엇으로 사는가에 대한 해답도 깨달았지요. 하나님께서 마지막 깨달음을 주심으로써 마침내 저를 용서해 주신 것을 알고 너무 기쁜 나머지 세 번째로 웃었던 것입니다."

이윽고 천사의 모습이 드러났는데, 전신이 눈부신 빛으로 에워싸여 똑바로 쳐다볼 수 없을 정도였다. 천사가 커다란 목소리로 말하기 시작했다. 스스로 말을 하는 것이 아니라 마치 하늘에서 소리가 울려오는 것 같았다.

"나는 이와 같은 일을 깨달았다. 모든 인간은 스스로를 걱정하는 마음으로써가 아니라, 사랑으로써 살아가는 것이다. 어머니에게는 자신의 아이들이 살아가는 데 무엇이 필요한지를 아는 힘이 주어지지 않았다. 부자 또한 자기에게 무엇이 필요한지 알지 못했다. 어떤 인간에게도 자기에게 필요한 것이 살아서 신을 장화인지, 죽은 뒤에 신을 슬리퍼인지 아는 것이 허락되지 않았다.

내가 인간이었을 때 무사히 살아갈 수 있었던 것은 나 자신이 내 일을 여러 가지로 걱정하고 염려했기 때문이 아니라 지나가던 행인과 그 아내에게 사랑이 있어 나를 가엾게 여기고 사랑해 주었기 때문이다. 두 고아들이 잘 자라온 것도 많은 사람들이 걱정하고 염려해준 덕분이 아니라 한 여인에게 사랑의 마음이 있어 그들을 불쌍하게 생각하고 사랑해 주었기 때문이다. 모든 인간이 살아가고 있는 것은 각자 자신의 일을 염려하기 때문이 아니라 그들 가운데 사랑이 있기 때문이다. 나는 일찍이 하나님께서 인간에게 생명을 주시고 그들이 잘 살아가기를 바라고 계시다는 것을 알았지만, 이제 다시 한 가지를 깨달았다. 이는 곧 하나님께서 인간들이 뿔뿔이 흩어져 사는 것을 원치 않으신다는 것이다. 바로 그렇기 때문에 하나님께서는 인간 각자에게 무엇이 필요한가를 보여주지 않으시는 것이다. 그분은 인간들이 하나가 되어 살아가기를 원하시며, 그래서 자신과 모든 인간을 위해 진정으로 필요한 것이 무엇인지를 계시하신 것이다.

이제야말로 나는 깨달았다. 각자 자신을 걱정함으로써 살아갈 수 있다고 생각하는 것은 인간들의 착각일 뿐, 진실로 인간은 오직 사랑에 의해 살아가는 것이다. 마음에 사랑이 가득한 자는 하나님의 나라에 살고 있는 것이며, 하나님은 그 사람 안에 계신다. 왜냐하면 하나님은 사랑이시기 때문에."

말을 마치자 천사는 하나님을 찬양하는 노래를 부르기 시작했다. 웅장한 목소리가 울려 퍼져 온 집안이 울리는 듯했다. 그때 천장이 갈라지고 땅에서 하늘까지 불기둥이 치솟았다. 세미온과 그의 아내와 아이들은 저도 모르게 땅바닥에 엎드렸다. 미하일의 등에 날개가 돋아나 활짝 펼쳐졌다. 천사는 하늘로 날아 올라갔다. 이윽고 세미온이 정신을 차렸을 때는 집은 옛날 모습 그대로였고, 방 안에는 그의 가족 외에는 아무도 없었다.

서로 사랑하자

사도 요한은 우리가 잘 알고 있듯이 다른 제자들에 비해서 아주 오래 살았다. 나이가 많아지자 눈도 어두워지고 기력도 전과 같지 못했다. 그래서 강단에 올라 설 때에 늘 그의 제자들이 부축을 해 주어야만 되었다.

그렇게 해서 간신히 강단에 올라서면, 요한은 언제나 똑같은 가르침을 되풀이하고는 했다.

"사랑하는 자들아! 우리가 서로 사랑하자."

그러자 하루는 그의 제자 가운데 한 사람이 조용히 사도 요한을 찾아가서 정중하게 여쭈었다.

"스승님! 오늘은 뭐 좀 새로운 가르침을 주실 수 없으시겠습니까?"

그는 스승 요한이 계속해서 '서로 사랑하라'는 말씀만 반복하니까, 무엇인가 좀 색다른 가르침을 받고 싶었던 것이다.

그때 사도 요한은 조용한 가운데 이렇게 답변했다.

"그래? 새로운 가르침을 원한다고 그랬지! 그럼 네가 원하는 그 새로운 가르침을 너에게 주노니 잘 듣도록 해라. '내 아들아! 서로 사랑해라!' 이것이 내가 오늘 너에게 주는 새로운 가르침이니라."

서로 사랑하는 것! 이것은 매일매일 새롭게 받아들여져야 할 계명이라는 뜻으로 그렇게 말한 줄 안다. 요한은 계속해서 말을 이었다.

"서로 사랑하라는 것은 우리 주께서 마지막으로 우리에게 간곡히 부탁하시면서 주신 계명이니라. 그리고 우리가 서로 사랑하기만 하면 그 어떠한 문제라도 자연스럽게 다 해결될 수가 있느니라."

사랑이 있는 곳에는 그 어떠한 문제라도 풀리지 않는 것이 없다. 하나님의 사랑이 있기에 하나님과 우리 사이에 놓여 있는 그 높은 죄의 장벽이 다 무너져 내릴 수가 있었던 것이다. 우리에게도 가장 필요한 것은 사랑이니라.

■다시 읽는 하나님 말씀

그런즉 믿음, 소망, 사랑 이 세 가지는 항상 있을 것인데 그 중에 제일은 사랑이라.

(골린도 전서 13장 13절)

그의 계명은 이것이니 곧 그 아들 예수 그리스도의 이름을 믿고 그가 우리에게 주신 계명대로 서로 사랑할 것이니라. (요한1서 3장 11절)

우리가 서로 사랑할지니 이는 너희가 처음부터 들은 소식이라. (요한1서 3장 11절)

피차 사랑의 빚 이외는 아무에게든지 아무 빚도 지지 말라. 남을 사랑하는 자는 율법을 다 이루었느니라. (로마서 13장 8절)

너희 모든 일을 사랑으로 행하라. (고린도전서 16장 14절)

사람에겐 얼마만큼의 땅이 필요한가

끝없이 필요한 땅, 그러나 끝에는 필요 없는 땅

사람에게 얼마만큼의 땅이 필요한가

하루는 읍내 상인에게 시집 간 언니가 시골 살림을 하는 동생의 집을 찾아왔다. 오래간만에 만난 언니와 동생은 차를 마시면서 그동안 지내온 얘기를 나누게 되었다.

이런저런 세상 살아가는 이야기를 주고받다가, 언니가 자기 살림 자랑을 하기 시작했다.

읍내에서는 자유분방하게 살 수 있고 옷도 잘 차려 입고 돌아다닐 수 있을 뿐만 아니라, 아이들에게도 고운 옷을 입힐 수가 있다고 했다. 그리고 음식과 음료도 맛있는 것을 골라 먹을 수 있고 마차를 타고 산책을 하며 극장 구경도 할 수도 있다고 자랑을 늘어놓았다.

"그러니 아무래도 시골구석보다는 읍내가 훨씬 살기가 좋을 거야."

자랑만 늘어놓는 언니가 얄미워진 동생은 이렇게 말했다.

"난 그래도 언니가 부럽지 않아요. 그야 우리 시골 살림이란 게 읍내보다는 나을 게 없겠지요. 하지만 우리는 걱정이 없어서 좋아요. 읍내 사람들은 산뜻하기는 해요. 그리고 돈을 많이 벌 수는 있지만 어쩌다가 잘못하면 그냥 망할 수도 있지요. 큰 부자로 사는 사람이 하루 아침에 망해 남의 집 처마 옆에 서서 벌벌 떠는 일도 있지 않아요? 그런 데에 비하면 우리 농사꾼들의 생활은 별다른 걱정이 없지요. 큰돈은 없어도 배가 고파 죽을 일은 절대로 없으니까요."

그런 말을 하자, 언니가 또 말을 했다.

"배고픈 일이야 없다지만 그게 뭐냐. 밤낮 돼지나 송아지를 상대로 하고 있으니…… 좋은 옷을 한 가지라도 입을 수가 있니, 이웃 사람들하고 재미있게 놀 수가 있니. 네 남편이 아무리 뼈빠지게 일을 한다지만 썩은 퇴비 냄새 속에나 파묻혀서 살다가 가겠지. 그리고 아이들도 마찬가지지. 언제 신통한 일 한번 있겠니?"

언니는 동생을 비웃듯이 말했다. 그러자 동생은 조용하게 대답했다.

"그게 어떻다는 거예요. 우리 살림이 원래 그런걸. 그 대신 살아가는 데 위태로운 일도 없고 남에게 허리를 굽신거리는 일도 없고 누구를 무서워할 일도 없죠. 언니네 읍내 사람들은 언제나 하고 싶은 게 많지 않아요? 형부도 마찬가지지요. 오늘은 무사하지만 내일이라도 악마의 꾐에 빠져 어느새 노름을 한다던가, 술을 마시고 정신나간 짓을 한다던가, 예쁜 여자에게 홀려서 무슨 짓을 할지 알아요? 만일 그런 일이 있다면 모든 것이 도로아미타불이지요. 절대로 그런 일은 없다고 말할 수 있겠어요?"

그때, 이 집 주인인 파폼은 벽난로 옆에서 여자들이 하는 말을 가만히 듣고만 있었다. 그리고 어지간히 얘기가 끝나갈 무렵 이렇게 말했다.

"정말 그래. 우린 밤낮 땅만 갈고 사는 것이 옛날부터 해 온 일이니까 쓸데없는 생각은 머리에 떠오르지 않지. 단 한 가지 어려운 문제는 땅이 모자란다는 것뿐이야. 땅만 더 많이 있으면 겁날 게 없지. 악마가 나타난다 해도 말이야!"

여자들은 차와 과자를 먹은 다음에도 옷가지에 대해 한참 떠들어대다가 이윽고 그릇들을 치우고 잠자리에 들었다.

이때, 악마 한 놈이 벽난로 뒤에 앉아서 이 사람들의 얘기를 다 듣고 있었다. 그리고 얘기 끝에 이 집 주인인 농사꾼이 여자들 얘기에 끼여들어 땅만 있으면 악마도 무섭지 않다고 큰소리치던 말을 듣고, 혼자말로 중얼거렸다.

"옳지, 그럼 어디 너하고 한번 시합을 해보자. 땅이라면 내가 얼마든지 얻어 줄 수 있지. 그 땅으로 너를 한번 혼내 줄 자신이 있어."

시골에 사는 사람은 가난하지만 읍내에 사는 사람에 비해 훨씬 순박하기 때문에 땅만 있다면 악마의 유혹에도 이길 수 있다고 장담한 파폼은 결국 악마와 힘을 겨루게 되었다.

파폼네 집 가까이 어떤 부유한 지주가 살고 있었다. 이 지주는 여자였다. 이 여자 지주는 120데샤티나(1데샤티나는 1헥타르보다 조금 넓음) 정도의 땅을 가지고 있었다.

지주는 이웃이나 소작인들에게 비교적 다정하게 대하는 편이었다. 그런데 이 집에 군인 출신의 관리인이 들어온 이후부터 농사꾼들은 이 사나이 때문에 괴로움을 겪기 시작했다.

파폼도 늘 조심을 하고 있었지만, 그래도 사소한 일들이 일어나곤 했다. 어쩌다 말이 주인네 호밀밭으로 들어가거나, 소가 뜰 안에 들어가거나, 송아지가 이 지주네 풀밭에 뛰어들어 풀을 뜯어먹다가 걸려서 벌금을 물어야 하는 일이 종종 일어났다.

벌금을 물 때마다, 파폼은 집안 사람들에게 단단히 주의를 주기도 했다. 하지만 그런 일은 계속되었고 관리인은 차츰 더 심하게 굴었다. 이번 여름만 해도 파폼은 지독한 관리인 때문에 몇 번이나 벌금을 물었는지 알 수가 없는 노릇이었다.

여름이 지나고 소와 말을 외양간에 들이게 되자, 오히려 다행이란 생각이 들었다. 소꼴은 많이 들었지만 벌금 때문에 벌어지는 시비는 아주 질색이었기 때문이다.

"에이, 시원하다. 이놈의 소나 말이 들에 나가 있는 동안은 정신이 없단 말이야."

파폼은 한시름 놓은 듯이 외양간을 쳐다보고 말했다.

그런데 그해 겨울, 지주가 난데없이 자신의 땅을 모두 큰길 건너에 있는 여관집 주인에게 팔 것이라는 소문이 파다하게 돌았다.

이 소문을 듣고서 이웃 농사꾼들은 깜짝 놀랐다.

'큰일났구나. 만일 땅이 여관집 주인에게 넘어가게 되면 저 부인의 땅을 부쳐먹을 때 이상으로 우리 살림은 괴로울 거야. 우리한테는 지금 이 땅이 꼭 필요한데……. 이를 어쩌면 좋을까? 모두들 이 땅에서 오래 살았으니 어디 다른 곳으로 갈 수도 없고……'

모두 이런 생각이 들어 의논 끝에 여자 지주를 찾아가서 사정을 했다. 제발 그 땅을 여관집 주인에게 팔지 말고 자기들에게 나누어 팔아 달라고 부탁한 것이다. 그 대신 돈은 더 내기로 했다. 여자 지주는 그 말을 들어주었다.

농사꾼들은 조합을 만들어 그 땅을 모두 사들여 자기네 것으로 만들려고 몇 번이나 회의를 열었지만 그때마다 의논은 번번이 실패했다. 악마가 끼여들어서 자꾸만 시비를 붙였기 때문이었다.

그래서 몇 번이나 가졌던 회의도 실패로 돌아가자, 농사꾼들은 저마다 따로따로 자기 능력껏 땅을 사들이기로 했다. 여자 지주는 그 청도 들어주었다.

어느 날 파폼은 이웃집 농사꾼이 여자 지주의 땅을 20데샤티나 샀는데, 그 땅값의 반을 몇 년 동안 나누어 내기로 했다는 말을 들었다. 파폼은 부러운 생각과 함께 자기도 서둘러야겠다고 마음먹었다.

'다른 사람들이 다 사 버리면 내 몫이 없어지겠구나.'

이렇게 생각한 파폼은 아내와 의논을 했다.

"모두들 땅을 사고 있는데 우리도 사야겠어. 적어도 10데샤티나는 사야 해. 그렇지 않으면 살아갈 수가 없어. 밤낮 지주네 관리인에게 벌금만 물다가 볼일 다 보지."

두 사람은 땅을 사기 위해서 여러 가지 궁리를 했다. 그들의 수중에는 돈 100루블이 있었다. 그리고 그들은 망아지와 꿀벌통의 반을 팔고, 아들을 머슴으로 내보내고, 또 친척에게서 돈을 빌려 땅값의 절반을 마련했다.

파폼은 돈이 준비되자 조그마한 숲이 있는 15데샤티나의 땅을 마음에 정하고, 지주에게 가서 이야기를 해보았다. 의논은 성공했다. 15데샤티나의 땅값을 정하고 계약금을 치렀다. 그리고 읍내에 가서 땅의 등기를 마치고 대금의 반을 지불했다. 그리고 나머지 돈은 2년 동안 나누어 지불하기로 했다.

이렇게 해서 파폼은 땅을 가지게 되었다. 파폼은 씨앗을 얻어 자신이 사들인 땅에 씨를 뿌렸다. 그리고 부지런히 가꾸었다.

가을에 추수를 해보니 아주 잘된 농사였다. 그는 일 년 만에 지주에게 땅값을 다 내놓을 수 있게 되었다.

이젠 파폼도 지주가 된 것이다. 자기 땅에 쟁기를 넣어 갈아엎고 씨앗을 뿌리고, 자기 땅에서 풀을 베고, 나무를 하고, 자기 땅에서 소나 말을 먹일 수 있게 되었다. 파폼은 땅을 일굴 때나 또 자기 땅에 피어 있는 꽃이나 풀을 볼 때마다, 언제나 마음이 흐뭇하고 기뻤다. 자기 밭의 이랑 사이에 돋아나는 풀조차도 다른 풀과는 달리 보였다. 전에는 그냥 아무렇지도 않게 지나쳤던 땅이 지금은 전혀 다른 땅처럼 느껴졌다.

파폼의 하루하루는 정말 즐겁기만 했다. 그런데 자기 땅을 가지고 보니 성가신 일이 생기기 시작했다. 여태껏 잘 지내던 이웃과 시비가 벌어지는 것이었다.

그 이유는 간단했다. 이웃집 사람들이 파폼을 얕보고 그의 밭과 풀밭을 어지럽히는 것이었다. 소가 들어가고 말도 들어갔다.

"여보세요, 신경 좀 써주세요. 당신네 소가 또 들어왔잖아요."

이렇게 부탁을 해도 소용이 없었다. 오히려 악담을 했다.

"아, 나더러 어떻게 하라는 거요? 어쩌다가 소가 들어간 걸 가지고 그렇게 시비를 하면 싸움이라도 하잔 말이오?"

그렇게 소먹이는 사람도 괴롭혔고 말들이 파폼네 밭을 자꾸만 드나들었다. 그러나 처음에는 그냥 내몰기만 했다.

그래도 버릇이 고쳐지지 않자, 견디다 못한 파폼은 관청에 고발을 했다.

물론 파폼도 이웃 사람들이 악의를 가지고 그런 것이라고는 생각하지 않았지만 그렇다고 그냥 내버려 둘 수도 없었다.

"안 되겠어. 본때를 보여줘야지. 경우가 없어도 유분수지……."

이렇게 해서 파폼은 한두 번 이웃집 사람을 재판에 걸어 차례차례 벌금을 물게 했다. 그러자 이웃 사람들은 어쩔 수 없이 벌금을 내긴 했어도 파폼을 원망해서 일부러 그의 밭을 어지럽혀 놓기도 했다.

어느 날 밤, 누군가 그의 숲 속에 들어와서 보리수나무의 껍질을 벗겨내고 나무를 찍어 넘겼다. 마침 숲 오솔길을 지나던 파폼이 들여다보니 숲 속에 이상하게 흰 것이 보였다. 가서 확인해 보니 방금 베어낸 그루터기가 확실했다. 그 주위엔 벗겨낸 나무 껍질들이 어지럽게 흐트러져 있었다.

염치없이 나무를 베어 간 사람을 생각하니 파홈은 화가 머리끝까지 치솟아 올랐다.

"어디 두고 보자. 누가 한 짓인지 내가 분명히 밝혀 복수를 하고 말 테니까……."

그는 혼자말로 중얼거리며 누가 했을까 하고 골똘히 생각했다.

그는 곧 쇼오므카를 생각했다. 그리고 곧장 발길을 돌려 쇼오므카의 집으로 갔다. 그러나 결국 싸움만 붙었다. 쇼오므카는 성질을 부렸다.

"뭐, 내가 나무를 벴다구? 네가 봤단 말이냐?"

그러나 파홈은 쇼오므카의 짓이 틀림없다고 생각했다. 그래서 고소장을 냈다.

두 사람은 재판소에서 여러 가지 조사를 받았다. 그러나 결국 증거가 없어서 쇼오므카는 무죄로 풀려났다. 화가 난 파홈은 마을 어른들과 재판관하고도 싸움을 벌였다.

"당신네들은 도둑놈을 편들고 있소. 당신들이 올바른 사람들이라면 도둑을 무죄로 풀어 줄 까닭이 없잖소?"

이제 파홈은 마을에서 상대가 누구든지 간에 늘 싸우는 사람이 되고 말았다. 심술 사나와진 파홈에게, 집에 불을 지르겠다고 위협하는 사람도 있었다. 파홈은 땅은 생겼으나 하루도 편한 날이 없었다.

파홈은 괴로웠다.

그렇게 괴로운 일들만 자꾸 생기던 어느 날, 새로운 땅을 찾아서 사람들이 많이 이주해 간다는 소문이 들려 왔다.

파홈은 생각했다.

'나는 내 땅을 버리고 떠날 수는 없지만, 마을에서 사람들이 빠져나간다면 조금은 편해지겠지. 어디 이놈들의 땅을 내 땅으로 만들어

조금만 더 여유 있게 살았으면 좋겠구나. 이 정도의 땅을 가지고는 '좁아서 못 살겠어.'

이런 생각을 한 파폼은 어느 날 집 앞을 지나가는 농사꾼 한 사람을 집에 불러들여 음식을 대접하게 되었다.

그 농사꾼은 저 아래쪽 볼가 강 건너에서 왔다고 말했다. 그곳에는 여러 곳에서 사람들이 이주를 해와 땅을 갈기 시작한다는 얘기였다. 다른 곳에서 옮겨 온 농사꾼은 조합에 들게 되고 한 가구에 10데샤티나의 땅을 그냥 무상으로 준다는 것이었다. 농사꾼은 설명했다.

"그리고 그곳은 아주 기름진 땅입니다. 호밀을 심으면 키가 너무 자라 말 등도 보이지 않을 정도입니다. 그러니 농사 짓기에는 좋지요. 어떤 가난뱅이 농사꾼은 빈털터리로 와서 지금은 말이 여섯 마리에다 암소를 두 마리나 먹이고 있어요."

이 말을 듣자 파폼은 골똘히 생각했다.

'그럼 거기로 가서 큰 농사를 지을 수 있다면 이렇게 답답하고 좁은 땅에서 아둥바둥 살 필요가 없겠구나. 싸울 필요도 없고……. 아예 여기 있는 땅을 팔아 치우고 그 돈으로 거기 가서 집을 짓고 땅을 사서 농사를 짓는 게 훨씬 낫겠다. 그나저나 내 눈으로 한번 확인해 봐야지.'

파폼은 여름이 오기 전에 준비를 하고 여행을 떠났다. 사마라까지 볼가 강의 기선을 타고 내려갔다. 그리고 400베르스따 남짓 걸어가서 말로만 듣던 땅에 이르렀다. 여기저기 살펴본 결과 그 농부의 말이 사실이라는 것을 알았다.

농사꾼들은 아무것도 없이 이곳으로 와서 한 사람에 10데샤티나의 땅을 얻어 편히 살고 있었다.

그리고 마을 조합도 인심이 좋아서 무척 친절했다. 돈을 가지고 가는 사람은 무상으로 할당받는 땅 외에도 제일 좋은 땅을 3루블로 얼마든지 사들일 수 있었고 언제까지나 자신이 소유할 수가 있었다.

파폼은 가을까지 여러 가지 조사를 끝내고 집으로 돌아와 모든 재산을 남김없이 팔아서 돈을 마련한 다음, 다음 해 봄이 되자 식구들을 데리고 새로운 땅을 향해 길을 떠났다.

파폼은 긴 여행 끝에 새로운 땅에 이르렀다. 파폼은 큰 마을의 조합에 들었다. 남들처럼 빈털터리로 가지 않았기 때문에 파폼은 여유가 있었다. 그래서 오자마자 마을 어른들께 술을 대접하고 인심을 얻었다. 그래서 파폼은 그 마을에 살 수 있는 자격을 얻게 되어 한꺼번에 다섯 사람 몫의 땅을 가지게 되었다. 그러니까 50데샤티나를 얻은 것이다.

파폼은 이렇게 해서 자리를 잡은 후, 큰 목장을 샀다. 그리고 집도 짓고 소와 말을 사들였다. 그전에 살고 있던 땅에 비해 몇 배나 늘어난 데다가, 그냥 얻은 땅만 해도 3배나 되었다. 그런 데다 이곳에 있는 땅은 아주 기름진 옥토였다. 그리고 풀밭도 넓어 이웃 사람하고 사소한 일로 시비를 하거나 재판 같은 것을 할 필요도 없었다. 그러니까 얼마든지 갖고 싶은 만큼의 가축을 기를 수가 있었다.

처음 한동안 집을 다 지을 때까지는 파폼도 아주 만족스러운 기분이었다. 그러나 막상 집이 다 들어서고 농사를 지어 보니, 어쩐지 땅이 좁다는 생각이 들었다.

제일 첫해, 파폼은 그냥 얻은 땅에 밀을 심었다. 거두어 보니 아주 흐뭇할 만큼 많이 거두어졌다. 그래서 그는 줄곧 밀농사만 하기로 했으나 그냥 얻은 50데샤티나만 가지고는 모자랄 것 같았다. 더러 노는 땅도 있었지만 그런 땅에는 밀농사가 잘 되지 않았다. 그래서 그는 하야가네 스텝이라고 불리는 언덕이나 아니면 남이 놀리고 있는 땅에 밀을 갈았다.

일이 년 동안 밀농사를 한 다음, 하야가네가 마음대로 자라도록 내버려 두었다. 그러나 그렇게 빈 땅이나 노는 땅도 차츰 구하는 사람이 늘어나게 되었다. 그러자 서로 자기 손에 넣으려고 다투는 일까지 생기게 되었다.

돈이 있는 사람들은 앞을 다투어 자기가 차지하려 했고 가난한 사람들은 벌써 빚 때문에 상인에게 자기 땅을 넘기는 일도 생기곤 했다.

파폼은 여전히 더 많은 땅을 갖고 싶어했다. 그래서 다음 해에는 어떤 상인에게서 일 년 동안 땅을 빌리기도 했다. 그랬더니, 그 농사도 썩 잘되어 수확이 많이 올랐다. 그러나 그 땅은 15베르스따나 멀리 떨어져 있었기 때문에 밀을 싣고 다녀야 하는 번거로움이 있었다.

이렇게 먼 거리에서 짐을 실어 나르는 동안 파폼은 또 한 가지 새로운 사실을 알게 되었다. 장사를 겸한 농사꾼들이 더 많은 돈을 벌고 있다는 사실이었다. 그리고 그들은 모두 자기 소유의 땅에서 농사를 짓고 있었기 때문에 그 자리에서 거두어 그 자리에서 장사를 했다. 그렇게 되다 보니 수입은 상당히 많았다. 고스란히 이익을 보게 되는 셈이었다.

이러한 사실을 알게 된 파폼은 생각했다.

'음, 그러니까 완전히 자기 소유의 땅을 사들여 큰 농장을 만들면 좋겠구나……. 그러면 가까운 곳에서 농사를 전부 다 지을 수 있지.'

파폼은 어떻게 해서든지 그런 땅을 손에 넣고 싶었다.

그럭저럭 삼 년이 흘러갔다.

파폼은 아직도 남의 땅을 빌어서 밀밭을 갈고 있었다. 그러나 해마다 풍년이 들어 밀농사가 잘되었다. 그것으로 파폼은 얼마간 돈을 장만했다. 이제는 남의 땅을 뛰어다니며 밀농사를 짓는 것이 싫어졌다.

그래서 어디서 조금이라도 좋은 땅이 팔린다는 소문만 나면 달려가 보았다. 그러나 늘 돈 있는 사람들이 서로 앞을 다투어 비싼 값으로 사 버렸기 때문에 파폼은 살 기회가 없었다. 잘못하다가는 우물쭈물 하고 있는 사이에 자기가 짓고 있는 땅마저 빼앗길 것 같았다.

그로부터 삼 년째 되던 해, 파폼은 궁리 끝에 어떤 상인 한 사람과 함께 농사꾼들에게 목장을 빌려 달라고 하여 거기에 또 밀을 심었다. 그러나 그것은 실패로 돌아가고 말았다. 밀을 심기 위해 목장을 갈아엎는 도중에, 느닷없이 목장 주인이란 사람이 나타나 남의 땅을 함부로 갈아엎는다고 소동을 일으키며 재판소에 고소를 하는 바람에 혼쭐만 나고, 일은 일대로 망쳐버렸던 것이었다. 파폼은 이 일이 실패로 돌아가자 속이 상했다.

'내 땅이 더 많이 있다면 남들에게 고개를 숙일 필요도 없고, 또 이런 창피도 당하지 않을 텐데…….'

파폼은 날이 갈수록 이런 생각으로 괴로워했다.

그러던 어느 날, 그날도 혹시 무슨 좋은 땅이라도 없을까 하고 돌아다니다가 한 농사꾼을 만났다.

그 농사꾼은 얼마 전에 땅 500데샤티나를 샀지만 어쩌다가 파산을 해서 그 땅을 팔아 치우려 한다는 것이었다. 파폼은 그 사람과 담판을 했다. 몇 차례나 만나 의논한 결과 1,500루블로 값이 정해져서 우선 땅값의 반을 물고 나머지 반은 나중에 지불하기로 했다.

마침 이 땅을 사고 파는 논의가 끝나갈 무렵, 여행을 하던 어떤 상인이 길을 가다가 말먹이를 먹이려고 파폼의 집에 들르게 되었다.

파폼은 그를 잘 대접했다. 그래서 이런저런 이야기를 나누게 되었다.

상인은 차를 마시면서 먼 바시칼 지방에서 왔다는 이야기를 꺼내며 거기서 바시칼 사람에게 5,000데샤티나 정도의 땅을 샀으나 그나

마도 얼마나 싸게 샀는지 1,000루블밖에 주지 않았다는 이야기를 해 주었다.

파폼은 귀가 솔깃했다. 그래서 여러 가지 바시칼 지방에 대해서 물어본 다음, 그곳 땅에 대해서 좀더 자세히 캐물었다.

“어떻게 그런 좋은 땅을 그렇게 헐값에 사실 수가 있었소?”

“뭘요, 나이 먹은 어른들 마음에 들도록 대접했죠. 옷가지니 방석 따위를 한 100루블어치 사주고 차를 한 상자 사서 나누어 주었거든요. 그리고 술을 마실 줄 아는 사람들에게는 술대접도 하고요. 그런 다음에 1데샤티나의 땅을 20카페이카로 사들였던 겁니다.”

그런 다음 상인은 자기 말이 거짓이 아니라면서 그 땅의 등기 서류까지 보여주었다.

“강변 가까이 있는 땅인데 모두 하야가네 스텝입니다.”

파폼은 점점 더 호기심이 생겨 군침을 삼키며 상인에게 여러 가지를 자꾸 캐물었다.

그러자 상인은 신이 나는 듯 계속 말을 이었다.

“그 땅을 일 년 동안 걸어다녀도 다 돌 수가 없을 겁니다. 어디를 가나 바시칼 사람들의 땅이고, 또 그들은 양처럼 온순하고 좀 모자라는 데가 있는 사람들이기 때문에 땅을 얻는 것은 거의 공짜나 다름없죠.”

이 말을 듣고 파폼은 생각했다.

‘어떻게 할까? 500데샤티나밖에 안 되는 좁은 땅에 1,000루블이나 걸고 그 위에 빚까지 짊어질 필요는 없지. 같은 1,000루블이라도 바시칼로 가면 엄청난 땅을 가질 수 있을 텐데…….’

그래서 단단히 결심을 한 파폼은 바시칼 땅을 택하기로 하고 바시칼로 가는 길을 자세히 물었다. 그리고 그 소식을 알려준 상인에게는 융숭한 대접을 하여 보냈다.

파폼은 곧 여행 준비를 했다. 집안일은 아내에게 맡기고 자기는 하인 하나를 데리고 먼길을 떠났다.

가는 도중에 어떤 도시에서 차 한 상자와 여러 가지 선물과 술을 샀다. 그것은 상인에게서 들은 말이 있었기 때문이었다.

여행길은 굉장히 멀었다. 가도가도 끝이 없는 것 같았다. 그러나 칠 일째 되던 날, 드디어 바시칼 사람들의 유목지역에 도착하게 되었다. 과연 그곳에 도착하고 보니, 상인이 말한 그대로였다. 그들은 강변에 펼쳐진 높다란 벌판에 뚝베 천막을 치고 살았다.

그들은 밭도 갈지 않고 빵도 먹지 않았다.

스텝이라고 불리는 초원에는 놓아기르는 양들이 돌아다녔고 또 말들도 자유스럽게 풀을 뜯어먹고 있었다. 천막 뒤에는 망아지들이 줄지어 매달려 있고 하루에 두 번씩 어미 말들이 끌려나왔다. 사람들은 암말의 젖을 짜서 마시기도 하고, 쿠미스라는 말젖 술을 담기도 했다.

여자들은 쿠미스를 휘휘 저어서 치즈를 만들었고 또 남자들은 양고기와 쿠미스를 즐기면서 피리를 불며 놀고 있었다.

모두가 한가한 광경들이었다. 사람들은 건강하고 혈색이 좋았고 명랑하게 보였다.

이 지방 사람들은 여름 동안 말이나 양을 몰면서 쫓아다닐 뿐, 아무것도 하지 않고 놀기만 했다. 아주 편안한 생활을 즐기는 사람들이었다.

또 이들은 공부를 하지 않아 글이라고는 전혀 몰랐고 러시아 말도 할 줄 몰랐다. 그러나 모두들 온순하고 착해서 낯선 사람에게도 친절하고 상냥했다.

바시칼 사람들은 손님이 왔다는 말을 듣자 모두들 천막에서 달려나와 파폼을 빙 둘러쌌다.

얼마 후 러시아 말을 할 줄 아는 사람이 나타났다.

파폼은 그 사람에게 땅 때문에 왔다는 말을 했다. 그러자 바시칼 사람들은 매우 기뻐하면서 파폼을 청결한 천막 안으로 안내하여 좋은 융단 위에 앉혔다. 그리고 털이 보들보들한 보료를 옆에 괴어 주면서 편안히 앉힌 다음, 자기들은 그 주위에 빙 둘러앉아서 차와 쿠미스 술을 내놓고 또 양을 잡아서 맛있는 고기를 구워 내왔다.

파폼은 마차 안에서 선물을 꺼내어 바시칼 사람들에게 나누어 주었다. 그리고 그 다음에는 차도 나누어 주었다.

바시칼 사람들은 차를 보자 더욱 좋아했다.

이렇게 얼마 동안 선물 교환을 하고 난 후, 파폼은 천천히 땅에 대에 대한 이야기를 꺼내기 시작했다.

바시칼 사람들은 파폼의 말을 듣고 나서 자기네들끼리 한참 동안 뭐라는지 알아듣기 어려운 말로 이야기를 주고받더니, 통역을 시켜 이런 말을 했다.

"이렇게 하면 어떨까요, 하고 말을 하는군요. 우리들은 관습이 손님이 오면 잘 대접하게 되어 있고, 또 선물을 받으면 꼭 답례를 해야 합니다. 그런데 당신이 우리에게 좋은 선물을 주셨습니다. 그래서 우리는 그 답례를 무엇으로 할까 망설이는 중입니다. 그러니 당신은 우리가 가지고 있는 것 중에서 제일 마음에 드시는 것을 말씀 주셨으면 좋겠습니다."

파폼은 그 말을 듣고 속으로 '옳지! 됐구나' 싶어 기뻐하며 말했다.

"여러분이 갖고 있는 것 중에서 땅이 제일 마음에 들었습니다. 저희들이 사는 곳은 땅이 비좁기도 하고 또 농사를 오래 지었기 때문에 아주 메말라 있는데 이곳에 와서 보니 좋은 땅이 얼마든지 있군요. 나는 이렇게 살기 좋고 농사 짓기 좋은 곳은 본 적이 없습니다."

그러자 통역은 다시 파폼의 말을 전해 주었다.

바시칼 사람들은 잠시 동안 또 의논을 했다.

파폼은 가슴을 조이며 그들의 눈치만 살펴보고 있었다. 말을 알아들을 수는 없었으나 유쾌한 듯이 소리도 지르고 웃기도 하는 것으로 보아 일이 잘되는 것 같았다.

이윽고 이들의 논의가 끝나고 파폼을 쳐다보자 통역이 말했다.

"이렇게 해주셨으면 하는군요. 선물을 주신 답례로 당신이 갖고 싶은 만큼의 땅을 드리겠다고요. 그러니 당신이 어느 땅이라고 알려주기만 하면 그 땅을 당신에게 모두 드리기로 하지요."

파폼이 너무나 어이가 없어 놀라고 있는데, 이들은 또다시 무언가 지껄이기 시작했다.

파폼은 어리둥절한 채 무슨 뜻이냐고 물었다. 그러자 통역이 설명해 주었다.

"땅 문제는 우리 추장에게 의논을 해야 한다고 하는 사람과 하지 않아도 된다는 사람이 있어서 그러는 겁니다."

바시칼 사람들이 서로 의견이 달라 떠들고 있는데 갑자기 여우털 모자를 쓴 사나이가 나타났다. 자리에 있던 사람들은 모두 입을 다물고 일어났다. 파폼이 어리둥절해 하자 통역이 설명해 주었다.

"이분이 우리의 추장님입니다."

그제서야 파폼은 정색을 하고 추장과 인사를 나누었다. 그리고 공손한 태도로, 이렇게 찾아와서 뜻밖에 좋은 대접을 받아 고맙다는 인사도 잊지 않았다. 그리고 곧 제일 좋은 옷 한 벌과 차 5푼트(1푼트는 0.4킬로그램)를 선물로 내놓았다.

추장이 그것을 받고 높은 자리에 앉자, 사람들은 뭐라고 보고를 하기 시작했다. 추장은 가만히 듣고 있더니, 느닷없이 러시아 말로 유창하게 말했다.

"좋습니다. 마음에 드는 땅을 가지십시오. 땅은 얼마든지 있으니까요."

'물론 그렇게 하고 말고. 하지만 어디서부터 어디까지라고 분명히 정해 줘야지. 그렇지 않으면 나중에라도 누가 도로 빼앗아 갈지도 모르는 법이야.'

파폼은 이런 생각을 하면서 추장에게 말했다.

"이렇게 친절하게 대해 주셔서 정말 감사합니다. 사실 여러분은 많은 땅을 가지고 계십니다. 그러나 저는 많은 땅은 원치 않습니다. 다만 어느 지역이 저에게 주실 수 있는 땅인지 그것만 알려 주시면 감사하겠습니다. 그러면 저는 그곳을 측량해 보고 표시를 해놓을까 합니다. 사람이란 원래 하나님의 뜻에 따라 살기도 하고 죽기도 하지만, 이 세상에는 이런저런 변동이 많으니까요. 여러분은 고마운 분들이라 제게 땅을 주시지만 여러분의 자손들이 도로 찾아가면 곤란하지요."

"그거 참 옳은 말씀입니다. 수속을 밟고 표시를 하는 것이 좋겠군요."

추장은 곧 파폼의 말을 알아듣고 고개를 끄덕이며 흔쾌히 받아주었다.

이때를 놓치지 않고 파폼은 상인의 이야기를 꺼냈다.

"저는 어떤 상인이 여기에 왔었다는 이야기를 들었습니다만, 당신들은 그 상인에게도 땅을 나누어 주고 등기 서류를 만들어 주셨다지요? 제게도 그렇게 해주실 수 있으십니까?"

추장은 그 말도 순순히 들어주었다.

"네, 좋습니다. 여기 서기도 있으니까, 함께 읍내에 가셔서 도장을 찍도록 하지요."

"그러면 값은 어떻게 하시렵니까?"

파폼은 마지막 질문을 했다.

"값은 정해져 있습니다. 하룻길에 1,000루블입니다."

파폼은 그 말이 무슨 뜻인지 알 수가 없었다. 그래서 다시 물었다.

"하루라는 것은 어떻게 재는 것인지요? 몇 데샤티나쯤 되나요?"

"우리들은 그런 계산을 하지 않습니다. 우리는 하룻길에 얼마씩 이렇게 팔고 있습니다. 하루 동안 돌아다닌 만큼의 땅이 당신 것이 되는 것입니다. 그래서 하룻길 값을 붙인 것입니다."

파폼은 그 소리를 듣자, 그만 눈이 휘둥그레졌다.

"하루 동안 돌아다니면 꽤 넓은 땅이 되지 않나요?"

그러자 추장은 허허…… 하고 너털웃음을 지었다.

"그렇지요. 모두 당신 땅이 되는 것입니다. 그러나 한 가지 규칙이 있습니다. 만일 그날 아침에 출발한 장소까지 되돌아오지 못하면 당신은 돈을 날리게 되는 것입니다."

"그러면 내가 어디를 돌아다녔는지 어떻게 표시를 합니까?"

파폼은 물었다.

"당신이 걸어가는 곳을 우리들도 함께 갑니다. 우리들이 그곳에 차례차례 서게 되니까, 당신은 자꾸자꾸 걸어서 돌아가기만 하면 됩니다. 그리고 땅 파는 도구를 가져가서 여기다 싶은 곳이 있으면 표시를 해두고 구멍을 파서 풀을 그 구멍에 집어넣어 주세요. 그럼 뒤를 따라 쟁기로 파 나갈 테니까요. 얼마든지 가셔도 좋지만 해가 지기 전까지는 제자리에 돌아오셔야 합니다. 그러면 그때까지 돌고 온 땅은 모두 당신 것이 되는 것입니다."

파폼은 매우 기뻤다. 출발은 다음 날 아침으로 정해졌다. 파폼은 그날 밤 바시칼 사람들과 함께 모두 축제의 기분으로 쿠미스를 마시고 양고기를 뜯으며 즐겁게 보냈다.

밤이 깊어지자 그들은 파폼을 새털이불이 포근히 깔린 집으로 안내하며, 내일 새벽 해가 뜨기 전에 출발점까지 나와 있어야 한다는 말을 남기고 가버렸다.

파폼은 새털이불을 덮고 드러누워 생각했다. 좀처럼 잠이 오지 않았다. 내일 자기가 가질 땅 생각을 하니 저절로 흥분이 되었다.

'아주 넓은 들판을 차지해야지. 하루에 50베르스따는 넉넉히 걸을 수 있겠지. 요즈음은 해도 기니까 더 많이 걸을 수 있을지도 몰라. 가만있자, 50베르스따쯤 돌면 땅이 얼마나 될까? 만일 나쁜 땅을 갖게 되면 팔아 버리던가 다른 농사꾼을 불러들이면 될 것이고…… 될 수 있는 대로 좋은 땅을 골라 쟁기 둘만 쓸 수 있도록 해야지. 아니, 머슴 두 사람은 써야 할 거야. 그리고 50데샤티나쯤은 갈아서 가축을 길러야지.'

밤새 한숨도 안 자고 이렇게 욕심만 부리고 있다가 날이 샐 무렵에야 조금 잠을 잤다. 그리고 잠이 든 순간 꿈을 꾸었다.

파폼의 꿈은 이런 것이었다.

그는 이 천막 안에서 자고 있었다.

돌연 어디에선가 떠들고 웃어대는 소리가 들려 왔다. 그는 누가 저렇게 웃고 있나 하여 나가 보려고 생각했다. 부스스 일어나 눈을 비비고 나가 보니, 바시칼 추장이 혼자 천막 앞에 앉아 배를 잡고 웃고 있었다.

파폼은 가까이 다가가서,

"어째서 그렇게 웃고 계시죠?"

하고 물었다.

그런데 자세히 보니 그 사람은 바시칼 추장이 아니라 바로 얼마 전에 자기 집에 찾아왔던 상인이었다. 그래서 반가워서 파폼은 반색을 하며 물었다.

"여보시오. 언제 여기 오셨소?"

그러자 그 사람은 또 그 전에 찾아왔던 농부로 변하고 있었다.

이상하다는 생각이 들어 다시 자세히 쳐다보니 긴 뿔과 발톱을 가진 악마가 웃고 있었다. 그리고 그 앞에 맨발의 사나이가 속옷차림으로 쓰러져 있었다.

파폼은 그게 누군가 싶어 눈을 크게 떴다. 그런데 이게 웬일인가? 파폼은 기절할 듯이 놀랐다. 그것은 바로 파폼 자신이었다.

파폼은 소스라치게 놀라 눈을 휘둥그렇게 뜨고 벌벌 떨었다. 그러나 그것이 곧 꿈인 것을 알고 나자, 휴…… 하고 안도의 한숨을 쉬었다.

밖을 내다보니 날은 벌써 밝아 가고 있었다.

파폼은 후닥닥 일어났다.

"빨리 사람들을 깨워야지!"

파폼은 밖으로 나가 마차 안에서 자고 있던 하인을 깨워 출발 준비를 하라고 이르고는 바시칼 사람들을 깨우러 나갔다.

파폼은 천막마다 돌아다니면서 바시칼 사람들을 깨웠다. 사람들이 모두 모이고, 잠시 후에 추장이 나타났다.

바시칼 사람들은 또다시 쿠미스를 마시기 시작했다. 그리고 파폼에게도 차를 대접하려고 준비를 했다.

그러자 파폼은 고개를 흔들며 그들을 재촉했다.

"가려면 빨리 가십시다. 벌써 시간이 다 됐는 걸요."

바시칼 사람들은 준비를 하느라고 바빴다. 어떤 사람들은 말을 타고 어떤 사람들은 마차에 올라타더니 이윽고 출발을 했다.

파폼과 그의 하인은 삽 한 자루를 들고 자기 마차로 길을 떠났다.

들판 어귀까지 오자 날이 훤히 밝기 시작했다.

바시칼 말로 언덕을 '시한' 이라고 부르는데 그 시한이란 곳에 이르자, 사람들은 말과 마차에서 내려 모두 한자리에 모였다.

그러자 추장이 파폼에게 가까이 오더니 손가락으로 앞쪽을 가리켰다.

"이 앞에 보이는 땅이 모두 우리 땅입니다. 어디든지 당신 좋은 곳으로 고르십시오."

이 말을 듣자 파폼은 눈이 번쩍 뜨였다. 모두가 하야가네 스텝으로 손바닥처럼 평평한 것이 거무스름하게 기름져 있었다. 그리고 마른 골짜기 같은 곳에는 여러 가지 풀들이 사람 키만큼이나 무성하게 자라 있었다.

추장은 여우털 모자를 벗어 땅바닥에 놓고 말했다.

"이것으로 표시를 합시다. 여기서부터 걷기 시작해서 해가 질 때까지 여기로 올라와 주십시오. 돌아온 곳은 모두 당신의 땅이 되는 것입니다."

파폼은 돈을 꺼내어 모자 위에 얹어 놓은 다음, 겉옷을 벗고 속옷만 입었다. 그리고 허리띠를 단단히 조이고 빵이 든 자루와 물통을 멘 다음 하인에게서 삽을 받아 들고 떠날 준비를 완전히 갖추었다.

어디를 보나 훌륭한 땅이어서, 어디로 가는 것이 좋을까 하고 얼마동안 생각했다.

'어차피 모두 좋은 땅이니, 우선 해가 뜨는 곳으로 걸어가자…….'

파폼은 그런 생각을 하고 태양을 향해 준비 운동을 하면서 지평선에서 해가 떠오르기를 기다렸다.

이윽고 해가 뜨기 시작했다.

그는 태양을 보고 걸음을 옮겼다. 덤비지 않고 천천히 걸었다. 1베르스따 가량 걸어가서 그는 걸음을 멈추었다.

그리고 거기에 구멍을 파고 눈에 띄도록 풀이 난 흙더미를 덮었다.

그리고 다시 걷기 시작했다. 몸이 풀리기 시작하자 걸음도 빨라졌다.
잠시 걸어가다가 또 한 개의 구멍을 팠다.

파폼은 가는 도중 뒤를 돌아다보았다. 햇빛을 받고 있는 시한이 잘 보였다. 사람들이 그 위에 서 있는 것도 보였다. 마차 고리도 반짝반짝 빛나고 있었다.

5베르스따쯤 걸어가자, 몹시 더워 파폼의 몸은 땀으로 흠뻑 젖어 버렸다. 태양을 쳐다보니 벌써 아침 먹을 시간이었다.

파폼은 생각했다.

'몇 마장쯤 걸어왔을까? 아직 돌아가기는 빠른데…… 구두를 벗고 걸을까?'

그는 장화를 벗어 허리에 차고 걷기 시작했다. 발이 아주 편하고 가벼웠다. 그는 가면서 생각했다.

'5베르스따만 더 가서 왼편으로 돌아가자. 여긴 아주 좋은 곳이야. 버려 둔다면 내겐 손해지. 어찌된 일인지 가면 갈수록 좋은 땅이 나오는군…….'

파폼은 계속 곧장 걸어갔다. 뒤돌아보니 시한은 벌써 아득히 멀리 보이고 사람들의 모습도 개미처럼 까맣게 아물거리는데 뭔지 모르게 반짝이는 것이 눈에 띌 뿐이었다.

파폼은 또 생각했다.

'자아, 이만하면 방향을 잡았다. 이제는 돌아가자. 그리고 땀을 좀 흘렸으니까 물을 마셔야지.'

그는 걸음을 멈추고 될 수 있는 대로 큰 구멍을 파서 흙을 넣은 다음, 물통 끈을 풀어 목을 축였다. 그리고 난 다음에 왼편으로 돌았다. 그쪽을 향해 앞으로 나가자, 차츰 풀이 많아지고 더욱 우거졌다.

파폼은 피곤해지기 시작했다. 하늘을 바라보니 점심때가 된 것 같았다.

"이제 한숨 쉬어야겠다."

파폼은 잠시 숨을 돌리기 위해 그 자리에 주저앉아 빵을 먹고 물을 마셨다.

힘이 없고 피곤해서 잠시 동안이라도 누워서 쉬고 싶었지만 파폼은 눕지 않았다.

"안 되지. 내가 눕다니…… 지금 누워 버리면 어떻게 되겠어, 이 많은 땅을 그냥 버릴 게 아냐……."

잠시 동안 쉬고 그는 곧 일어서서 부지런히 걸었다.

배를 채우고 나자 기운이 나서 처음 한동안은 힘있게 걸었다. 그러나 햇빛이 쨍쨍 내리비치고 날씨가 너무나 더웠으므로 졸음이 와서 견딜 수가 없었다.

그래도 파폼은 꾹 참고 걸음을 옮겼다. 같은 방향으로도 꽤 걸었기 때문에 왼편으로 돌아갈까 싶었으나, 문득 눈앞에 나타난 물기 많은 골짜기가 아까운 생각이 들었다.

"오, 여긴 아주까리가 잘 되겠군."

또 욕심이 났다. 그리하여 이 골짜기도 선에 넣고 골짜기 저편에 구멍으로 표시를 해두고서야 두 번째 모퉁이를 돌았다.

파폼은 시한 언덕 쪽을 바라보았다. 멀리 가물가물한 언덕 위에는 아지랑이 속으로 사람들의 모습이 까마득히 보였다. 거기까지는 15베르스따쯤 될 것 같았다.

'자, 이제부터는 조금 짧게 잡아야 되겠구나.'

파폼은 그런 생각을 하고 발길을 빨리 서둘러 세 번째 꺾은 길을 돌아가기 시작했다.

태양을 바라보니 벌써 점심 무렵이 다 지난 것 같았다. 그런데도 길은 아직 절반밖에 가지 못했다. 돌아갈 길은 아직도 15베르스따나 남아 있었다.

"할 수 없지. 땅이 조금 비뚤어지더라도 곧장 걸어가자. 이제 쓸데

없는 곳은 파지 말아야지."

파폼은 급히 서둘기로 했다. 세 번째 꺾은 길은 한 2베르스따쯤 걸어서 거기다 구멍을 뚫은 다음, 시한 쪽으로 곧장 걸어갔다.

파폼은 시한을 향해 곧장 걸어갔으나, 이젠 몸이 탈진하여 걷기가 힘들었다. 온몸은 땀에 절었고 맨발로 걸어서 발에는 상처가 많이 생겼다. 우거진 풀밭을 헤집고 얼마나 걸었는지 몰랐다. 햇볕을 너무 쬐서 골이 멍했고 속이 울렁거리는 게 구역질까지 날 것 같았다.

하지만 쉴래야 쉴 수가 없었다. 쉬다가는 해가 질 때까지 시한으로 돌아갈 수가 없었기 때문이다.

그렇다고 쉬지 않을 수도 없는 노릇이어서 파폼은 잠시 풀밭에 주저앉아 다리를 뻗고 생각했다.

'벌써 해는 서쪽으로 기울었는데 내가 욕심이 지나쳤나? 만일 해가 질 때까지 시한까지 가지 못하면 어떻게 될까?'

파폼은 피곤함도 잊고 눈앞의 언덕과 해를 번갈아 쳐다보았다. 출발점까지는 아직 멀었고, 해는 서쪽 지평선으로 기울어지고 있었다. 어쩐지 해는 자기처럼 달리기라도 하는 것만 같았다.

파폼은 정신을 바짝 차리고 기를 쓰고 걸었다. 걷는다기보다도 달리는 모습이었다. 그러나 아무리 걷고 또 달려도 눈앞에 보이는 언덕은 좀처럼 가까워지지 않았다.

'이크, 이거 큰일났구나.'

정신없이 달리다가 해를 보니 완전히 기울어져서 땅 가까이 다가가고 있었다.

이젠 옷도 필요없어 내던지고 말았다. 장화도 내던지고, 또 물통이니 모자도 다 내버리고, 삽 하나만 들고서, 그것을 지팡이 삼아 죽으라고 달렸다. 숨이 차서 헐떡거렸고 정신이 아득해졌지만 그래도 마구 달렸다.

그러나 마음 속으로는 자신의 지나친 욕심을 후회하고 있었다.

'아, 지나친 욕심 때문에 모든 일을 다 망쳐 버렸구나. 이를 도대체 어떻게 하면 좋단 말인가? 나는 이제 더 이상 걸을 수가 없을 것 같다. 해질 때까지 시한까진 어림도 없을걸.'

이런 생각을 하자, 이젠 슬슬 겁이 났다. 숨이 차고 어질어질하여 쓰러질 것 같은 몸을 억지로 몰아대면서 파폼은 허겁지겁 달려갔다. 이젠 속옷도 완전히 땀에 젖어 몸에 찰싹 달라붙었고, 또 입 안도 바짝 말라 타들어 갔다.

가슴은 너무 뛰어서 마치 심장을 망치로 두드리는 것 같았고 다리도 남의 것만 같았다.

덜컥 무서운 생각이 들었다.

'너무 달려서 죽는 게 아닐까?'

등골이 써늘해졌다. 죽는 것도 무서웠으나 그렇다고 멈춰 설 수도 없었다.

"이렇게 계속 달려왔는데 지금 새삼스럽게 멈춘다면 사람들이 날 바보라고 비웃겠지."

이를 악물고 달리는 파폼의 눈앞에 이윽고 언덕이 가까워졌다. 바시칼 사람들이 떠들어대는 소리도 가까워졌다. 파폼은 와글거리는 사람들의 말소리를 듣자, 용기가 솟아올랐다.

"그래, 이젠 마지막이다!"

파폼은 마지막 젖 먹던 힘을 짜내면서 달리기를 계속했다. 그러나 해는 벌써 지평선까지 내려와 안개 속에서 핏덩어리처럼 변해 있었다.

해는 이제 땅 너머로 가라앉기 시작했다. 해가 지는 것도 이제 얼마 남지 않았고, 또 출발점도 바로 눈앞에 다가왔다. 눈앞에 바시칼 사람들이 응원하는 소리와 팔을 흔들어대는 얼굴도 보였다.

땅 위에 놓여 있는 추장의 여우털 모자도, 또 그 위에 자기가 얹어 놓은 돈도 보였다. 그리고 두 손으로 배를 쓰다듬으며 땅바닥에 앉아 있는 추장의 모습도 또렷이 보였다.

달리는 파폼의 머릿속에 문득 꿈 생각이 났다.

'아, 땅은 많이 차지했지만, 하나님께서 날 이 땅에서 살게 해주실까? 아, 나는 내 자신을 망쳐 버렸구나. 이젠 더는 뛸 수가 없다.'

파폼은 해를 보았다. 해는 땅에 닿아 있었다. 그리고 아래쪽부터 땅에 묻혀 벌써 화살 모양으로 변해 가고 있었다.

파폼은 마지막 있는 힘을 다해 몸을 앞으로 굽힌 채 쓰러지지 않으려고 이를 악물었다. 파폼이 시한 바로 앞에까지 다다랐을 때 그만 눈앞이 캄캄해졌다. 뒤돌아보니 해는 벌써 지고 말았다. 파폼은 그만 앓는 소리를 내고 말았다.

"아, 내 고생은 모두 헛된 꿈이 되고 말았구나."

그가 그 자리에 서려고 하자 바시칼 사람들이 웅성거리는 소리가 들려왔다.

"이상하다. 이젠 틀렸을 텐데……."

그러다 문득 생각난 것은 언덕 아래 있는 자기 눈에는 해가 가라앉아 보였지만, 시한 언덕 위에서 보면 해는 아직 지지 않고 있을 것이었다.

"오, 그렇지!"

파폼은 다시 달리기 시작했다. 시한 위에는 아직 햇빛이 남아 있었다. 달려가는 파폼의 눈에 모자와 배를 쓸어안고 큰 소리로 웃고 있는 추장의 모습이 크게 보였다. 파폼은 또 그 꿈 속에 나타났던 모습이 생각나 기분이 이상했다.

순간, 갑자기 다리가 휘청하더니 그는 그 자리에 풀썩 쓰러지고 말았다. 그러나 그의 두 손은 쓰러지면서도 추장의 여우털 모자를 잡았다.

"아아, 참 잘 뛰었습니다. 훌륭하시군요! 이젠 많은 땅을 갖게 되셨습니다."

추장은 웃으면서 파폼을 칭찬했다. 그러나 파폼은 일어나지 못했다. 하인이 달려와서 그를 안아 일으켰다. 그때 파폼의 입에서 붉은 피가 쏟아져 나왔다. 파폼은 축 늘어져 죽어 있었다. 파폼을 반겨 맞으며 소리지르던 바시칼 사람들은 눈물을 흘리면서 안타까워했다.

하인은 파폼이 들고 있던 삽을 가지고 구덩이를 팠다. 머리부터 발끝까지 길이에 맞추어 3알신(1알신은 71센티미터)의 구덩이가 파졌다. 하인은 눈물을 흘리면서 주인 파폼을 그 안에 넣고 흙을 덮어 묻었다.

■톨스토이와 함께하는 성경 이야기

꾸밈 없는 감사

옛부터 전해 오는 우리나라의 민담 가운데 이런 이야기가 있다. 어느 마을에 마음씨가 착하고 부지런한 농부가 있었다. 어느 해에 무 농사가 어찌나 잘되었는지, 거의 사람 몸뚱이만한 무를 뽑게 되었다. 농부는 이것이 고을 원님의 선정 덕분이라고 생각하고 그 무를 원님에게 바치기로 작정하였다.

원님은 그것을 받고서 고맙고 기특한 생각에 하인을 불

러서 요즈음 관가에 들어온 것들 중에 좋은 것이 없느냐고 물었다. 하인은 큰 황소 한 마리가 들어온 것이 있다고 말했다. 그 말을 듣고서 원님은 그 황소를 끌어다가 농부에게 주라고 명했다. 마음씨 착한 농부는 무 한 개 대신에 크고 좋은 황소 한 마리를 받고서 기쁜 마음으로 집으로 돌아왔다.

한편 이웃집에 사는 마음씨 나쁜 농부는 그 소식을 듣게 되자 배가 아파서 견딜 수가 없었다. 그는 생각하기를 '무 하나 바치고 황소를 받았다면 황소를 한 마리 바치면 땅이라도 몇 마지기 탈 수 있겠지'라고 흑심을 품게 되었다.

그는 자기가 몇 년 동안이나 공들여 키운 큰 황소를 몰고 원님에게 가서는 모든 것이 원님 덕분이라고 하면서 그 황소를 원님께 바쳤다. 이번에도 원님은 그 농부를 칭찬하면서 하인을 불러서 요즈음 관가에 들어온 것 중에 귀한 것이 무엇이 있느냐고 물었다. 하인이 요전에 들어온 무가 있다고 하니까 원님은 그것을 이 농부에게 주라고 명하였다. 마음씨 나쁜 농부는 가슴이 철렁했지만 어쩔 수 없이 무 한 개를 들고 집으로 왔다. 이 욕심이 많은 농부는 황소를 원님에게 바친 것이 억울해서 화병을 얻었고 결국 화병으로 죽고 말았다는 이야기다.

감사한다는 것은 꾸밈도 아니고 형식도 아니고 억지로 될 수도 없는 것이다. 자기의 마음을 드리는 것이 감사여야 하는 것이다.

■다시 읽는 하나님 말씀

오직 각 사람이 시험을 받는 것은 자기 욕심에 끌려 미혹됨이니/욕심이 잉태한즉 죄를 낳고 죄가 장성(長成)한즉 사망을 낳느니라 (야고보서 1장 14~15절)

약대가 바늘귀로 나가는 것이 부자가 하나님의 나라에 들어가는 것보다 쉬우니라 하신대

(마가복음 10장 25절)

부자 되기에 애쓰지 말고 네 사사로운 지혜를 버릴지어다/네가 어찌 허무한 것에 주목하겠느냐 정녕히 재물은 날개를 내어 하늘에 나는 독수리처럼 날아가리라

(잠언 23장 4~5절)

우리가 먹을 것과 입을 것이 있은 즉 족(足)한 줄로 알 것이니라/부(富)하려 하는 자들은 시험과 올무와 여러 가지 어리석고 해로운 정욕에 떨어지나니 곧 사람으로 침륜(沈淪)과 멸망에 빠지게 하는 것이라/돈을 사랑함이 일만 악의 뿌리가 되나니 이것을 사모하는 자들이 미혹(迷惑)을 받아 믿음에서 떠나 근심으로써 자기를 찔렀도다 (디모데전서 6장 8~10절)

두 노인의 순례

참된 이웃은 누구인가?

여인은 예수에게 말했다.

"주님이여, 우리들은 당신을 예언자라고 생각합니다. 우리들의 조상은 이 산에서 예배를 드렸습니다. 당신이 말씀하시기를 예배한 장소가 예루살렘이라고 말씀하셨습니다."

예수는 여인에게 말했다.

"여인이여, 내 말을 믿어 주시오. 당신은 이 산에서나, 또 예루살렘이 아닌 다른 장소에서나 아버지를 예배할 때가 올 것이오. 당신들은 자기가 모르고 있는 분을 섬기고 있으나 우리들은 알고 있는 분을 섬기고 있소. 구원은 유대인에게서 나오기 때문이오. 곧, 참 예배를 드리는 자가 영혼과 정성으로 아버지를 예배할 때가 올 것이오. 그렇소. 지금이 바로 그때요. 아버지께서는 이러한 예배를 드리는 자를 찾는 것이오." (요한복음 4장 19~23절)

두 노인의 순례

어느 마을에 사는 두 노인이 예루살렘을 순례하기로 했다.

한 노인은 에피무 탈라스비치라는 부유한 농부였고, 또 한 노인은 에리세이 보오도로프라고 하는, 돈과는 별로 인연이 없는 사람이었다.

두 노인들은 모두 마음씨가 착하고 이웃과 사이좋게 지냈지만, 성격은 서로 조금씩 달랐다.

에피무는 술도 담배도 안 하는 착실한 성격이었다. 남들이 흔히 마시는 보드카도 잘 마시지 않았고 또 심지어는 코담배조차도 싫어했다. 남에게 심한 말을 하거나 욕을 하는 일도 없었다. 흠이라면 너무 꼼꼼하고 세심한 것이 흠이라고 할까? 하지만 에피무는 엄격하고 점잖았기 때문에 마을에서 두 번씩이나 촌장을 지냈다. 촌장을 지내는 동안에도 마을 살림을 잘 꾸려 한 번도 빚을 진 일이라고는 없었다. 에피무는 식구들도 많았다. 두 아들이 모두 일찍 장가를 들어 자식들을 많이 두었다. 그는 이 식구들과 한 집에서 사이좋게 살고 있었다. 에피무는 예순이 넘었지만 아직도 몸이 튼튼하고 혈색도 좋았다. 허리를 꼿꼿이 세운 채 걸어다녔고 흰머리는 어쩌다 몇 올이 희끗희끗 보일 정도였다.

한편, 에리세이는 돈과는 별로 인연이 없었지만 그렇게 가난한 것은 아니었다. 젊었을 때는 멀리 나가 목공 노릇을 했으며, 나이가 든 지금에는 꿀벌을 길러 근근히 살아가고 있었다. 그에게도 아들이 둘 있었는데, 한 아들은 멀리 돈벌이를 나가 집에 없었고 한 아들만 집에서 에리세이와 함께 살았다.

에리세이의 성격은 참 명랑했다. 그의 취미는 언제나 즐겁게 노래를 부르는 것이었다. 에리세이는 술도 마시고 담배도 피웠다. 그러나 착한 성격이었기 때문에 이웃과도 사이좋게 지냈고 집안도 화목했다.

에리세이는 작달막한 키에 어깨가 딱 벌어졌으며 얼굴색은 가무잡잡한 편이었다. 수염은 곱슬곱슬하며, 머리털은 마치 자기가 섬기는 예언자 에리세이(성경에 나오는 성인 엘리사)와 같이 대머리였다.

이 두 노인은 서로 이웃에 살면서 오래 전부터 예루살렘을 순례하기로 약속하고 적당한 시기가 올 때만 기다리고 있었다. 그러나 부자인 에피무에게는 좀처럼 여유가 생기지 않았다. 한 가지 일이 끝나면 또 한 가지 일이 닥쳐오고, 그 일이 끝나면 또 다른 일이 닥쳐와 마땅한 기회를 만들지 못하는 것이었다. 딸린 식구들도 많고, 일도 많으니 자연 그럴 수밖에 없었다. 손자를 장가 보내고 나면 이번에는 식구가 늘어났으므로 집을 다시 새로 지어야 했다. 정말 한시도 틈을 낼 수가 없었다.

이렇게 되다 보니 순례는 언제 이루어질지 까마득한 일이었다. 그러던 어느 날 두 노인이 길에서 우연히 마주쳤다. 두 노인은 반가워하며 언덕 위로 올라가 앉았다. 먼저 에리세이가 입을 열었다.

"여보게, 언제 우리가 할 일을 다 마칠 수 있을까?"

"글쎄 말이야. 통 일이 끝나지를 않는구먼. 올해는 유난히도 바쁘다니까……. 집을 하나 새로 지으려고 시작했는데 그게 언제 끝이 날지. 막상 시작하고 보니 시간도 돈도 많이 드는구먼. 처음엔 100루블이면 되겠지 하고 생각했는데 글쎄 200루블이나 들지 않겠나? 이러다간 아무래도 족히 여름까지는 걸릴 것 같아. 여름에 출발하면 어떨까?"

"원, 참 자네도…….무슨 일이 있을 때마다 그렇게 뒤로 미루기만 할 텐가? 내 생각 같아서는 지금 당장 떠났으면 좋겠네. 계절도 얼마나 좋은가? 한참 나다니기 좋은 봄철이고 말이야."

그러나 에피무는 아무래도 안 되겠다는 듯이 다시 입을 열었다.

"글쎄, 요즘 계절 좋은 거야 나도 잘 알지. 그러나 일을 시작해 놓았는데 그걸 아이들에게만 맡기고 어떻게 떠나겠나."

"무얼 그렇게 염려를 많이 하나? 자식들도 다 크고 손자들까지 장가를 가는데…… 자식들이 다 훌륭하게 지어 놓을 게 아닌가?"

"뭐라고? 애들이 다 지어 놓는다고? 그걸 믿을 수가 있나? 그놈은 술주정뱅이야……."

"그래도 만일 우리가 죽고 없다고 한번 생각해 보게. 다 저희들 할 일은 저희들이 알아서 한단 말이야. 애들에게도 일을 할 수 있는 기회를 좀 만들어 줘야 할 게 아닌가."

에리세이가 이렇게 말하자, 에피무는 잠시 생각에 잠기는 듯하더니 다시 말을 이었다.

"그야, 자네 말도 맞는 말이네마는 내 눈으로 그 집이 다 완성되는 것을 보고 싶은 걸 어쩌겠나."

"아, 참 딱도 하구먼. 하나에서부터 열까지 다 자네가 나서서 한다고 해서 모두 좋을 건 없어. 바로 얼마 전 축제날에 보니까, 우리 아이들은 저희들끼리 일만 잘하더군. 씻고, 치우고, 정리하고, 무엇이

든 척척 알아서들 잘들 하는데 뭐라 할 말이 없더군. 그저 간섭하기 시작하면 끝도 한도 없는 것이지……. 그날, 며느리가 뭐라는 줄 아나? '축제날이 우리를 기다리지 않고 들이닥치니까, 오히려 우리에게 도움이 되지요. 만일 우리가 준비를 다 해놓고 축제날을 기다린다면, 그 준비는 아마 언제까지나 끝이 없을 거예요' 이러더군. 우리 집 큰며느리는 아주 똑똑한 아이거든……."

그러자 에피무는 곰곰 생각에 젖었다. 얼마 후에 에피무는,

"집을 짓는데 돈이 너무 많이 들었어. 그러니 막상 떠난다 해도 돈이 어디 있겠나? 100루블은 있어야 할 텐데…… 그 돈을 어디서 마련한담?"

하고 또 엉뚱한 걱정을 했다. 그러자 에리세이는 얼른 그 말을 받았다.

"여보게, 자네가 어떻게 그런 말을 할 수 있나? 자네 재산이 나보다 열 배는 될 텐데…… 돈 걱정이라니, 자넨 그저 언제 떠날 건지 결정만 하면 되는 거야. 나야말로 돈이 문제지만 자네가 떠난다면야 어떻게든 마련할 수 있지."

그 말을 듣자, 에피무는 너털웃음을 터뜨리며 이렇게 물었다.

"허허허, 자네가 어디서 어떻게 마련한단 말인가?"

"그야, 온 집안을 다 뒤지면 조금은 나오겠지. 나머지 모자라는 것이 있으면 벌통을 몇 개 팔지. 그렇지 않아도 전부터 좀 부탁을 해놓았거든."

"그거 좋지. 하지만 그 벌통들은 참 좋은 것들이던데. 나중에 후회하지 않을까?"

"후회하다니? 후회를 왜 하나? 이 세상엔 죄 짓는 일말고는 후회할 일이란 없는 걸세. 영혼보다도 더 중요한 것은 없거든."

"그야 그렇지. 그러나 집안이 엉망이 되어도 좋단 말인가?"

"그건 자네가 모르는 소리야. 그것보다 우리 자신의 영혼이 엉망이 되는 것이 더 무섭다네. 그러니 우리가 일단 약속한 것이니 빨리 떠나자구……. 정말 떠나보자니까……."

에리세이는 열심히 친구를 설득했다.

에리세이가 몇 번이나 거듭해서 설득한 결과, 에피무는 다음 날 아침 에리세이를 찾아오게 되었다.

"떠나기로 하세. 자네 말대로 인간이 사는 것이나 죽는 것이나 모두 하나님의 뜻이니, 아직 살아서 이렇게 기운이 있을 때 떠나는 것이 좋겠지."

이렇게 해서 두 사람은 일주일 동안에 떠날 준비를 다 마쳤다.

에피무는 가지고 있는 돈에서 여비로 100루블만 가져가기로 했다. 그리고 나머지 200루블은 자기의 늙은 아내에게 맡겼다.

에리세이도 부지런히 준비를 했다. 그는 계획했던 대로 이웃집에 벌통 열 개를, 벌통에서 나온 새끼 벌까지 주는 조건으로 팔고 모두 70루블을 받았다. 그리고 그 나머지 돈은 집안 식구들이며 친척들에게서 모으기로 했다. 에리세이의 늙은 아내는 남편이 여행을 떠난다는 말을 듣자, 자기들 장례식에 쓰려고 푼푼이 모아 두었던 돈을 내놓았다. 며느리도 저축해 두었던 몇 푼 안 되는 돈을 톡톡 털어 주었다.

이렇게 해서 에리세이도 여행 비용을 다 마련했다.

드디어 떠나게 된 것이다.

에리세이는 좋아서 싱글벙글 웃으며 콧노래를 불렀다. 그러나 에피무는 아무래도 불안하고 초조한 듯, 집안을 두루두루 살펴보고 그리고도 쉽게 떠나지 못했다. 결국 에피무는 식구들을 모아 놓고 주의를 주기 시작했다. 목장의 풀은 어떤 비료를 주는 것이 좋다느니, 또 집을 짓는 데도 지붕은 어떻게 올리고, 창은 어느 쪽으로 내야 하며, 대문은 이렇게 하라는 둥 일일이 세밀하게 일렀다. 하나에서부터 열까지 모두 주의를 주었다.

한편, 에리세이는 아내에게 벌꿀 상자에서 나온 새끼 벌들도 틀림없이 옆집에 전해 주라고 일렀다. 그 말만 하고 집안일에 대해서는 아무런 말도 꺼내지 않았다. 다만 자식들에게, 이제는 너희들이 주인이라고 해도 진배 없으니 스스로들 알아서 일을 잘 처리해 주리라 믿노라는 말만 남겼다.

이윽고 준비가 다 갖춰졌다. 식구들은 과자를 굽고, 지팡이도 만들고, 새 각반을 마름질하고, 자루도 만들고, 반장화도 만들었다. 두 노인은 갈아 신을 나막신도 마련해 가지고 마침내 길을 떠났다. 마을 밖까지 온 식구들이 마중을 나와 인사를 했다.

"아버지, 안녕히 다녀오십시오."

"할아버지, 조심해서 다녀오세요."

노인들은 오래간만에 나서는 길이라 무척 기분이 좋았다.

마을을 완전히 벗어나자, 에리세이는 벌써 집안일들은 모두 잊어버렸다. 어떻게 하면 이 여행을 즐겁게 보낼 수 있을까? 또 가는 도중에 나쁜 사람들을 만나지 않고 목적지까지 무사히 가야 할 텐데…… 하는 생각만 하고 있었다.

그래서 에리세이는 동행하는 친구를 즐겁게 해주기 위해 알고 있는 성인들의 성경 구절도 외어 주고, 기도문도 들려주면서 걸어갔다. 길에서 사람을 만났을 때나 여관에 들렀을 때도 모든 사람들에게 친절하게 대했다. 또 상대방의 마음을 상하게 하는 말은 되도록 하지 않으려고 주의를 했다. 그렇게 하니 여행은 퍽 즐거웠다. 그러나 에리세이 노인에게도 한 가지만은 참을 수 없는 일이 있었다. 그것은 코담배를 맡을 수 없는 일이다. 코담배는 지금 자루 속에 들어 있었지만 일부러 꺼내자니 그렇고, 더구나 옆에 있는 에피무가 싫어할 테니 난처한 일이었다. 에리세이는 참기로 했다. 그런데 그때 이 두 노인의 옆을 지나가는 일행이 있었다. 그들은 마침 코담배를 들고 냄새를 맡고 있었다.

에리세이 노인이 자기도 모르게 코를 벌름거리며 냄새를 맡자, 그들이 가까이 와서 한 개를 권했다. 그러나 에리세이는 즐거운 여행을 위해 참아야 했다. 기분을 상하지 않고 무사히 여행을 마치고 돌아오려면 서로 불쾌한 일은 하지 않아야 했다. 에리세이는 코담배를 피우는 일행과 거리를 멀리하고 걸었다. 그러다 보니 여행길이 좀 늦어졌다.

에피무도 될 수 있는 대로 나쁜 말은 입에 담지 않았다. 그러나 에피무의 마음은 좀처럼 편하지가 않았다. 집안의 모든 일들이 걱정되어서 불안한 마음이 가라앉지 않는 것이었다. 혹시 내가 식구들에게 잊어버리고 온 말은 없을까? 술주정뱅이 아들 녀석은 일을 잘하고 있을까? 하고 계속 걱정을 하며 걸었다. 가는 도중에 사람들이 밭에서 감자를 심고 있거나 씨라도 뿌리고 있는 것을 보면 또 집 생각이 났다. 내가 시킨 대로 아이들이 잘하고 있을까? 그러면서 내가 다시 돌아가서 더 자세히 일러주고 오든지, 아니면 내가 일을 다 마치고 돌아올까? 이런 생각까지 하면서 걸었다. 에피무의 발걸음에는 근심이 가득 서려 있는 듯했다.

여행을 떠난 지 벌써 다섯 주가 지났다. 그동안 신고 있던 나막신이 다 헤어져 다시 새것을 사야 했다. 두 노인들은 우크라이나 지방을 지나가고 있었다.

집을 떠난 후 얼마 동안은 먹는 것이나 잠자는 것에 돈이 들었다. 그러나 소 러시아라고 불리워지는 우크라이나 지방으로 들어가자 사정이 달라졌다. 그곳 사람들은 두 순례자를 보자, 앞을 다투어 자기 집으로 모시고 가서 대접하려 했다. 그들은 식사를 대접하고, 잠자리를 마련해 주었다. 그뿐 아니라, 그들은 다음 날 먹을 빵과 다른 음식까지 자루에 넣어 주었다.

친절한 사람들 덕분에 두 노인은 힘들이지 않고 쉽게 100베르스따의 여행을 할 수 있었다.

노인들은 가벼운 걸음으로 여행을 계속했다. 어느 고장에 들어서니, 그곳은 심한 가뭄으로 흉년이 들어 있었다. 그러나 사람들은 대체로 친절하여 잠자리를 쉽게 구할 수 있었다. 다만 빵만은 잘 주지 않았다. 돈을 주어도 빵은 살 수조차 없었다. 지난해에도 흉년이 들었기 때문에 이 지방 사람들은 모두들 빵을 구하기 위해 야단들이었다. 그러니 두 노인에게 돌아올 빵이 있을 턱이 없었다.

두 노인은 곧 그곳을 벗어나, 이웃의 조그마한 마을로 들어갔다. 그 마을에는 다행히 빵을 팔고 있었다. 노인들은 약간의 빵을 사 가지고는 해가 뜨기 전에 그곳을 다시 출발했다. 더워지기 전에 조금이라도 더 걸어가야만 했다.

얼마 동안 걸은 후, 노인들은 물가에 앉아 잠시 쉬기로 했다. 물가에는 여자들이 앉아서 빨래를 하고 있었다.

노인들은 여자들에게 부탁하여 물을 조금 얻었다. 그리고 물에 빵을 적셔서 먹고는 신을 바꾸어 신었다. 앉아서 쉬는 동안에 에리세이는 자기도 모르게 코담배를 꺼냈다. 그러자 에피무가 고개를 저으며 말했다.

"그것 좀 그만둘 수 없겠나?"

"이것 참, 나도 모르게 꺼냈네. 참 할 수 없는 버릇이구먼……."

에리세이는 미안하다는 듯 쑥스럽게 웃으며 담배를 자루 속에 집어넣었다.

두 노인은 다시 10베르스따쯤 걸었다. 날씨가 너무 무더워서 몸에서 땀이 줄줄 흘렀다. 노인들은 몹시 피곤했다. 목도 마르고 다리에 맥이 풀렸다. 어디 가서 시원한 물을 좀 마시고 쉬고 싶은 생각뿐이었다. 그러나 두 노인은 꾹 참고 계속해서 걸었다.

에피무는 에리세이가 따라가기가 힘이 들 정도로 몹시 걸음이 빨랐다.

"여보게, 물 좀 마실까?"

에리세이가 이렇게 물었다.

그러자 에피무는,

"자네 혼자 마시면 되지 않은가? 나는 별로 생각이 없는데."
하고 대답했다.

"그러면 자네 먼저 천천히 걸어가고 있게나. 나는 저기 있는 저 집에 가서 물 좀 얻어먹고 올 테니까. 내 곧 따라가리다."

"응, 그렇게 하게나."

에피무 탈라스비치는 이렇게 말하고 혼자서 터벅터벅 앞으로 걸어갔다.

에리세이는 한참 떨어져 있는 어느 농부의 집으로 물을 얻어먹으러 갔다. 가까이 가보니, 그 집은 아주 허술한 집이었다. 회칠을 오랫동안 하지 않아서 시커멓게 때가 묻어 있었고, 벽에도 구멍이 나 있었으며 기왓장도 다 떨어져 나간 형편없는 집이었다. 집 앞에 있는 조그마한 길은 집안으로 통하게 되어 있었다. 집 옆에 한 사나이가 바싹 마른 몸을 웅크리고 누워 있는 것이 보였다. 사나이는 소 러시아식으로 셔츠 끝을 바지 속에 넣고 있었다.

에리세이는 그 앞으로 가까이 가서 말을 걸었다.

"안녕하십니까, 주인장?"

"……."

그러나 사나이는 대답이 없었다. 햇볕이 자기 머리 위를 쨍쨍 내리비치고 있는데도 그냥 드러누워 있기만 했다.

'이 사람은 마음씨가 고약한가? 아니면 병이 들었나?'

에리세이는 이런 생각을 하면서 문으로 가까이 다가갔다. 그러자 집 안에서 아이 우는 소리가 애처롭게 들려 왔다.

에리세이는 문고리를 흔들어 사람이 왔다는 것을 알렸다. 그러나 안에서는 아무런 기척이 없었다. 그래서 이번에는 크게 소리를 질러보았다. 그래도 여전히 대답이 없었다. 할 수 없이 들고 있던 지팡이로 문을 두드리며,

"여보세요! 여보세요!"

하고 소리를 쳐보았다. 그래도 역시 안에서는 아무런 기척이 없었다. 바로 눈앞에 있는 그 사나이까지도 꼼짝을 하지 않았다.

바로 그때, 안에서 이상한 소리가 들려 왔다. 누군가가 끙끙 앓고 있는 것 같은 신음소리였다.

'아, 이 집에 좋지 않은 일이 있는 모양이구나. 어디 한번 들어가 보자.'

에리세이는 이렇게 생각하며 집 안으로 들어갔다.

에리세이는 가만히 문의 손잡이를 돌려보았다. 문은 쉽게 열렸다.

문을 열자 고약한 냄새가 코를 찔렀다. 에리세이는 저절로 얼굴이 찌푸려졌지만 꾹 참고 안을 살펴보았다.

왼편에는 페치카가 놓여 있었고, 바로 보이는 정면 벽에는 성상감

(예수나 마리아, 그 밖의 성인들의 초상을 세워 두는 곳)과 테이블이 보였다. 그 테이블 앞에는 속옷 한 벌만 입은 노파가 머리를 풀어헤친 채 엎드려 있었다. 노파의 옆에는 또 갈비뼈가 앙상하게 드러난 사내아이 하나가 새파란 얼굴로 앉아 있었다. 사내아이가 할머니의 옷소매를 잡아당기면서 자꾸 뭐라고 중얼거렸다. 그 소리는 너무나 힘이 없어서 잘 들리지도 않았다. 페치카 저편 침대에는, 또 여자 한 사람이 드러누워 끙끙 앓고 있었다. 여자가 움직일 때마다 좋지 않은 냄새가 에리세이의 코를 찔렀다.

인기척이 나자, 할머니가 힘없이 얼굴을 들면서 이렇게 말했다.

"무슨 볼일이오? 우리에겐 아무것도 없어요. 아무것도 가지고 갈 것이 없어요."

할머니가 하는 말이 무슨 뜻인지를 곧 알아차린 에리세이는 가까이 다가가서 부탁을 했다.

"할머니, 물 한 모금만 마실 수 없을까요? 길을 가다가 목이 말라서……."

"없어요. 아무것도 없어요. 물을 길어낼 그릇도 없어요. 꼭 물을 마시고 싶으면 혼자 가서 길어 먹어요."

할머니는 겨우 이렇게 말을 했다.

에리세이는 다시 물어보았다.

"이 집은 일을 할 수 있는 사람이 없는 모양이군요. 저 아픈 여자를 돌봐줄 사람도 없어요?"

"아무도 없어요. 모두 다 굶주리고 병들어 죽어 가고 있어요. 애비되는 사람도 지금 저 바깥에서 다 죽어 가고 있어요."

에리세이는 그제서야 이 집 사정을 조금 알 수 있었다. 이곳도 몇 년 동안 가뭄이 계속되어 모두 다 이렇게 굶주리고 병들어 있었던 것이다.

사내아이는 낯선 에리세이를 멀거니 쳐다보고 있다가 말이 끝나기가 무섭게 다시 칭얼거리기 시작했다.

"할머니, 나 빵! 빵 주세요. 네……."

할머니가 대답을 하지 못하자, 사내아이는 이윽고 울음보를 터뜨렸다.

그때 바깥에 드러누워 있던 사람이 비틀비틀 집 안으로 들어왔다. 남자는 가까운 의자에 앉으려고 했지만 미처 앉기도 전에 방바닥에 힘없이 쓰러지고 말았다. 에리세이의 눈에는 눈물이 고였다. 남자는 몇 번 꿈틀거리다가 간신히 입을 열어 이렇게 말했다.

"흉년으로 모두 굶주린 데다가 병까지 나돌아 아내도 나도 병으로 다 죽게 되었습니다. 할머니와 아이들은 다행히 병은 들지 않았지만, 먹지를 못해 이제는 그들마저 저렇게 죽기 직전이랍니다."

사나이는 어린 사내아이를 가리키면서 눈물을 주르르 흘렸다.

에리세이는 가만히 듣고 있을 수가 없었다. 메고 있던 자루를 얼른 마룻바닥에 내려놓고는 풀기 시작했다.

'그냥 갈 수가 없구나. 도와줘야지.'

에리세이는 빵을 꺼내고 한 조각을 떼어 그것을 주인 남자에게 내밀었다. 그러자 그는 손을 가로젓고는 자기 아들과 딸아이를 가리켰다.

에리세이는 빵조각을 사내아이에게 먼저 주었다. 사내아이는 빵을 보자, 얼른 받아 쥐더니 정신없이 먹기 시작했다. 그때 페치카 그늘에서 벌떡 일어난 여자 아이가 에리세이 가까이 다가오더니 가만히 빵을 쳐다보았다. 여자 아이는 그동안 페치카 뒤에 누워 있었던 모양이었다.

에리세이는 이 아이에게도 빵 한 조각을 잘라 주었다. 그리고 할머니에게도 한 조각 내밀었다.

할머니는 빵을 받아 조금 베어먹더니,

"물을 좀 길어 올 수 없을까요? 입 안이 말라서 빵이 잘 넘어가지를 않는군요. 아침에 물을 길러 가다가 힘이 없어 그만 쓰러지고 말았어요. 그러니 물통도 거기 그대로 있을 텐데……."

에리세이는 우물이 있는 장소를 물었다.

우물은 집에서 별로 멀지 않은 곳에 있었다. 에리세이는 물을 길어 와서 모두에게 나누어 주었다.

할머니는 빵조각을 먹고 물을 마시더니 조금씩 생기를 되찾기 시작했다.

에리세이 노인에겐 도저히 이 사람들을 그냥 내버려 두고 친구의 뒤를 따라갈 용기가 없었다. 죽어 가는 식구들을 보니 발이 떨어지지 않는 것이었다.

'이 사람들을 어떻게 해서든지 도와줘야지. 그냥 이대로는 갈 수가 없겠는데…… 이대로 두었다간 모두 다 죽고 말겠어.'

이렇게 혼자 생각한 에리세이는 가까운 마을로 갔다. 그리고는 가게를 찾아가 옥수수, 소금, 밀가루, 버터 따위를 사 가지고 돌아왔다. 에리세이는 도끼를 꺼내어 장작을 패고 이어서 페치카에 불을 피웠다. 이것을 보고 있던 여자 아이가 에리세이를 거들어 주기 시작했다. 에리세이는 수프를 맛있게 끓여서 식구들에게 나누어 먹였다.

주인 남자는 조금밖에 먹지 않았지만 할머니는 수프를 한 그릇 가득 먹었다. 여자 아이와 사내아이도 한 그릇 가득 담아준 수프를 깨끗이 비웠다. 배가 부르자, 남매는 곧 서로 끌어안고 떠들었다.

남자와 할머니는 에리세이에게 고맙다고 인사를 드린 후, 번갈아 가면서 자기네 사정을 이야기하기 시작했다.

"우리 집은 원래 몹시 가난한 데다가 계속 흉년이 들어 이 지경에 이르게 되었답니다. 지난 가을부터는 아무것도 하지 못하고 가만히 앉아서, 있는 것만 가지고 조금씩 먹고 살았지요. 그러다 보니 먹을 것이 곧 떨어졌습니다. 이웃집 사람들과 동정심이 많은 사람들이 그래도 조금씩 도와주어서 그럭저럭 지냈답니다. 그러나 그것도 처음 얼마 동안뿐이지 언제까지 도와줄 수가 있나요? 그 사람들도 나중에는 모두 먹을 것이 떨어지게 되었지요."

주인 남자는 숨이 차는지 잠시 숨을 돌린 후 얘기를 계속했다.

"그래서 여러 곳에 일거리를 찾아 헤맸지만 일거리가 있어야지요. 어떻게 겨우 일거리를 찾아 하루 일하면 또 하루는 일거리를 찾아 이리저리 헤매고 다녀야 했습니다. 그때는 늙은 할머니하고 어린 딸아이까지 거지 노릇을 하지 않으면 안 되었어요. 그러나 어느 집이고 모두 다 어려운 처지인데 어디 저희 같은 사람에게 줄 빵이 있겠어요. 거기다가 새해에 접어들어서는 몹쓸 병까지 나돌기 시작했습니다. 나무 뿌리나 잎을 따서 끼니를 이어 가던 어느 날 마누라가 병이 들어 버렸지요. 아마 독이 있는 풀을 모르고 먹은 모양입니다. 마누라가 앓아 눕고 내가 쓰러지니, 이젠 죽을 수밖에 없는 처지가 되었지요."

곁에 있던 할머니도 눈물을 흘리면서 이렇게 말했다.

"이 늙은이라도 어떻게 해볼까 했지만 힘도 없고, 계집애까지 약해져서 심부름도 못 하게 되었어요. 이웃에서 도와주려고 왔었지만, 모두 병이 들어 있는 것을 알고는 기겁을 하고 도망을 가더군요. 이렇게 되니, 우리는 자연 죽음만 기다리는 수밖에 없어요."

두 사람의 말을 듣고 난 에리세이는 친구 뒤를 따라가는 생각은 완전히 잊고 그냥 그 집에서 하루를 묵었다. 그 집 사람들은 모두들 선량해서 에리세이가 차근차근하고 친절하게 대하자 그들도 매우 상냥해졌다.

에리세이는 다음 날 아침 눈을 뜨자마자, 자기가 마치 주인인 것처럼 이것저것 집안일을 하기 시작했다.

먼저 할머니와 함께 밀가루를 반죽하고 페치카에 불을 넣었다. 그리고 필요한 물건을 갖추기 위해 어린 소녀를 데리고 가게를 돌아다니기 시작했다. 그러나 가게들은 모두 문이 잠겨 아무것도 살 수가 없었다.

'어떻게 한담?'

농기구를 마련하려고 생각했던 에리세이는 절로 한숨이 나왔다.

하는 수 없이 집으로 그냥 돌아온 에리세이는 자기 자신이 농기구를 만들어 보기로 마음먹었다. 그래서 뚝딱뚝딱, 자르고 깎고 갈아서 여러 가지 농기구를 마련했다. 어느새 하루가 지나고, 이틀이 가고, 사흘이 지나가 버렸다. 이제는 아이들도 힘이 나서 에리세이를 할아버지라고 부르며 따라다녔다. 곁에 있다가 에리세이가 하는 일을 도와주기도 했다. 할머니도 이제는 힘을 얻어 이웃집을 다닐 수 있게 되었고, 주인 남자도 차츰 기운을 회복하여 벽을 잡고 천천히 걸어다닐 수 있게 되었다. 주인 여자만이 아직도 드러누운 채 기운을 못 차리고 있었다.

그러나 사흘째 되는 날에는 드디어 주인 여자도 정신을 차리고 먹을 것을 찾기 시작했다. 병이 낫기 시작한 것이다.

에리세이는 그제서야 안심하고 문득 자기 일을 생각해 보았다.

'이거 너무 늦어졌는걸. 잠깐 들러 물 한 컵 얻어먹는다는 것이 그만 사흘이나 지나가고 말았으니…….'

에리세이는 혼자 중얼거렸다.

"이렇게 늦어질 줄 몰랐는데……. 이젠 모두 건강해졌으니 가야지."

나흘째 되는 날은 몸을 깨끗이 씻고, 마침 하나님을 위해 금식하는 날이기도 하였으므로 에리세이는 아무것도 먹지 않은 채 아침부터 서둘렀다.

'마침 오늘이 경축일이로구나. 이들에게 축하 선물이나 사 주고, 저녁때가 되면 길을 떠나 부지런히 가야겠다.'

이렇게 생각해 보니 친구 에피무는 벌써 상당한 거리를 앞서 갔을 것이었다.

에리세이는 다시 마을로 들어가 우유와 고운 밀가루, 돼지기름 따위를 사 왔다. 그리고 할머니와 함께 여러 가지 음식을 만들기 시작했다. 빵도 많이 구웠다. 그런데 그만 시간이 훌쩍 지나가 버려 이날 저녁에도 에리세이는 출발하지 못하고 말았다.

다음 날 아침, 에리세이는 교회 미사에 출석했다. 교회에 다녀온 후에는 식구들과 함께 축하를 했다.

이제는 병이 들었던 부인도 다 나아서 조금씩 걸어다닐 수 있게 되었다. 주인 남자는 깨끗한 셔츠를 입고 건장한 모습으로 마을의 지주를 찾아갔다.

"저 먼젓번 저당 잡힌 풀밭을 얼마 동안만 좀 돌려주실 수 없겠습니까?"

"뭐라고? 여보시오, 정신나간 소리 하지 말아요. 빌려 간 돈이나 어서 내놓도록 하쇼!"

"하지만 풀이라도 좀 베어야 돈을 갚을 게 아닙니까?"

그러나 지주는 고개만 설레설레 흔들 뿐이었다.

주인 남자는 그만 맥이 풀려 어깨를 축 늘어뜨리고 돌아왔다.

이것을 보고 에리세이가 물었다.

"왜 그러십니까?"

그러자 주인 남자가 사정을 이야기했다.

"……그러니, 농사를 지을 수도 없고 풀을 벨 수도 없으니, 이렇게 살아나긴 했어도 앞으로 어떻게 해야 좋을지 알 수가 없군요."

이날은 꼭 떠나려고 마음먹고 있던 에리세이는 다시 생각하지 않을 수 없었다.

'내가 떠나면 이 사람들은 앞으로 어떻게 살아갈까? 호밀을 약간 사 주고 가면 조금은 살겠는데…… 그러나 그것마저 다 떨어지고 나면 또 뭘 먹고 살까?'

에리세이는 걱정이 태산 같았다.

주인 남자는 에리세이를 보고 또 이렇게 말했다.

"저에게도 1데샤티나 정도 되는 땅이 있었습니다. 그러나 거의 다 팔아 먹고 조금 남아 있던 땅마저 저당 잡혀 돈을 빌려 쓰고 보니 어쩔 도리가 없군요. 이젠 정말 아무 희망도 없습니다."

이 말을 듣고서 에리세이는 출발을 또 다음 날로 미루고 말았다.

밤이 되었다.

에리세이는 기도를 한 다음, 드러누워 잠을 청했으나 좀처럼 잠이 오지 않았다. 돈도 많이 썼고, 며칠이나 여기에 머물렀으니 에피무는 분명 멀리까지 갔을 것이다. 그러나 이 불쌍한 사람들은 그냥 버려두고 떠날 수는 없었다. 에리세이가 떠난다면 이 사람들은 그전처럼 또 꼼짝을 못 하게 될 것이다.

그때, 마음 한구석에서 이상한 소리가 들려 왔다.

"에리세이, 정말 너는 미쳤구나. 물까지 길어 주고, 빵을 사 주었으면 훌륭한 동정이지, 그런데 너는 그 집에 말도 사 주고, 또 저당 잡힌 풀밭까지 찾아 주겠단 말이냐? 그러면 다음에는 아이들에게 젖을 짜 줄 소까지 사 줄 셈이구나. 예루살렘 순례는 집어치울 생각인가?"

정말 그랬다.

에리세이는 정말 어떻게 하면 좋을지 알 수가 없었다.

'나는 에피무가 기다리고 있는 데까지 서둘러 가야 해.'

이런 생각이 나는가 하면,

'아니야. 예수님이 나신 곳, 또 돌아가시고 부활하신 명승지 순례보다 불쌍한 사람들을 돕는 것이 더 예수님의 뜻에 따르는 일일지도 몰라.'

한편으로 또 이러한 생각이 들어 쉽게 결정을 내릴 수가 없었다.

에리세이는 자리에서 일어나 앉아 생각을 가다듬으려고 여러 가지로 애를 썼다. 코담배를 꺼내서 마음을 가라앉히려고도 하였다. 그래도 쉽게 결정을 내릴 수가 없었다.

에리세이는 이렇게 여러 가지 궁리를 하는 동안에 어느새 잠이 들고 말았다. 그러다가 문득 누가 깨우는 기척이 있어서 벌떡 일어났다. 눈을 떠 보니, 자기는 벌써 떠날 채비를 끝낸 모습이었다. 문도 사람 하나가 나갈 수 있을 만큼 열려 있었다. 벌써 아침이 되었는지 사방이 환히 밝아지고 있었다.

에리세이는 열려진 문 사이로 살짝 빠져 나갔다. 그런데 그때, 문고리에 자루 한 귀퉁이가 걸렸다. 그래서 몸을 옆으로 돌려 나가려고 하자, 이번에는 또 각반이 걸렸다. 자세히 보니 자루는 울타리에 걸려 있었고, 한쪽 끝은 이 집 딸이 붙들고 있었다. 딸아이는 자루 끝을 붙든 채 소리를 지르며 에리세이가 못 가게 발버둥을 치고 있었다.

"할아버지, 빵을 주세요. 네, 빵을 주세요. 할아버지……."

에리세이는 이번에는 발께를 보았다. 각반 끝은 사내아이가 잡아당기고 있었다. 그리고 문득 뒤를 돌아보니, 창문 밖으로 얼굴을 내민 할머니와 주인 남자가 애처로운 얼굴로 물끄러미 자기를 바라보고 있었다.

그 순간 에리세이는 눈을 번쩍 떴다.

"아, 꿈이었구나."

에리세이는 한숨을 쉬었다.

"아무래도 그냥 떠날 수가 없겠구나. 내일 날이 밝으면 밭과 풀밭을 도로 찾아 주도록 하자. 새 밀을 거둘 때까지 먹을 밀가루와 부릴 말을 사 주고, 아이들에게도 암소를 한 마리 사 주자. 그러지 않고선 예수님을 찾아서 멀리 바다 건너까지 간다고 해도 아무런 의미가 없을 거야. 자기 마음 속에 있는 예수님을 놓쳐서는 안 되는 것이니까……."

이렇게 결심을 하자 에리세이는 깊은 잠을 잘 수가 있었다.

아침 일찍 일어나 에리세이는 지주를 찾아갔다. 그리고 가지고 있던 돈으로 호밀밭과 풀밭을 도로 찾았다. 돌아오는 길에는 낫까지 하나 사 왔다.

"주인 양반, 이젠 됐소. 곧 풀을 베러 가시오."

주인 남자는 몹시 기뻐하면서 풀밭으로 나갔다.

에리세이는 다시 마을로 들어갔다. 이번에는 말을 사기 위해서였다.

마침 선술집 주인이 마차와 말을 한꺼번에 판다는 소문을 들었다. 에리세이는 곧 술집 주인과 값을 흥정한 다음 말과 마차를 샀다. 이어 밀가루도 큰 자루에 가득 사서 마차에 실었다.

그 다음에는 암소를 사러 다녔다. 에리세이는 여기저기 다니다가 소 러시아 여자 두 사람이 길을 가고 있는 것을 보았다. 두 사람은 무언가 이야기를 하면서 걸어가고 있었다. 에리세이는 가만히 귀를 기울였다.

"참 훌륭한 분도 계시지."

"글쎄, 처음에는 어떤 사람인지도 몰랐대요. 물 좀 달라고 왔던 분이 가지도 않고 그 집을 도와준다는 거예요. 밭도 사 주고. 또 아까 들으니까, 말하고 마차까지 사 주었다는군요."

“그 집 아주머니도 이제는 병이 다 나았다던데…… 고생 많이 하더니 이제는 잘 살게 된 모양이야. 참 부럽지 뭐요.”

“정말 세상에 보기 드문 분이야. 난 한번 그분을 만나 봤으면 좋겠어.”

에리세이는 젊은 여자들이 자신을 칭찬하는 말을 듣자, 암소 사러 가는 일도 잊어버린 채 선술집으로 돌아왔다. 에리세이는 밀가루를 실은 마차를 끌어내어 곧 집으로 돌아왔다.

식구들은 말을 보자 깜짝 놀랐다.

“할아버지, 어떻게 말을 끌고 오셨어요?”

사내아이가 이렇게 묻자 에리세이가 대답했다.

“응, 한 마리 샀단다. 값이 싸서 말이야. 어서 풀이나 베어 가지고 와서 말에게 먹이렴…….”

에리세이의 이야기를 들은 주인 남자는 말을 마차에서 풀어 준 다음, 밀가루를 다락으로 옮겨 놓았다. 그리고 풀을 한 아름 베어 와서 말 먹이통에 넣어 주었다.

그날 밤, 에리세이는 잠들기 전에 자루를 꺼내 놓았다가 식구들이 모두 잠든 틈을 타서 살짝 일어났다. 에리세이는 짐을 챙긴 다음, 구두를 신고 겉옷을 입었다. 그리고 에피무를 따라잡기 위해서 빠른 걸음으로 길을 걸어갔다.

에리세이가 5베르스따쯤 갔을 때 날이 밝기 시작했다.

에리세이는 큰 나무 그늘에 앉아 자루를 풀어 놓고, 돈을 세어 보았다. 남은 것은 겨우 17루블하고 20카페이카밖에 되지 않았다.

에리세이는 생각에 잠겼다.

‘이거 참, 야단났구나. 이 돈을 가지고 바다를 건너다니……. 그렇지만 예수님을 팔아 구걸할 수는 없지. 그건 죄를 짓는 노릇이야. 아무래도 못 가겠는걸. 에피무 영감은 나를 위해 성전에 촛불이라도 켜 주겠지. 죽을 때까지 소원을 이루지 못하더라도 자비심이 많으신 예수님이니까 용서해 주시겠지.'

에리세이는 예루살렘을 향하는 걸음을 멈추고 집을 향해 돌아오기 시작했다.

그런데 이상하게도 집으로 돌아가는 길이 조금도 피곤하지 않았다. 에리세이는 기분이 좋아서 하루에 70베르스따나 걸을 수가 있었다.

'음, 하나님이 나를 도와주시는구나. 아무리 많이 걸어도 피곤하지 않으니, 정말 신통한 일인데…….'

에리세이는 유쾌한 마음으로 부지런히 걸어서 집으로 돌아왔다.

집에는 벌써 추수가 끝나 있었다. 식구들은 모두 집에서 뛰어나와 에리세이가 건강하게 돌아온 것을 기뻐했다.

"안녕히 다녀오셨어요?"

"음, 모두들 잘 있었느냐? 농사는 어떻게 되었느냐?"

"예, 모두 잘되었습니다. 그런데 어째서 혼자 돌아오십니까?"

너무나 빨리 돌아온 에리세이를 보고, 식구들은 기뻐하면서도 놀라서 여러 가지 질문을 했다.

"그런데 어째서 예루살렘까지 가시지 않고 돌아오셨습니까?"

그러나 에리세이는 자세히 설명을 하지 않았다. 어쩐지 그 까닭을 식구들에게 말하기가 거북했다.

"하나님의 뜻이 없었던 모양이다. 길을 가다가 도중에 돈이 없어지고 또 친구도 놓쳐 버렸지 뭐야. 그래서 결국 못 가게 된 게야. 그러니 예수님의 사랑으로 나를 용서해다오."

에리세이는 식구들에게 이렇게 말하고 나머지 돈은 아내에게 돌려 주었다. 그런 후, 에리세이는 집안 살림에 대해 여러 가지를 물어보았다. 그러나 벌써 보기만 해도 모든 것이 썩 잘되었다는 것을 짐작할 수 있었다. 가족들은 에리세이가 있을 때보다도 더 사이좋고 평화스럽게 살고 있었다.

에피무의 식구들은 에리세이가 예루살렘까지 가지 못하고 혼자서 그냥 돌아왔다는 소문을 듣자, 에리세이를 찾아왔다. 그리고 에피무의 안부를 물었다.

"너희들 아버지는 참 기운 좋게 길을 잘 가셨어. 우리들은 베드로의 날(6월 29일) 사흘 전에 따로 헤어졌지. 나는 곧 뒤따라가고 싶었지만, 사건이 일어나서 돈을 다 잃어버렸단 말이야. 먼길을 빈손으로 갈 수가 있어야지. 그래서 돌아오고 만 것일세."

에리세이의 말을 듣고 에피무의 식구들은 이렇게 말했다.

"그렇게 똑똑한 노인이 도중에서 돈을 잃고 돌아오다니, 믿을 수가 없는 일이야."

그리고는 고개를 갸우뚱거렸다.

에리세이는 집으로 돌아오자 곧 일을 시작했다.

아이들과 함께 겨울 동안에 쓸 장작 준비도 하고, 또 며느리들과 함께 밀 타작도 했다. 그 일이 끝나자 외양간과 창고 지붕도 새로 올렸다. 그리고 또 손이 비자, 새 꿀벌통에 벌을 나누어 이웃집 주인에게 주었다.

이렇게 준비를 마치고 에리세이는 자식들을 겨울벌이로 내보냈다. 그런 후 자기는 나무껍질을 곱게 벗겨 신도 만들고 또 벌통을 짜기도 했다.

한편, 에피무는 에리세이가 물을 얻어먹으러 갔다가 그냥 그 집에 머물게 된 그날, 하루 종일 길가에 앉아 에리세이를 기다렸다. 그러나 아무리 기다려도 에리세이는 오지 않았다. 에피무는 기다리다 못해 꾸벅꾸벅 졸기 시작했다.

마침내 해가 지고 사방이 어두워졌다. 그래도 에리세이는 나타나지 않았다.

'아니, 혹시 내가 잠자고 있는 동안에 그냥 지나가 버린 게 아닐까? 길 가는 마차를 타고 내가 여기 있는 줄도 모르고 그냥 지나쳐 버렸을지도 모르지. 그렇다면 이거 야단났는데……. 아냐, 그럴 리가 없어. 길에서 내가 보이지 않을 까닭이 없지. 그럼 다시 되돌아가 볼까? 하지만 에리세이가 지나가 버렸다면 그것도 큰일이거든. 아무래도 앞서가다가 여관에서 만나는 걸로 해야겠어.'

이렇게 생각하고 에피무는 다시 걸었다. 그러나 여관에서도 에리세이를 만날 수는 없었다.

에피무는 계속 여행을 하는 수밖에 없었다. 에피무는 만나는 사람마다 머리가 벗겨진 자그마한 노인을 보지 못했느냐고 물어보았다. 그러나 아무도 에리세이와 비슷한 사람을 본 사람은 없었다.

에피무는 궁금하기 짝이 없었다.

"어디로 갔을까? 지름길도 없을 텐데……."

가는 곳마다 두리번거려 봐도 에리세이는 보이지 않았다. 에피무는 이젠 애써 찾지 않기로 했다.

'가다가 오데사나 배 안에서 만날 수 있겠지…….'

이런 생각을 하면서 에피무는 계속 길을 걸었다.

그러던 어느 날, 에피무는 떠돌이 수도사를 만났다. 수도사는 동그란 모자를 쓰고 신부 평복을 입고 있었다. 게다가 머리는 길다랗게 늘어뜨리고 있었다. 그는 수도원이 스무 개나 모여 있는 아토스 산도 가 본 적이 있다고 했다. 그리고 이번에는 두 번째로 예루살렘에 간다고 했다.

두 사람은 숙소에서 함께 이야기를 하면서부터 길동무가 되었다.

어느덧 오데사까지 도착하게 되었다. 거기에서는 사흘 동안 배를 기다려야 했다. 오데사에는 수많은 순례자들이 배를 기다리고 있었다. 여러 지방에서 모여들어 와글거리는 사람들 틈에서 혹시나 하고 에리세이를 찾아보았지만 역시 찾을 수가 없었다.

에피무는 혼자 가야겠다는 결심을 하고서 배에 오를 준비를 서둘렀다. 뱃삯으로 40루블을 내고 또 배 안에서 먹을 빵과 저린 청어 몇 마리도 샀다.

배는 먼저 짐을 다 실은 다음, 순례자 일행을 차례차례 태우기 시작했다. 에피무도 순례자 틈에 끼어 수도승과 나란히 올라탔다.

드디어 배의 닻이 올라가고 돛도 높이 펴졌다. 이윽고 조용한 바람을 안고 배는 서서히 항구를 떠나갔다. 바다는 낮 동안은 잔잔했다. 그러나 저녁이 되자 비가 내리고 바람이 일기 시작했다. 뱃전을 때리는 물결소리가 요란했고 배가 이리저리 흔들렸다. 철썩! 철썩! 무서운 소리와 함께 물방울이 갑판까지 튀었다. 물결이 배 전체를 삼킬 듯이 무섭게 덤벼들었다.

배에 탄 손님들은 배가 크게 흔들릴 때마다 아우성을 치며 마구 뒹굴었다.

“이크 야단났는데…… 파도가 무섭게 휘몰아치는 모양이야!”

생전 처음 배를 타는 순례자들은 더욱 겁에 질려 있었다. 손님들 중에는 강을 건너는 나룻배 정도밖에 타 보지 못한 사람들도 많았다. 더구나 여자 손님들은 나룻배조차도 타 보지 못한 사람들이 많았다. 배가 크게 움직일 때마다 여자 손님들은 눈물까지 훌쩍이며 야단법석이었다.

에피무도 은근히 겁이 났다. 그러나 겉으로는 태연한 척하고 있었다. 에피무의 옆자리에는 탄보프 지방에서 온 노인들이 앉아 있었다. 그들도 태연한 듯이 견디고 있었다. 에피무는 이를 악물고 눈을 꼭 감고 그날 밤을 지냈다. 그 다음 날도 에피무는 여전히 자기 짐을 꼭 껴안은 채 말없이 견디었다. 여전히 폭우와 파도는 배를 이리저리 밀어붙이고 두들겨댔다.

사흘째가 되서야 겨우 바다는 조용해졌고 잔잔한 여행을 즐길 수가 있었다.

배를 탄 지 닷새째 되는 날, 배는 콘스탄티노플에 도착했다. 많은 순례자들이 그곳에 있는, 지금은 터키 소유로 된 아야(거룩한) 소피아 대성당을 구경하기 위해 배에서 내렸다. 그러나 에피무는 돈을 절약하기 위해 그대로 배에 남아 있었다.

배는 이 커다란 옛 항구에서 하루를 묵은 다음 다시 출발했다. 그 때부터 별로 어려운 일이 없었다. 배는 스미르나(아즈밀) 시와 또 한 항구 도시인 알렉산드리아에 머문 다음, 이윽고 야파에 도착했다. 이곳은 성지 예루살렘으로 가는 지름길이 시작되는 곳이었다. 이제부터 70베르스따 남짓한 길을 모두 걸어가야 했다.

배가 항구에 닻을 내리자, 모든 순례자들이 배에서 내리기 시작했다. 배에서 내릴 때에도 모든 사람들이 무서워했다. 뱃전이 너무 높아 자칫 잘못하면 물 속에 빠질 위험이 많았기 때문이었다.

눈 깜짝할 사이에 두 사람이나 물 속에 빠지는 소동이 일어났다. 그러나 그럭저럭 모두가 무사히 땅을 밟을 수가 있었다.

에피무도 무사히 땅에 내렸다. 모두가 같은 곳으로 가는 순례자들이었기 때문에 차례차례 줄을 서듯이 걸어서 사흘 만에 예루살렘에 도착했다.

에피무는 예루살렘 성벽 밖에 있는, 러시아 사람이 운영하는 여관으로 갔다. 여권 조사를 끝내자, 에피무는 오랜만에 맛있는 음식을 먹었다. 저녁을 먹은 후 함께 온 수도사가 말했다.

"우선 가까운 성지부터 돌아봅시다."

"예, 그럽시다."

에피무는 한 번 이곳을 다녀간 경험이 있다는 수도사의 안내를 받아 옛 성지를 찾아다니기로 했다.

우선 천주교 수도원으로 갔다. 수도원에는 수많은 참배객들이 모여 있었는데 남자와 여자가 따로따로 앉아 있었다. 수도사가 신을 벗고 동그랗게 둘러앉으라고 하더니, 잠시 후 수건을 들고 나와서 모든 사람들의 발을 씻기기 시작했다. 발을 다 씻긴 다음에는 발에 입을 맞추어 주었다. 수도사들은 이렇게 하면서 모인 사람들 사이로 돌아다녔다.

에피무의 앞에도 왔다. 수도사는 에피무의 발을 씻긴 다음 입을 맞추어 주었다. 순례를 떠나온 사람들은 새벽 예배와 밤 예배에 모두 참석하여 기도를 드렸다. 그리고 촛불을 켜놓고 부모와 형제들을 위해서 헌금을 했다. 수도원에서는 멀리 여러 곳에서 찾아온 순례자들에게 음식과 포도주를 대접했다.

에피무는 첫날을 편히 쉬었다. 그리고 다음 날 아침에는 성모 마리아가 이집트로 피난 가기 전에 머물렀다는 방을 찾아갔다. 여기서도 촛불을 켜놓고 기도를 했다. 그 다음에는 아브라함 수도원을 찾아가 아브라함이 하나님에게 바치려고 자기 자식을 죽이려 했던 장소인 사베크 동산을 두루 살펴보았다. 또 그 다음에는 예수님이 부활하신 다음 막달라 마리아 앞에 나타났다는 곳과 예수님의 동생, 야곱의 성당으로 갔다. 수도승은 한곳 한곳 친절히 안내하며 그때마다 헌금을 얼마쯤 하는 것이 좋다고 알려주었다.

점심때가 되자 에피무는 조금 쉬기로 했다. 너무나 한꺼번에 여러 곳을 돌아다녔기 때문에 몹시 피로했다.

밤이 되자, 사람들은 모두 하루의 순례를 마치고 잠자리로 들어갔다.

에피무도 수도승과 같이 잠자리로 들어갔다. 그런데 바로 그때, 막 잠자리로 들어가려던 수도승이 별안간 옷을 뒤집어 보더니 고함을 질렀다.

"아니, 이거 큰일났는데……."

"왜? 무슨 일이 있소?"

에피무는 드러누웠다가 벌떡 일어나면서 물었다.

수도사는 여전히 놀란 얼굴로 여기저기 속옷까지 모조리 뒤졌다. 그리고 새파랗게 질려서 말했다.

"23루블이 들어 있던 지갑이 없어졌어요. 10루블짜리 지폐 두 장하고 잔돈 3루블을 넣어 두었는데…… 큰일났구나. 아이구, 이걸 어쩌나?"

수도사는 야단법석을 떨었다. 그러나 아무리 찾아도 돈은 나타나지 않았다.

이미 밤은 깊어 다른 사람들은 모두 잠이 들은 후였다.

하는 수 없이 에피무와 수도사는 다시 잠자리에 들었다. 그러나 수도사는 잠자리에 든 이후에도 돈을 잃어서 야단났다고 계속 중얼거렸다.

에피무는 좀처럼 잠이 오지 않았다.

'이 사람이 돈을 잃었다는 것은 아무래도 거짓말 같은데…… 아마 원래 돈이 없었을 거야. 어딜 가도 헌금을 하지 않았거든. 나보고는 기부를 하라고 하면서도 자기는 여태까지 한 푼도 낸 적이 없었지. 그런 데다 내게 1루블까지 빌려 갔으니……'

에피무는 이런 생각이 들었으나 곧 자신을 꾸짖었다.

'남을 함부로 의심하는 것은 좋지 않아. 그건 죄를 짓는 일이야. 아예 그런 생각은 하지 말기로 하자.'

이렇게 생각을 이리저리 고쳐 먹다가 겨우 잠이 들었다. 그러나 에피무는 금방 깨고 말았다. 아무리 생각해도 수도사의 수선이 마음에 걸렸기 때문이다.

'아무래도 그건 거짓말일 거야. 돈은 처음부터 하나도 없었어. 그래서 거짓말을 한 거야. 공연한 핑계로 그러는 게야.'

자꾸 이런 생각이 들었다.

다음 날 아침 일찍 두 사람은 예수님의 무덤에 참배하기 위해서 부활 대성당 앞으로 갔다. 수도사는 여전히 에피무 옆을 떠나지 않고 함께 다녔다.

성당에는 여러 나라에서 찾아온 수많은 사람들이 모여 있었다. 러시아 사람뿐만 아니라, 그리스 사람, 아르메니아 사람, 그리고 터키 사람, 시리아 사람, 그 밖에도 멀리 프랑스, 영국에서 온 사람들도 섞여 있었다.

에피무는 이 사람들과 함께 성문을 지나갔다. 그곳에서 일을 보는 수도사들이 나와서 안내를 해주었다. 터키 문지기 옆을 지나니, 예수님 몸이 십자가에서 내려져 향유를 발랐다는 곳이 나왔다. 그 자리에는 큰 촛대에 꽂힌 아홉 개의 촛불이 타고 있었다.

그곳 수도사들은 이런 곳을 두루 안내하면서, 이름 있는 장소와 옛날 물건들을 보여주기도 하고 설명도 해주었다.

에피무는 이곳에서도 촛대 하나에 불을 켰다. 다음에는 수도사의 안내를 받아 오른편 계단을 밟고서 골고다 언덕으로 올라갔다.

바로 그 자리가 예수님이 못 박혔던 그 십자가가 있었던 곳이었다.

에피무는 그 자리에 꿇어앉아 기도를 드리기도 하고 또 여러 곳을 돌아다녔다. 땅이 지옥까지 갈라졌다는 바위 틈과 예수님의 손과 발에 못을 박아 십자가에 매달았다는 장소들을 두루두루 살펴보았다. 그런 후 인간의 조상인 아담의 무덤으로 갔다.

이곳은 전설에 의하면 예수님이 흘리신 피가 아담의 뼈에 뿌려졌다고 하는 곳이었다.

에피무는 계속하여 예수님께서 가시면류관을 쓰실 때 걸터앉았다는 돌과 예수님을 때리고 묶어 두었던 기둥까지 보았다. 그리고 예수님의 발자국이라고 전해 오는 두 개의 돌구멍도 보았다. 모두가 신기하게만 여겨졌다. 안내자들은 그 밖에도 볼 것이 많다고 하면서 사람들을 서둘러 걷게 했다.

드디어 에피무는 여러 곳을 살펴본 후, 그처럼 와 보고 싶던 예수님의 무덤이라는 동굴 앞까지 왔다. 여기에는 벌써 여러 교파들이 모여 제각기 예배를 끝내고, 에피무가 그 자리에 갔을 때는 러시아 정교회의 미사가 시작되고 있었다. 에피무는 여러 사람들과 함께 동굴 안으로 들어가 예배에 참석했다. 그리고 속으로 이 자리에서 함께 온 수도사와 헤어져야 되겠다고 생각했다.

가만히 생각해 보니 함께 다니는 것은 좋은 일이 아닌 것 같았다. 또 수도사가 그다지 좋은 사람으로 보이지 않았다. 그러나 수도사는 에피무 옆에서 조금도 떨어지지 않으려 했다. 주님의 동굴 미사에도 옆에 바짝 붙어 앉아 있었다. 사람들이 어찌나 많은지 에피무는 꼼짝을 할 수가 없었다. 에피무는 뒤로 꾸역꾸역 몰려드는 사람들에게 밀리면서도 다른 사람들이 하는 대로 기도를 드렸다. 그 사이에도 에피무는 자주 자기 지갑을 만져 보았다.

에피무의 머릿속에는 두 가지 생각이 있었다.

한 가지는 수도사가 자기를 속였다는 것이었고, 또 한 가지는 만일 수도사가 정말로 도둑을 만났다면 자기는 그렇게 되지 말아야 되겠다는 생각이었다.

에피무는 마음 속으로 빌었다.

'나는 별탈 없이 무사히 여행을 마치고 돌아가야 할 텐데…….'

에피무는 선 채로 기도를 드리면서 저만큼 앞에 보이는 교회당 건물을 바라보고 있었다. 예수님의 무덤이 거기에 있고, 무덤 위에는 36개의 등이 불타고 있었다.

에피무는 사람들의 어깨 너머로 열심히 그것을 쳐다보았다.

그런데 이게 어찌된 일인가?

앞자리를 보고 있던 에피무는 소스라치게 놀랐다. 성화가 활활 불타면서 사람들을 환히 비추고 있는 제일 앞자리에 라사 셔츠를 입은 초라한 노인 한 사람이 서 있는 것이 보였다. 그런데 그것은 아무래도 에리세이 보오도로프 같았다.

"아니, 에리세이가……."

머리가 에리세이와 마찬가지로 벗겨져 있었다.

'정말, 에리세이와 똑같은데……. 하지만 저 사람이 여기 있을 턱이 있나? 나보다 앞서 올 까닭이 없지. 우리가 탄 배는 일주일이나 앞질러 왔는데 에리세이가 나보다 빨리 올 리가 없지. 우리가 탄 배에도 에리세이는 없었고…… 순례자란 순례자는 내가 모두 샅샅이 찾아보았는데…….'

에피무가 그런 생각을 하고 있는 동안 에리세이처럼 보이는 그 노인은 기도를 하기 시작했다. 기도가 끝나고 이번에는 정면에 서 있는 신위 앞에 서서 계속 세 번이나 절을 했다. 그런 후 노인은 머리를 오른쪽으로 돌렸다. 에피무의 눈에 그 사람은 틀림없는 에리세이였다.

에피무는 에리세이를 향해 정신없이 앞으로 나갔다.

"에리세이, 에리세이가 틀림없다."

곱슬곱슬한 머리, 흰머리가 섞인 머리털, 눈썹, 눈, 코 등 모든 것이 틀림없었다.

"에리세이가 어떻게 저렇게 빨리 왔을까?"

에피무는 찾던 친구 에리세이가 보이자 몹시 기뻤다. 그러나 한편으로는 매우 이상했다.

"에리세이 보오도로프를 여기서 만날 줄이야. 음, 어디 나가는 길을 지키고 있다가 만나 보자. 얼마나 반가워할까. 바짝 붙어 따라다니는 수도사는 이 기회에 떼어 버리고 에리세이와 함께 돌아다녀야지. 아마 나를 잘 안내해 줄 거야."

에피무는 에리세이를 놓치지 않기 위해서 계속 앞쪽을 지켜 보았다. 이윽고 미사가 끝나 사람들이 와글거리기 시작했다. 서로 앞을 다투어 예수님의 무덤에 입을 맞추려고 야단이었다.

그러는 바람에 에피무는 그만 옆으로 밀려나고 말았다. 깜짝 놀란 에피무는 불현듯 지갑 생각이 났다. 얼른 가슴으로 손을 가져간 에피무는 후우 하고 안도의 숨을 내쉬었다. 다행히 지갑은 있었다. 그래서 한 손으로 지갑을 꼭 누르고 또 한 손으로는 사람을 헤치면서 앞으로 나아갔다. 넓은 곳까지 밀려나간 에피무는 어느새 에리세이를 잃고 말았다. 에피무는 여기저기 성당 안을 두루 찾아다녔다. 성당 안의 여러 방에는 사람들이 가득 차 있었다. 그들은 거기서 음식을 먹기도 하고, 포도주를 마시기도 하였다. 그 밖에 드러누워 자는 사람도 있었고, 책을 펴놓고 읽고 있는 사람들도 있었다. 그 속에도 에리세이는 없었다. 아무리 사방을 샅샅이 살펴보아도 보이지 않았다.

에피무는 하는 수 없이 여관으로 돌아가면서도 이곳저곳을 두리번거려 보았으나 역시 에리세이는 눈에 띄지 않았다.

그날 밤, 수도사는 여관에 돌아오지 않았다. 돈 1루블을 빌려 갔으면서 갚지도 않고 어디론지 사라져 버리고 말았다.

에피무는 혼자 방에 우두커니 앉아 생각해 보았다.

'역시 그 사람은 정직한 척했을 뿐 나쁜 사람이었구나.'

에피무는 이렇게 생각하고 혼자 있기로 했다.

다음 날 아침, 에피무는 배에서 만났던 탐보프의 노인과 함께 다시 한번 예수님의 무덤을 찾아갔다. 그곳에는 여전히 수많은 사람이 들끓고 있었다. 에피무는 이날도 저 앞쪽까지 가지 못하고 바깥쪽으로 밀려나고 말았다. 그래서 할 수 없이 기둥 옆에 서서 기도를 드리기로 했다. 그런데 바로 그때, 맨 앞의 등불이 휘황하게 켜져 있는 자리 바로 앞에 에리세이가 서 있는 것이 보였다. 대머리가 반짝반짝 빛나고 있었다. 그는 제단 옆에 서서 마치 신부처럼 두 손을 벌리고 있었다.

'오, 저기 또 있구나. 이번에는 절대로 놓치지 않는다.'

에피무는 단단히 결심을 하고 사람들 사이를 헤치면서 앞자리로 뚫고 나아갔다. 그러나 애써 그 자리로 가 보니 에리세이의 모습은 보이지 않았다. 어느 사이에 이 복잡한 곳을 빠져 나갔는지 도무지 알 수가 없었다. 다음 날도 역시 마찬가지였다.

사흘째 되는 날, 에피무는 또다시 바로 그 자리에 에리세이가 서 있는 것을 보았다. 친구 에리세이는 제일 눈에 띄는 등 앞에 앉아서 두 손을 펴고, 머리 위에 누가 서 있기나 한 듯이 고개를 들어 우러러보는 것 같은 자세로 앉아 있었다. 그 벗겨진 머리는 전날처럼 또 반짝반짝 빛나고 있었다. 에피무는 다시 마음을 다져 먹었다.

'이번에는 정말 놓치지 않는다. 입구에서 기다리고 있어야지. 그곳이면 드나드는 사람들을 다 볼 수 있을 테니까. 하루 종일 걸리더라도 기다리고 있자.'

에피무는 이런 생각을 하고 출입구에 서서 하루 종일 지나가는 사람을 살폈다.

이윽고 해가 저물어 가기 시작하자, 여기저기 몰려 있던 사람들이 여관이나 집으로 돌아가기 시작했다. 그러나 사람들이 모두 나간 다음에도 에리세이의 모습만은 보이지 않았다.

에피무는 예루살렘에 엿새 동안이나 머물러 있으면서 가까운 남쪽의 베들레헴, 베다니, 요르단 강 등 여러 곳을 찾아다녔다.

이곳들은 예수님이 살아 있을 때 세례를 받으시고 자주 다니시던 곳이다. 에피무는 그러한 곳을 찾아다니면서 200년의 옛 발자취를 더듬었다. 그리고 기도하는 마음으로 구경을 했다. 가는 곳마다 수많은 사람들이 몰려 있었다. 그 속에서도 에리세이를 찾으려고 부지런히 살펴보았으나 여전히 발견할 수가 없었다.

에피무는 예수님의 무덤가에서는 새 셔츠에 도장을 찍었다. 그것은 자기가 죽으면 그것을 입혀 묻어 달라고 부탁하기 위해서였다. 그리고 요단강에 가서는 그 물을 유리병에 담아 간직하고 또 성화를 붙였던 초와 흙을 모아 여덟 군데의 장소에서 기도를 드렸다.

이렇게 하여 성지 순례는 대강 끝이 났다. 에피무는 지갑의 돈을 셈해 보았다. 돌아갈 수 있는 비용밖에 남지 않았다.

에피무는 다음 날 예루살렘을 떠나, 거기서 배를 타고 오데사로 돌아갔다. 이제 남은 길은 줄곧 걸어가야 했다. 에피무는 성지 순례를 무사히 끝내고 돌아가는 자기 자신을 몹시 행복하게 생각했다.

에피무는 혼자서 터벅터벅 길을 걸어갔다. 집에 가까워짐에 따라 차츰 집안 걱정이 고개를 쳐들었다. 그럭저럭 일 년이 지났기 때문이다.

'벌써 일 년이 지났구나. 참 세월은 빠르기도 하다. 그동안 집안 식구들은 어떻게 하고 있는지. 한 집안을 일으켜 세우는 데는 많은 시간이 걸리지만 망치는 것은 순간의 일이야. 내가 없는 동안 술 좋아하는 아들놈은 어떻게 하고 있을까? 올해 농사는 어떻게 되었는지. 그리고 겨울을 지낼 수 있는 준비는 잘했는지 궁금하기만 하구나.'

며칠 후, 에피무는 지난해 에리세이와 헤어졌던 곳까지 왔다. 그동안 사람들의 생활은 몹시 변해 있었다. 지난해는 그렇게 심한 흉년이 들었는데, 올해는 모든 사람들이 먹을 것이 남아 돌아갈 만큼 풍족하게 살고 있었다.

밭농사도 썩 잘되었다. 가난하고 어려웠던 살림도 모두 넉넉하고 편한 모양이었다.

'아! 하나님은 참 사람을 이토록 불쌍히 여기시는구나!'

해질 무렵, 에피무는 지난해 에리세이가 물 마시러 들어갔던 마을 어귀에 도착했다. 어디서든지 잠을 좀 자야 했다.

그때 마침, 어느 집에서 흰옷을 입은 소녀가 달려 나와 에피무를 붙들었다.

"할아버지, 할아버지! 우리 집에 가세요."

소녀는 옷자락을 잡고 좀처럼 놓아 주지 않았다.

"다른 데 가지 마셔요. 우리 집에서 쉬고 가셔야 해요."

아주 상냥하게 말을 해왔기 때문에, 에피무는 할 수 없이 어린 소녀에게 끌려 그 집으로 들어갔다. 그랬더니 그 집 주인 여자인 듯한 젊은 부인도 나와서 에피무에게 친절하게 말했다.

"할아버지, 어서 오십시오. 저녁을 잡수시고 우리 집에서 하루 저녁 편히 주무시고 가십시오."

에피무는 몹시 고마운 생각이 들었다.

"예, 그럼 하루 저녁 묵고 가지요."

에피무는 주인의 친절에 이끌려 짐을 풀었다.

그때 에피무는, 혹시 이 집에서 에리세이의 소식을 알 수 있지 않을까 하는 생각이 들었다.

'오, 그렇군. 이 집에서 혹시 에리세이의 소식을 알지도 모르겠구나. 그때 물을 마시러 찾아온 집이 이 집인지도 모르니까.'

에피무는 저녁 식사로 우유와 계란 삶은 것, 그리고 맛있는 죽을 먹었다.

에피무는 다시 인사를 하고 순례자들을 이렇게 따뜻하게 맞아 주는 것을 하나님이 축복해 주실 것이라고 말했다.

그러자 여자는 고개를 설레설레 저으면서 말했다.

"순례자들에게 저희들이 친절하게 하지 않을 수가 없어요. 우리는 순례하시는 분에게서 살아가는 방법을 배웠거든요. 우리들은 오랫동안 하나님을 모르고 살아왔답니다. 그래서 하나님께 벌을 받았어요. 모두 죽게 되었거든요."

"그게 무슨 말입니까? 잘 알아들을 수가 없군요. 어떤 큰 사건이라도 있었습니까?"

에피무는 놀랍다는 듯이 얼굴을 쳐들었다.

"네, 제 말씀을 들어보세요. 지난 여름, 계속되는 흉년 때문에 먹을 것이 없어져서 우리 식구 모두가 병에 걸려 죽게 되었답니다. 모두 쓰러졌지요. 그런데 하나님께서 우리들에게 할아버지와 같으신 분을 보내 주셨어요. 그분은 대낮쯤에 물을 마시러 왔었는데 저희들의 형편을 보고 그대로 우리와 함께 살면서 저희들을 도와주셨어요. 물 마시러 오셨다가 우리를 먹여 주고 잃은 땅을 도로 사 주기도 했어요. 그뿐입니까, 말과 마차까지 사 주시고 떠나셨답니다."

옆에서 듣고 있던 할머니도 며느리의 말이 끝나자 이렇게 말했다.

"우리들은 그분이 사람이었는지, 하나님의 심부름꾼이었는지 알 수가 없습니다. 그렇게까지 극진히 대해 주시고 이름도 밝히지 않으셨거든요. 그래서 우리들은 그분을 어떤 이름으로 부르면서 하나님 앞에 기도를 드려야 할지 알 수가 없어요. 그때 일을 지금도 눈에 선하게 기억하고 있습니다. 내가 힘없이 의자에 걸터앉아 빵을 달라고 보채는 아이놈을 달래고 있는데 그분이 물을 좀 달라고 왔어요. 그분은 우리를 보자, 곧 메고 있던 자루를 내려놓고 끈을 풀었어요."

그러자 딸아이가 옆에 있다가 재빨리 입을 열었다.

"할머니, 아니에요. 그 할아버지는 처음 들어와 방 한가운데 자루를 내려놓고 그 다음에 의자에 걸터앉았어요."

아이들은 그분이 들어와서 이렇게 했다, 저렇게 했다 하며 기억이 나는 대로 떠들었다. 할머니와 젊은 부인은 에피무에게 그동안 있었던 일을 차근차근 이야기해 주었다. 정말 선한 사람들이었다.

에피무는 이 사람들이 말하는 그분이라는 사람이 에리세이인 것을 곧 알아차렸다. 바로 그날 그 시간에 자기는 길을 먼저 걸어갔고, 에리세이는 틀림없이 물을 마시려고 갔었다.

해가 지자, 주인 남자가 돌아왔다. 그리고 에리세이가 사 주었던 말로 부지런히 농사를 지어 잘 살게 된 내력을 다시 샅샅이 이야기해 주었다. 그리고 또 덧붙여서 이렇게 말했다.

"만일 그때 그분이 오시지 않았더라면 우리 죄 많은 인간들은 착한 일 한번 하지 못하고 말았을 겁니다. 우리들은 농사가 잘되지 않자 계속 하나님만 원망하고 있었지요. 그리고 여러 사람들을 미워하고 저주하기도 했습니다. 만약 그러다가 그냥 죽었더라면 모두 지옥으로 갔을 겁니다. 그런데 마침 다행히도 하나님이 그분을 보내 주셔서 우리들을 살려 주시고 정신을 차리게 했습니다. 그분의 은혜로 우리는 하나님을 알게 되고 또 친절한 사람의 마음씨를 알게 되었습니다. 예수님, 부디 그분을 행복하게 해주시기 바랍니다. 우리들은 옛날엔

짐승처럼 살았지만 그분 덕으로 이제 사람다운 사람이 되었습니다."

밤이 되자 이 집 사람들은 모두 친절하고 상냥하게 에피무를 좋은 침대에 눕도록 해주었다.

에피무는 편안한 잠자리에 누우니 여간 기분이 좋은 것이 아니었지만, 에리세이의 이야기가 머리에 남아 좀처럼 잠이 오지 않았다.

'참 이상한 일이로구나. 예루살렘에서 세 번이나 본 에리세이는 그러면 도대체 누구란 말인가?'

이런 생각을 하다가 자기 혼자 중얼거렸다.

"그렇지, 에리세이는 나보다 앞질러 갔었구나. 내가 애써서 순례한 정성을 하나님이 받아주셨는지 모르지만, 주님은 에리세이의 착한 행동을 보고 반가이 맞아 주신 거야."

그러다가 에피무는 깜박 잠이 들었다.

다음 날 집안 사람들은 에피무가 떠나려 하자 가는 도중에 먹을 피로시키라고 하는 과자를 싸 주었다. 에피무는 즐거운 마음으로 길을 떠났다. 에피무의 걸음은 날아갈 듯이 가벼웠다.

에피무는 만 일 년 만에 집에 돌아왔다. 무척 긴 여행이었다.

어느새 봄이 되었다.

에피무가 집 앞에 이르렀을 때는, 해가 막 넘어가고 있을 무렵이었다. 큰아들은 어디를 갔는지 집에 없었다. 에피무는 먼저 큰아들부터 찾아오라고 해서 그동안의 집안일들을 묻기 시작했다. 가만히 보니, 아들은 아버지가 시키는 대로 하지 않고 돈을 마구 쓴 모양이었다.

"아니, 이놈아! 네가 정신이 있는 놈이냐? 어째서 일들을 이렇게 엉망진창으로 해놓고 돈이나 쓰고 술이나 마시며 살았단 말이냐?"

에피무는 화가 나서 반가운 것도 잊은 듯, 고래고래 소리를 지르며 야단을 쳤다. 그러자 아들은 가만히 듣고만 있지 않고 아버지에게 마구 대들었다.

"그럼, 아버지가 꼼짝 않고 살림을 맡아서 하시지, 왜 멀리 여행을 가셨어요? 돈도 별로 없었는데 아버지는 돈을 많이 안 쓰셨어요?"

이 말을 듣자 에피무는 화가 더욱 북받쳐 아들을 마구 때렸다.

다음 날 아침, 에피무는 분을 참지 못하고 이 답답한 심정을 하소연이나 하려고 촌장집을 찾아 나섰다.

가는 도중에 에피무는 에리세이 집 옆을 지나게 되었다. 마침 에리세이의 늙은 아내가 바깥 계단에 서 있다가 인사를 했다.

"아, 영감님, 언제 돌아오셨나요? 그래 여행은 별고 없이 몸 편히 잘 다녀오셨어요?"

에피무 탈라스비치는 걸음을 멈추었다.

"덕분에 잘 다녀왔습니다. 당신네 영감하고는 도중에 헤어져 버렸지만, 얘기를 들으니 벌써 돌아왔다지요?"

에리세이의 늙은 아내는 그 자리에서 그동안 있었던 일을 이야기해 주었다.

"네, 돌아왔지요. 벌써 돌아왔답니다. 난데없이 일찍 돌아와서 모두들 기뻐했지요. 우린 에리세이가 없으면 집안이 재미가 없어요. 아버지가 돌아오시니 아들도 어찌나 좋아하는지, 안 계시니까 아주 허전해서 못 견디겠다나요? 우리는 그렇게 모두 에리세이를 존경하고 사랑하고 있어요."

"암, 그래야죠. 그런데 에리세이는 지금 집에 있습니까?"

"네, 있어요. 지금 벌통을 만지고 있을 거예요. 올해는 새것을 또 마련하게 되었거든요. 하나님의 도우심으로 꿀벌이 많이 늘어났답니다. 하나님은 모든 사람을 사랑하시니까요. 자아, 들어오시지요. 무척 반가워하실 거예요."

에피무는 에리세이의 아내를 따라 뒤뜰로 갔다. 에리세이는 통을 만지고 있었다. 그리고 그물도 쓰지 않고 장갑도 없이 백양목나무 밑에 서 있었다. 마치 예루살렘의 예수님 무덤에 서 있을 때처럼 대머리를 번쩍이면서 두 손을 들고 하늘을 보고 있었다. 머리 위에는 예루살렘에서 본 것처럼 태양이 불처럼 빛나고 있었다. 머리 둘레에는 벌떼가 쏘지도 않고 마치 관과 같은 모양으로 날고 있었다. 에피무는 자기도 모르게 그 자리에 우뚝 서고 말았다.

그때 에리세이의 아내가 남편 옆으로 다가가 말했다.

"여보, 에피무 영감님이 오셨어요."

그 말을 듣고 뒤돌아선 에리세이는 자기 수염 사이로 기어 들어온 벌들을 조심조심 내쫓은 다음 반가운 듯이 에피무를 향해 걸어왔다.

"에피무, 자네 왔나? 참 오래간만이야. 정말 오래간만이야. 그래, 잘 다녀는 왔고?"

"음, 분명 내 발이 다녀오긴 했지. 자네 주려고 요단강 물도 떠 왔어. 조금 가져가게. 그러나 하나님께서 내 수고를 받아들여 주셨는지 그게 의문이야."

"참 고맙구먼. 요단강 물을 떠다 주다니……."

에리세이는 무척 기뻐했다. 그러나 에피무는 잠시 무엇인가를 생각하면서 가만히 있었다.

'발로 다녀왔으나 영혼이 어떤 상태인지……'

에피무는 곰곰이 생각해 보았다.

이것을 보자 에리세이는 마치 에피무의 마음을 알아차리기라도 한 듯 이렇게 말했다.

"여보게, 걱정 말게나. 모든 일은 하나님의 뜻으로 이루어지는 것이니까 말일세……."

그제서야 얼굴을 펴며 에피무는 말했다.

"돌아오는 길에 그 농사꾼 집에 들렀었지."

"농사꾼 집이라니?"

에리세이는 느닷없는 에피무의 말에 반문했다.

"왜, 자네가 며칠 묵었던 집 있지 않나."

에리세이는 깜짝 놀랐다. 그리고 황급히 말문을 막았다.

"여보게, 모든 것은 하나님의 뜻이니까. 자아, 집 안으로 들어갑시다. 내 꿀을 좀 드릴 테니……."

에리세이는 이렇게 말하고 엉뚱하게 집 이야기를 시작했다.

에피무는 그만 입을 다물고 말았다. 예루살렘에서 에리세이를 본 이야기도 하지 않았다.

에피무는 문득, 이 세상에서 사람이 사는 동안 사랑과 착한 행동으로 자기가 맡은 일을 잘하는 것이 하나님의 뜻임을 깨달았다.

이웃을 위한 양보

전쟁터에서 한 차례의 치열한 전투를 치른 군인들이 잠시 쉬고 있었다. 이들 중 몇몇이 전투 중에 부상을 당했다. 부상을 당하지 않은 사람도 긴장 속에 전투를 끝낸 후라 몹시 지쳐 있었다.

한 부상병이 물을 찾았다. 이들이 가지고 있던 물이라고는 위생병이 갖고 있던 비상용 수통 하나에 담긴 물뿐이었다. 위생병이 수통을 부상병에게 주었다.

그런데 부상병이 물을 마시려는 순간 상사가 수통을 빼앗았다. 자기가 먼저 물을 마시려고 한 것이다. 상사는 수통을 입에 갖다 대고 물을 마시려고 하였다. 그런데 모두가 그 수통을 쳐다보는 것을 보았다.

그 모습을 보고 상사

■ 다시 읽는 하나님 말씀

만일 형제나 자매가 헐벗고 일용할 양식이 없는데/너희 중에 누구든지 그에게 이르되 평안히 가라, 더웁게 하라, 배부르게 하라 하며 그 몸에 쓸 것을 주지 아니하면 무슨 이익이 있으리요/이와 같이 행함이 없는 믿음은 그 자체가 죽은 것이라

(야고보서 2장 15~17절)

네 의견에는 이 세 사람 중에 누가 강도 만난 자의 이웃이 되겠느냐/가로되 자비를 베푼 자니이다 예수께서 이르시되 가서 너도 이와 같이 하라 하시니라

(사마리안의 비유 중에서…… 누가복음 10장 36~37절)

는 물을 마실 수가 없었다. 물을 마시지 않고 소대장에게 수통을 내밀었다. 수통을 받아든 소대장은 부하들을 둘러보고는 물을 한 모금 마셨다. 그리고는 수통을 상사에게 주었다.

수통을 받아든 상사는 물이 조금도 줄지 않은 것을 알았다. 소대장은 물을 마시는 시늉만 한 것이다. 상사도 수통을 입에 대고 마시는 시늉만 하고 다음 군인에게 수통을 넘겨주었다.

옆에서 수통을 받아든 군인은 소대장과 상사가 한 일을 알고 있었다. 역시 이 사람도 물을 마시는 흉내만 내고 다음 군인에게 수통을 넘겨주었다.

이렇게 해서 수통이 모든 군인들 사이를 한 바퀴 돌았지만 수통에는 물이 그대로 남아 있었다. 언제 죽을지 모를 전쟁터였지만 이 군인들은 잠시 죽음의 긴장과 목마름을 잊을 수 있었다. 보다 고귀한 것을 경험하였던 것이었다.

누가 이 세상 재물을 가지고 형제의 궁핍함을 보고도 도와줄 마음을 막으면 하나님의 사랑이 어찌 그 속에 거할까보냐/자녀들아 우리가 말과 혀로만 사랑하지 말고 오직 행함과 진실함으로 하자

(요한1서 3장 17~18절)